# 古典文獻研究輯刊

## 六　編

潘美月・杜潔祥　主編

# 第 19 冊

## 《文選》五臣注詩之比興思維

鄭婷尹　著

國家圖書館出版品預行編目資料

《文選》五臣注詩之比興思維／鄭婷尹 著 — 初版 — 台北縣永
和市：花木蘭文化出版社，2008〔民97〕

目 2+184 面：19×26 公分
（古典文獻研究輯刊 六編：第 19 冊）

ISBN：978-986-6657-17-7（精裝）
1. 文選　2. 研究考訂

830.14　　　　　　　　　　　　　　　　　97000976

ISBN 978-986-6657-17-7

古典文獻研究輯刊

六 編 第十九冊　　　　　　　　ISBN：978-986-6657-17-7

《文選》五臣注詩之比興思維

作　者　鄭婷尹
主　編　潘美月　杜潔祥
企劃出版　北京大學文化資源研究中心
出　版　花木蘭文化出版社
發行所　花木蘭文化出版社
發行人　高小娟
聯絡地址　台北縣永和市中正路五九五號七樓之三
　　　　　電話：02-2923-1455／傳眞：02-2923-1452
電子信箱　sut81518@ms59.hinet.net
初　版　2008 年 3 月
定　價　六編 30 冊（精裝）新台幣 46,500 元

# 《文選》五臣注詩之比興思維

鄭婷尹　著

## 作者簡介

作者鄭婷尹，台南縣人，國立臺灣大學中文系畢業，臺灣大學中國文學碩士，目前為臺灣大學中文所博士生、世新大學中文系兼任講師、臺大中文所學術刊物《中國文學研究》主編。主要研究領域為魏晉南北朝詩歌，著有單篇文章〈論明代以前陸機詩歌評價之變化〉……等。

## 提　　要

　　五臣注作為《選》學中的一環，歷來學者常因其內容淺白，而輕估它應有的價值。實則若對五臣注文作一詳細之梳理，即可發現其有別於善注之獨特性。

　　為重新評估五臣注之價值，本文分為五章：在第一章中，對前輩學者之研究作一回顧與反思。前人對五臣注的研究，大體可歸納出內外兩部分，所謂「內」者，即「對於五臣注本身具體內涵的關照」；「外」者，主要是指「五臣的時代背景」。第一部分又可分為一、「簡明串講文意」；二、「闡釋述作之由」；三、「注解牽強附會」；四、「注釋不夠嚴謹」等四點。否定五臣的諸家說法，其實具備再次討論的空間；而肯定五臣的眾家之說，也在某個程度上有所侷限或不足。本文即以此為基礎，建構「五臣注本身之整體有機性」：也就是比興思維之雙面性。

　　第二章的部分，則是以疏通文意為基礎，探討五臣注「句意篇旨之闡發」、「藝術手法之展示」的詮釋特徵：前者復細分為「整體性之塑造」「具體感之呈現」以及「幽微情思之參透」三部分，具體觀察該注內涵上的詮釋情形；後者則由「修辭技巧之揭示」、「用字遣辭之留意」的說明中，以現五臣對形式技巧的用心。而這樣的觀察，亦是為下一章「五臣注中比興思維的考察」埋下伏筆。

　　第三章「五臣注中比興思維的考察」，乃本文重心所在。五臣注的主體思維是以比興概念為基底，而比興思維的具體內涵，則包含「政治寄託」與「情感興發」這兩大主要面向，詳觀五臣注文，常可見到注家對這兩部分多所揭示；至於注文中比興思維形式面之探討，則可見五臣常會針對詩篇中運用到比興手法的部分加以闡釋。詩篇中運用比興技巧之處，往往存有較大的模糊空間，此乃理解詩作的關鍵，五臣能針對此多所揭示，就讀者理解文意而言，無疑有不小之助益；另一方面，注文本身所展現的比興思維，則讓我們清楚見到五臣注「批評主體性意義詮釋」的特質，其在詮釋學史上獨特的地位與價值，復於此呈現。

　　那麼，何以「比興」思維會成為《文選》五臣注詮釋模式之重心？第四章關於「五臣注中比興思維產生背景的觀察」，將由唐代前期的經學、文學風氣，以及科舉取材之標準加以探討，說明時代氛圍中大致有重視情采辭章、並不忘留意詩教的情形，這些或許是造成五臣注比興思維雙面性的可能因素。

　　至於第五章餘論的部分，則是結合前面章節，說明五臣注在有些時候，存在疏通文意時前後矛盾的缺陷。然其價值與影響卻不容忽視：就詮釋體例而言，五臣注的價值在於：此乃現存首部以「串講式」為主軸來疏通文意，並兼有比興雙面思維的總集注釋；至於對後代文學注釋之影響，則指出它對文學評點提供一定的誘發因素。另一方面，在實際注釋內涵上，五臣注提出之說法往往為後來論者所繼承。此外，復另闢一節，以求全責備的角度，探討五臣與李善注間的互補性質。

　　本文的終極目標，盼能不侷限於訓詁考據的對錯問題上，而能採取一個更寬廣的視角，盡可能較全面地觀察五臣注的詮釋樣態，從而能在詮釋學史的脈絡中，給五臣注一個較公允的評價。

# 目

# 次

# 第一章　緒　論

　　《昭明文選》作為中國現存第一部涵蓋面極廣的重要文學總集，於文學史的發展上確實具有重大開創性與不可抹滅的價值，選學因此成為一股強大的潮流，不論是就《文選》本身的體例，或者是注釋部分，學者專家都有持續不斷的探討。關於注釋的部分，李善與五臣是《文選》兩大重要的注家，歷代對於李善注之研究頗眾；相對而言，五臣注因其文字淺白，而未受到太多的重視。事實上，五臣注在成書一千多年後，尚能經得起時空的淘選，以幾近完整的樣貌保留至今，當有其不容抹滅且值得深入研究之價值。

　　五臣者，即唐代呂延濟、李周翰、劉良、呂向、張銑等五人，李善於高宗顯慶三年（658）上呈《文選注》不滿六十年，五臣即重注《文選》，並於玄宗開元六年（718）由呂延祚獻上〈進五臣集注《文選》表〉，說明重注《文選》的緣由以及五臣注釋內容的主要用心。五臣注在善注完成後極短的時間內，便對《文選》重新注解，何以要自立新注，該注所展現之面貌與善注間有什麼樣的差異，注文本身又具備什麼樣的特點……等，都是其中饒富意味的問題，是以本文擬針對五臣注做一番梳理，期待於梳理的基礎上，能對該注的內涵有進一步的分析。

## 第一節　前人研究成果之回顧與反思

　　本文的重點既然是對五臣注詮釋特點與比興思維的探討，那麼關於前人研究成果之回顧與反思，自當以討論五臣注的文章為主。然而五臣注整體面之考察，王立群先生的《現代《文選》學史》〔註 1〕以及陳延嘉先生〈關於《文選》五臣注研究

---

〔註 1〕王立群：第九章〈《文選》注釋研究〉，《現代「文選」學史》（北京：中國社會科學出版社，2003 年 10 月），頁 368～419。

的回顧與反思〉〔註2〕一文，都已做了類似的工作，那麼於此再作回顧，是否有重複之虞？上述兩位學者，大體上是針對每一篇文章所提之論點作個別檢討，並於最後提出五臣注大體可以如何研究的幾個趨向。以每一篇文章爲單位作回顧，雖然對單篇論文能有較詳細的討論，但是在相關文章與文章間的重點，可能會礙於個別文章的探討，而缺乏統整性。然而若打破每一篇文章間的界線，我們將會發現：其實前人對於五臣注的研究，可歸納出幾個焦點。而這樣的工作，不單單只是歸納而已，從這番統整中，前人共同關照的問題點對五臣注的研究有什麼樣的啓發，部分學者同中略異的觀點又能帶來什麼樣深刻的省思，乃筆者回顧前人研究成果的積極目的。再者，前輩學者「提出五臣注大體可以如何研究的幾個趨向」，固然是對後輩研究者一個很好的提示，然而礙於筆者才學有限，僅能期許自己，針對單一面向作具體的處理。雖然本文只由一個面向（即所謂的「比興思維」）來作探討，然而這樣的開展，還是得建立在前人對五臣注關注的焦點上，這也是何以要在此不厭其煩地回顧、反思前人研究成果之因。

前輩學者對五臣注的研究，大體可以歸納出內外兩個部分，所謂「內」者，即「對於五臣注本身具體內涵的關照」；「外」者，主要是指「五臣的時代背景」。第一部分又可分爲一、「簡明串講文意」；二、「闡釋述作之由」；三、「注解牽強附會」；四、「注釋不夠嚴謹」等四點，前面兩項爲五臣注之優點，至於後兩項，則爲前人對五臣注缺陷的批評。

一、首先討論「簡明串講文意」。牛貴琥、董國炎先生在〈《文選》六臣注議〉一文提到五臣注「解詞析義，有助理解」、「簡而不繁，方便讀者」〔註3〕，陳延嘉先生在〈論《文選》五臣注的重大貢獻〉一文中則以爲五臣注的重要貢獻之一即是「疏通文意」〔註4〕，王立群先生於〈從釋詞走向批評——試論《文選五臣注》的歷史地位〉一文中談到「五臣注的個性特點卻是在疏通句義方面所做的大量努力，這是五臣注有別於李善注的重要方面」〔註5〕，顧農先生〈關於《文選》五臣注〉一文亦認爲五臣

---

〔註2〕 陳延嘉：〈關於《文選》五臣注研究的回顧與反思〉，收於中國文選學研究會編，《文選與文選學（第五屆文選學國際學術研討會論文集）》（北京：學苑出版社，2003年5月），頁767～795。

〔註3〕 牛貴琥、董國炎：〈《文選》六臣注議〉，收於靳極蒼編，《古籍注釋改革研究文集》（太原：山西人民出版社，1989年），頁156～162。

〔註4〕 陳延嘉：〈論《文選》五臣注的重大貢獻〉，收於趙福海主編，《文選學論集（選學國際學術研討會論文集）》（長春：時代文藝出版社，1992年6月），頁80。

〔註5〕 王立群：〈從釋詞走向批評——試論《文選五臣注》的歷史地位〉，收於中國文選學研究會、鄭州大學古籍整理研究所編，《文選學新論》（鄭州：中州古籍出版社，1997年10月），頁456。

注的優點之一是「對《文選》諸文作了簡明扼要的注釋」〔註6〕，汪習波先生則云「以簡明的解釋語言追尋文本意義，這是五臣注的一個特點」〔註7〕。以上五家說法大同小異，不斷地提到五臣注在串講文意上的貢獻。此誠然爲五臣注獨立於李善注系統外，而得以流傳至今的重要特點，然而若僅止於此，充其量也不過是展現五臣於「疏通文意」這個面向的貢獻，對於每個作品，它只是善盡串講文意之責，作爲詮釋學史上一份完整的材料，若僅觀察到它有助文意這一模式，恐怕是有點可惜的。那麼若以「疏通文意」爲五臣注之通則，以此爲基礎，是否可進一步探討其詮釋特點？於此特點中，具體觀察五臣注的內涵，是否能發現其獨特的思維方式？若能對這些問題加以探討，當能於疏通文意上有進一步的拓展。因此本文擬在疏通文意的基礎上，具體歸納五臣注的詮釋特徵，復由此詮釋特徵，進一步探討五臣注中所展現的思維模式。

以上是由整體面，對五臣注「簡明串講文意」這一特質所作的省思。至於王立群先生提到「五臣對注事與釋義有著自覺的認識」〔註8〕以及陳延嘉先生認爲〈呂表〉明確的針對性證明五臣注具有高度的理論自覺」〔註9〕的這兩段話，則可很明顯看到：五臣注是在李善採取「徵引式」〔註10〕的注釋方法後，很有意識地於「文意串講」此詮釋模式上下工夫，其串講不僅僅只是停留於表面上的疏通文意，對於該如何解說，方能進一步將蘊含於作品背後的深意闡釋出來，五臣注當有一定程度的用心才是。而這部分其實可和上述「具體觀察五臣注的內涵，是否能發現其獨特的思維方式」合觀。如果可以從這個角度來探討五臣注疏解文意的議題，那麼「『五臣注』只是使李善注通俗化，並無多少新的發展」〔註11〕的評價，就有重新估量的可能。

二、對五臣注「闡釋述作之由」一題之探討。陳延嘉先生著有〈《文選》五臣注的綱領和實踐〉一文，其重點在剖析呂延祚〈進五臣集注《文選》表〉在注釋理論上的重大貢獻。陳文認爲呂〈表〉的注釋主張有三個重點，其中兩項分別爲：一、必須揭示「述作之由」。二、必須對「作者之志」有一清楚的了解〔註12〕。底下則是依據這樣的注釋主張，個別舉證五臣實際的注釋狀況。該文與《文選》六

〔註6〕顧農：〈關於《文選》五臣注〉，《文選與文心》（貴陽：貴州人民出版社，1998年6月），頁68。

〔註7〕汪習波：《隋唐文選學研究》（上海：上海古籍出版社，2005年4月），頁235。

〔註8〕王立群：〈從釋詞走向批評——試論《文選五臣注》的歷史地位〉，頁456。

〔註9〕陳延嘉：〈《文選》五臣注的綱領和實踐〉，收於《文選學新論》，頁433～434。

〔註10〕此處借用王寧、李國英先生之語，見於〈李善的《昭明文選》與徵引的訓詁體式〉，收於俞紹初、許逸民主編，《中外學者文選論文集》（北京：中華書局，1998年8月），頁464。

〔註11〕曹道衡：〈論《文選》的李善注和五臣注〉，《江海學刊》第2期（1996年），頁151。

〔註12〕陳延嘉：〈《文選》五臣注的綱領和實踐〉，頁433～434。

臣注議〉〔註 13〕對於五臣注的觀察方向基本上是相同的，卻能在大量舉證中，對於解釋詞語、疏通文意、揭示「述作之由」、「作者爲志」等方面有更具體的說明，這使我們對五臣注的大致情形有一個概括性的認識。然而這樣的爬梳整理，對於五臣之注釋是否也不過是隨著作品不同，而做泛泛之解罷了，或者是能以其注釋主張爲基，觀察五臣之注釋特點，從而覓得五臣注的詮釋思維？該文僅止於注釋主張的說明，並未有進一步探討。實則這個部分，可與上述「簡明串講文意」的回顧一併做思考，而這也是本文亟欲探求的核心問題。然而不容否認，這一部分的工作，若非陳延嘉先生等文之啓示，筆者恐難有進一步探索的可能。

陳文所提供的思考點不僅於此，在「注釋者詮釋作品」這個議題中，其實還包括不少值得探討的面向，比方說：一、以「詮釋作品的內容或形式」爲研究中心；二、詮釋者是以什麼樣的詮釋思維在解釋作品；三、詮釋者所生存的時空背景，對其詮釋作品的態度有什麼樣的影響。陳文關心的焦點，大體是擺在上述舉例之一「詮釋作品的內容」上，如此討論方式，恐怕還是以作品本身爲重。那麼之二、之三的情形呢？若能在這些部分有更多的關照，對於五臣注也許能有更爲宏觀而全面的理解。

三、針對「五臣注是否牽強附會」做一檢討。著重「述作之由」、「作者爲志」的闡釋，固然爲五臣獨異於李善注之特點，卻在某些作品的處理上，有過多溢出詩作之說明，而被學者們評爲「過分牽強附會」。陳延嘉先生於〈《文選》五臣注的綱領和實踐〉一文即提到：「在上述三個方面（即揭示述作之由、作者爲志、寫作特點），五臣注固然超過李善注，但也不是無可挑剔的。比如在揭示《詠懷詩》十七首中，五臣注幾乎把每一句寫景物的詩句都認爲有政治涵義，顯得牽強」〔註 14〕，顧農先生亦以爲：

　　五臣注的最大問題在於它對作品深層涵意的闡釋多有牽強附會之處。〔註 15〕

　　五臣用漢儒說《詩》的辦法來對付《古詩十九首》，一見詩中男女情事便拔高到君臣之際的政治高度上去，這個思路表明在中國古代作品詮釋的實際操作中，漢儒爲拔高主題而以比興說詩的影響是何等嚴重。……當然，這種牽強比附的詮釋在中國文學史、文化史上當然仍是十分重要的材料，如欲從讀者角度寫文學史尤爲極可珍貴的材料，但在我們估計五臣注價值的時候，仍不得不指出其嚴重的侷限。〔註 16〕

---

〔註13〕牛貴琥、董國炎：〈《文選》六臣注議〉，頁 156～162。
〔註14〕陳延嘉：〈《文選》五臣注的綱領和實踐〉，頁 449。
〔註15〕顧農：〈關於《文選》五臣注〉，頁 77。
〔註16〕同前註，頁 77～78。

明明是「賦」，卻偏要以「比興」說之。〔註17〕

關於上述三段論述，「對作品深層涵意的闡釋多有牽強附會之處」（即「以男女情事附會政治」）的批評是否妥當，其實還有商榷的空間。事實上，這樣的評論不論就注文實際觀察、由詮釋學的高度思考，或者是考量五臣所處之時代背景，恐怕都有過當之虞。首先就注文本身而言，姑且以《古詩十九首》為例，觀察五臣以政治意涵詮釋詩作的情形〔註18〕：

| 詩 篇 名 | 詩 句 | 五 臣 注 釋 情 形 | 有無政治附會之意涵 |
|---|---|---|---|
| 〈之一〉 | 浮雲蔽白日，遊子不顧返。 | 銑曰：此詩意為忠臣遭佞人讒譖，見放逐也。<br>良曰：白日，喻君也；浮雲，謂讒佞之臣也。言佞臣蔽君之明，使忠臣去而不返也。 | 有 |
| 〈之二〉 | 昔為倡家女，今為蕩子婦。 | 銑曰：此喻人有盛才，事於暗主，故以婦人事夫之事託言之。<br>濟曰：昔為倡家女，謂有伎藝未用時也；今為蕩子夫，言今事君，好勞人征役也。婦人比夫為蕩子，言夫從征役也。臣之事君，亦如女之事夫，故比而言之。 | 有 |
| 〈之五〉 | 誰能為此曲，無乃杞梁妻。 | 翰曰：此詩喻君暗而賢臣之言不用也。<br>濟曰：既不用直臣之諫，誰能為此曲？賢臣乃如杞梁妻之惋歎矣。 | 有 |

〔註17〕同前註，頁78。

〔註18〕關於該表格，有三點需要解釋：1. 因為考量到《楚辭》以降香草美人之傳統，言男女情事之處較容易產生比興寄託的情形，是以此處僅就具備男女情事內涵的詩作作討論，因此〈之三〉「青青陵上柏」、〈之四〉「今日良宴會」、〈之十一〉「回車駕言邁」、〈之十三〉「驅車上東門」、〈之十四〉「去者日以疏」、〈之十五〉「生年不滿百」等六首，因其內容以談論人生苦短、及時行樂為主題，所以暫列入討論。至於〈之七〉「明月皎夜光」，由「昔我同門友，高舉振六翮。不念攜手好，棄我如遺跡。」明顯可見是以「刺友朋貴而易情」（呂延濟語）為主旨，與男女之情無涉，故亦不列入討論。2. 〈之六〉「涉江采芙蓉」與〈之九〉「庭中有奇樹」雖被五臣解為贈友詩，然觀其原詩，亦不無被解為男女情事之可能，因此也列入討論對象。換言之，排除於討論行列之外的，即「沒有被解為男女情事的可能性」者。3. 凡該詩篇有任一詩句與政治附會，即以一篇計之；該詩篇有兩句以上的詩句附會政治意，亦僅以一篇計之。原則上，每一詩篇僅摘錄詩旨以及一至兩句最具代表性的詩句說明（唯〈之八〉、〈之十〉、〈之十八〉、〈之十九〉五臣未題詩旨，故從缺）。至於其他明確或可能涉及男女情事的詩篇，則順著五臣附會政治的思考模式，試摘一句「最可能被五臣附會解釋，實際上卻非如此」的詩句為例。

| 〈之六〉 | 還顧望舊鄉，長路漫浩浩。同心而離居，憂傷以終老。 | 翰曰：此詩懷友之意也。 | 無 |
|---|---|---|---|
| | | 向曰：同心，謂友人也。憂能傷人，故可老矣。 | |
| 〈之八〉 | 與君為新婚，兔絲附女蘿。 | 濟曰：兔絲、女蘿，並草，有蔓而密，言結婚情如此。 | 無 |
| | 過時而不采，將隨秋草萎。 | 良曰：萎，落也。言蕙蘭過時不采，乃隨秋草落矣！喻夫之不來，亦恐如此草之衰也。 | |
| 〈之九〉 | 庭中有奇樹，綠葉發華滋。攀條折其榮，將以遺所思。 | 翰曰：此詩思友人也。美奇樹華滋，思友人共賞，故將以遺之也。 | 無 |
| 〈之十〉 | 迢迢牽牛星，皎皎河漢女。 | 濟曰：牽牛、織女星，夫婦道也。常阻河漢，不得相親。此以夫喻君、婦喻臣，言臣有才能不得事君，而為讒邪所隔，亦如織女，阻其歡情也。迢迢，遠貌；皎皎，明貌。 | 有 |
| 〈十二〉 | | 銑曰：此詩刺小人在位，擁蔽君明，賢人不得進也。 | 有 |
| | 迴風動地起，秋草萋已綠。 | 向曰：迴風，長風也，風為號令也。地，臣位也。號令自臣而出，故云「迴風動地起」。秋草既衰盛草綠，謂政化改易疾也。萋，盛貌。 | |
| | 音響一何悲！絃急知柱促。 | 向曰：響悲，謂悲君左右小人也。絃急，謂政令急也。知柱促，恐君祚將促也。 | |
| 〈十六〉 | | 銑曰：此喻婦人思夫也。 | 無 |
| | 錦衾遺洛浦，同袍與我違。 | 濟曰：遺，與也。洛浦，宓妃，喻美人也。同袍，謂夫婦也。言錦被贈與美人，而同袍之情與我相違也。 | |
| 〈十七〉 | | 良曰：此詩婦人思夫也。 | 無 |
| | 一心抱區區，懼君不識察。 | 銑曰：識，知也。敬重之心，常抱區區，懼夫之不知察也。 | |
| 〈十八〉 | 著以長相思，緣以結不解。 | 翰曰：言被中著緜，謂長相思緜緜之意也。緣被四邊，綴以絲縷，結而不解之意。 | 無 |
| 〈十九〉 | 客行雖云樂，不如早旋歸。 | 翰曰：夫之客行，雖以自樂，不如早歸，以解我愁。 | 無 |

　　上述十二首詩中，有五首從政治高度作解釋，卻也有七首純就詩境揣摩，而未多加附會。可見並非只要「一見詩中男女情事便拔高到君臣之際的政治高度上去」，純粹從男女之情解釋的例子還占二分之一強。以男女情愛釋詩，或許和五臣注是出

現在文學自覺發展完成後有關〔註19〕，此乃值得留意的一個面向。因此較全面的看法，當是對「政治寄託」以及「情感興發」這兩個部分都有所關照，而此亦本文在探討五臣注比興思維中主要關心的兩個面向〔註20〕。

再者，言其「牽強附會」，實帶有價值評斷，甚至有是非的意識存在其中，這些都是從後代讀者以「純文學」的角度所下的判斷，故有「男女情事一旦附會君臣論述即爲牽強」的看法，這個部分若能由詮釋學的高度視之，那麼觀看五臣注的視野，當能有所不同。汪習波先生即提供了一個十分有意思的觀點：

> （五臣注）文本誤讀畢竟還提供了一種讀法，而不像李善注那樣始終將文義的疏釋交由讀者自己，這裡不僅是正誤之分，還有主動與被動之別，因爲客觀上說，李善注的不誤畢竟是以沉默與迴避爲代價的，即使這種沉默和迴避有著巨大的張力。〔註21〕

這樣的說明點出五臣「主動性」的價值，確實提供了異於他人之面向，惜其「誤讀」之語，終究未能脫離「提高至政治高度即爲牽強附會」的框架，因此這部分尚有很大的發展空間。

至於由探討五臣所處的時空環境來看「附會」的問題：從歷史的流脈觀之，漢儒詩教觀影響是深遠的，然而五臣注亦非照單全收、無所轉換，而是在表現政治寄託之際，尚展露出情感興發的面向；從唐代的文化背景考慮，唐人一方面因爲編輯《五經正義》，仍視「經」爲寶典，崇「經」的態度對五臣注釋或有影響。再者，科舉既重文又重經的結果，使注釋爲順應此，而在某些部分有「文學經學化」的傾向〔註22〕，因此若由唐人的角度視五臣注，考慮到時代背景及科舉等因素可能對五臣注有所影響，那麼政治比附的部分是否不合理，其實還有很大的商榷空間。估計五臣注的價值，會隨著角度不同而有所升降〔註23〕，這恐怕是「五臣注過分牽強附會」此觀點給筆者最大的省思。

與「牽強附會」說相關的討論，尚有楊明先生之〈文選注的文學批評〉，茲摘錄說明如下：

---

〔註19〕六朝文學創作普遍重視個人情意的感發，五臣注中表現出比興思維的情意面其實是有歷史積澱的痕跡存在其中。詳見第三章第三節的具體論述。

〔註20〕作家於創作之際，或者爲了使作品表現出含蓄不盡的美感，或者希望於有限的篇幅中包蘊更多的意涵，往往會使用比興。就讀者而言，這個文意未直接表明的部分實乃讀懂作品之關鍵，而五臣注的闡釋即於比興的部分多所用心，細觀注文，其比興思維的內涵主要包括「政治寄託」與「情感興發」兩大面向。詳見第三章之論述。

〔註21〕汪習波：《隋唐文選學研究》，頁235。

〔註22〕詳見第四章的具體論述。

〔註23〕從後代讀者或當代讀者的角度。

李善和五臣此種分析作品的方法，常常將抒發日常情感、描述普通情事之作與政治時事相牽連。……作者的構思邏輯遭到曲解，作品的審美意義被棄置不顧。此種方法的形成和發展，有其深刻的背景。它與片面強調文學政教功利作用的傳統有密切的關係。……因此李善、五臣的牽強附會的解釋方法，可以看作是漢儒那種方法在新的歷史條件下的復活。〔註24〕

該文的論點基本上與顧農先生等人相去無幾，不過有兩個地方筆者卻因楊明先生之論，而另獲啓發。此處認爲李善、五臣解釋都嫌牽強附會，似乎李善與五臣都有這樣的問題，雖然作者明言「五臣注之穿鑿，遠過於李善注，其例尙多」〔註25〕，然而若由其全文脈絡觀之，李善與五臣的附會也不過是數量上的差異，至於何以會造成這樣的不同，作者並未作細部的說明。換言之，該文對於李善、五臣的附會情形，採取一併論述的方式，並未探討「兩者附會多寡的差異」之因。若具體觀察注文，其實可以發現：因爲兩者體例的不同，五臣遠比李善更有這樣的趨向。李善所採用的，是「徵引式」的方法，既爲徵引而極少串講，在一段段史料的堆疊中，並不太容易看出楊氏所謂「穿鑿」的部分，即便徵引的材料有所附會，善注亦明言讀者要自行判斷，不得「以文害意」，那麼善注是否有附會之意，亦僅能採取保留的態度。至於較有可能看出注家比附政治之意向者，則是串講文意的地方，然而這部分在善注中比例極少，儘管有附會之處，也不過佔極小部分。五臣注則因串講頗多，有無比附、如何比附，可以明顯察覺。此乃就體例而言，五臣注何以更容易出現比興思維政治寄託面向的原因。

除此之外，單就五臣注的部分而言，楊明先生以爲「作品的審美意義被棄置不顧」恐怕也可再商。〈文選注的文學批評〉在論及文學批評意義時，僅不具系統地舉了李善注中的五個例子作說明，事實上，五臣注對作品中藝術技巧的揭示與情感興發的說明亦不遑多讓，用心程度甚至超過李善注。這一點從上述討論《古詩十九首》的表格觀之，即可明白五臣對於作品中文學情意面向其實是有相當程度之留意。君臣詩教觀的附會固然不容否認，然而五臣注並非因此而棄文學情意面向不顧，若能就這兩個部分結合觀之，其獨特之處當更能突顯。

四、關於「注釋不夠嚴謹」的問題。顧農先生在〈關於《文選》五臣注〉文中指出五臣注的缺點之一爲「做學問的態度不是那麼嚴謹，有時顯得相當隨意，不注意檢

---

〔註24〕楊明：〈文選注的文學批評〉，收於復旦大學中國語言文學研究所編《中國語言文學研究的現代思考》（復旦大學出版社，1991年10月），頁25。
〔註25〕同前註，頁25～26。

核原書」〔註26〕。在更早之前，孫欽善先生〈論《文選》李善注與五臣注〉一文亦有類似看法。孫文提出李善注的六點成就，分別是：一、集成而又有所開創；二、詳於釋事；三、精於辨字、注音、釋義；四、擅長校勘；五、小傳與解題精核簡當；六、徵引博贍與體例嚴明，並說明了五臣注不同於李善注的三個部分：一、注釋體例不同。李注詳於徵引而略於訓釋，五臣注則疏於徵引而繁於訓釋；二、注釋質量不同。李善為精通小學、博覽羣書的學者，其注《文選》，詳核精審。而五臣之學術遠不逮李善，其注《文選》，例多疏誤；三、校勘原則不同。李善校勘，不僅方法科學，而且態度謹慎，故多有創獲。五臣則不同，憑臆輕改，隨處可見。〔註27〕從孫文的歸納中，可以很明顯看出作者是以訓詁考據為立足點出發，來評估李善與五臣注的價值。

不僅是近代學者在研究五臣注上有這樣的傾向〔註28〕，從唐代丘光庭《兼明書》、顏師古《匡謬正俗》、宋代洪邁《容齋隨筆》、《續筆》、王應麟《困學紀聞》，到清代余蕭客《文選紀聞》，以及《四庫全書總目》等，對於訓詁考據面向的關照似乎未曾中斷。以下僅舉二例以概其餘。《兼明書》中關於「尚席函杖」一條，說明如下：

> 顏延年〈皇太子釋奠會詩〉曰：尚席函杖。臣周翰曰：尚席，儒席也。
> 明曰：今觀此詩文勢，非謂儒席也。尚席謂設席之吏也，設此太子之席，
> 其間相去容杖，以指書講書也。知尚席為設席之吏者，以其詩云：尚席函
> 杖，承疑捧帙。侍言稱辭，惇史秉筆。「承疑」、「侍言」、「惇史」三者皆
> 太子屬官，故知「尚席」亦官吏，如「尚衣」之事也。〔註29〕

在這裡我們可以見到與官職相關的考證資料，由考據面向來論斷五臣注的情形是很明顯的。至於《四庫全書總目》，則於「六臣註文選」一項下，舉證前人說法，說明五臣注如何「迂陋鄙倍」：

> 姚寬《西溪叢語》詆其註揚雄〈解嘲〉，不知伯夷太公為二老，反駁
> 善註之誤；王楙《野客叢書》詆其誤敍王曒世系，以覽後為祥，後以曇首
> 之曾孫為曇首之子；明田汝成重刊《文選》，其子藝衡又摘所註〈西都賦〉
> 之龍興虎視、〈東都〉之乾符坤珍、〈東京賦〉之巨猾間疊、〈蕪城賦〉之
> 袤廣三墳諸條。今觀所註，迂陋鄙倍之處，尚不止此，而以空疏臆見，輕

〔註26〕顧農：〈關於《文選》五臣注〉，頁 74。

〔註27〕孫欽善：〈論《文選》李善注與五臣注〉，收於趙福海、陳宏天等編：《昭明文選研究論文集（首屆昭明文選國際學術研討會）》（長春：吉林文史出版社，1988 年 6 月），頁 176～190。

〔註28〕如劉盼遂、李詳、劉文典、段凌辰、祝廉先等人。

〔註29〕五代·丘光庭撰，劉大軍校點：《兼明書》（瀋陽：遼寧教育出版社，1998 年 3 月，依《四庫全書》為底本，校以天一閣舊抄本），卷 4，頁 37。

　　　　詆通儒，殆亦韓愈所謂蚍蜉撼樹者歟！〔註30〕

這段引文可以見到唐宋以降諸家對於五臣注之檢討，多由用典考證入手，而《四庫全書總目》視五臣注爲「空疏臆見」，其思考方向與該書中所舉之例實相去不遠，亦是由考證的觀點評價五臣。《四庫全書總目》於「六臣註文選」條的最後提及：「然其疏通文意，亦間有可采。唐人著述傳世已稀，固不必竟廢之也。」〔註31〕對於五臣注的評價是不高的，儘管點出其「疏通文意」的價值，但緊接著馬上提到著述傳世的問題，五臣注也不過是姑且可以留下來的作品。要之，《四庫全書總目》仍是以訓詁考證作爲衡量五臣注價值的主要依據。

　　類似情形亦出現在王立群先生對注釋模式的觀察上。王氏以爲「《文選》具體作品注釋的研究始終是《文選》注釋研究的重點」〔註32〕，並將「現代《文選》主流注釋研究」歸納成以下三種模式：「一、訓詁學研究；二、訓詁與文義研究的結合；三、訓詁學研究與理論研究相結合。其中採用訓詁學研究的學者居多。」〔註33〕可見注釋研究明顯是以訓詁爲重。五臣注確實有「注釋不夠嚴謹」的問題，然而若是由訓詁的角度切入，幾乎可說是拿李善注的強項來評看五臣注的弱點，這樣的審視是否公允，實有待商榷。考據的部分固然有其不容否認的重要性，然而若過分以此爲關注焦點，恐怕會忽略其他值得留意的面向。事實上，若就讀者的角度而言，文意的理解恐怕會比考據來得重要，而五臣注的詮釋重心即是由疏通文意出發，這與傳統訓詁考據學家所關心的，是很不相同的。因此若能從文意詮釋的高度來評價五臣，探討五臣本身的詮釋思維，並綜合其產生的時代因素，也許可以看出另一番嶄新的面貌，而此即本文意欲嘗試的方向。

　　以上大致是對五臣注具體內涵所作的討論，然而在結束整個內部回顧之前，還有一點關於方法的運用，是我們可以留意的，那就是比較法。試以倪其心與許世瑛先生的論述爲例：

　　　　文選學中可將李善派，或曰曹（憲）李（善）派戲稱之爲《文選》漢學，將五臣派戲稱之爲《文選》宋學。漢學家精訓詁，與李善注《文選》的方法相同；宋學家尚義理，不主一字一句之探討，正與五臣注《文選》的態度相同。〔註34〕

---

〔註30〕清・永瑢、紀昀等撰：《欽定四庫全書總目》第五冊（臺北：臺灣商務印書館，1983年，據國立故宮博物院藏本影印），頁5之3。
〔註31〕同前註。
〔註32〕王立群：《現代「文選」學史》，頁368。
〔註33〕同前註，頁387。
〔註34〕許世瑛：〈文選學考〉，《國聞周報》第14卷第10期（1937年3月15日）。

> 初唐學者李善繼承漢儒注經的傳統，主要注釋《文選》所收文章的讀
> 音、詞義及典故，其學術性質屬於文字、音韻、訓詁的小學範圍。……盛
> 唐學者李延祚率領了五位詞臣，采取近乎魏、晉名士注經的精神，主要為
> 了闡明述作之由，便於習文，利於科試，所以簡注詳疏，而有普及意義。
> 〔註35〕

以上兩家都是採取李善與五臣注對照的方式加以論述，並站在一個對《文選》注整
體概括的高度，鳥瞰兩者注釋方式之差異，這樣的做法對我們實有相當的啟發。

顧農先生也運用此方法，來述說兩者於疏通文意與題解時的差距：

> 在文學詮釋方面，李善注的價值往往不如五臣。……李善也作「疏通
> 文意」的工作，一則數量較少，二則多局限於個別句子；五臣比較注意通
> 觀全篇，有所詮釋發明。……在李善注中，題解型的比較少，據統計約二
> 百九十份，而五臣注則較多，約有五百五十份。李善在為數較少的題解中
> 又較少涉及作品主題，往往只是提供若干背景材料。……李善注無題解
> 處，五臣亦每有深入的見解。五臣注還善於將題解中通釋大旨的意思貫穿
> 落實到作品的細部上去。〔註36〕

異於倪、許二人的通盤論述，顧農先生的這段說明，主要是針對「題解」的部分，
以實際數據為輔，闡述兩注之間的差異。把善注與五臣注作一比較，確實是很具說
服力的做法，然而前輩學者在這個部分大多採取整體觀照的態度，像是倪、許對文
選注的整體觀感、顧氏對文選題解注的總體看法，儘管不乏個別作品的細部比較，
但能針對善注與五臣注「同樣疏通文意的部分」作比較者，卻是少之又少。善注疏
通文意處雖然不多，但若能留意「同樣是解釋一個詩句，而五臣與善注恰好都做了
疏通文意」這個部分並加以比較的話，或許更能觀察到兩者於注釋態度的不同。此
乃本文在倪、許、顧等人的啟發中，於注文實際說明時意欲嘗試的方式。

至於牛貴琥、董國炎先生在《《文選》六臣注議》中提到五臣注之特色時，其中
一點為「五臣注可補李善注之不足」〔註37〕。「可補李善注之不足」，固然是一個可
以留意的面向，卻使五臣注有淪為附庸之虞。若將兩者的角色互換，以五臣注為主
體，輔以善注做對照，對於五臣注的關注加深，其異於善注之獨立特點才有進一步
突顯的可能，這對《文選》注釋研究的宏觀性當有所拓展才是。因此本文在具體論

---

〔註35〕倪其心：〈關於《文選》和文選學〉，收於趙福海、陳宏天等編：《昭明文選研究論文
　　　　集（首屆昭明文選國際學術研討會）》（長春：吉林文史出版社，1988年6月），頁7。
〔註36〕顧農：〈關於《文選》五臣注〉，頁72～74。
〔註37〕牛貴琥、董國炎：《《文選》六臣注議》，頁156～162。

述上，擬以五臣注爲主，至於疏通文意處若善注也做了同樣的工作，必要時仍會條
列善注內容，以便比較說明。

結束了《文選》注內部的回顧與反思，關於所謂「外」者，亦有作一梳理的必要。
談到五臣注產生的時代背景之相關論文並不多，除了上述楊明先生〔註38〕、孫欽善先
生之文〔註39〕，尚有甲斐勝二先生的〈論五臣注《文選》的注釋態度〉〔註40〕、汪習
波先生《隋唐文選學研究》的片段。前兩篇文章皆僅稍微提及，甲斐勝二先生則就唐
代教育、科舉……等作討論，至於汪氏較特別之處，則是對於五臣注人員安排的說明
〔註41〕。除此之外，是否還有其他因素，例如學術風氣、進士科帖經以及試雜文的時
間點……等，對五臣注有著一定程度的影響？這些都是可以深思的面向。

過去我們所關注的，多半是以訓詁考證來評判五臣注之是非，並依此論斷其價
值，這麼看來，五臣注不過是依附於作品底下的注解，本身並沒有什麼獨立性可言。
然而若以詮釋者爲研究主體，實際觀察五臣注闡明文句的情形，將可發現該注並非
只是針對個別作品作泛泛之解，反能展現注文本身的獨特性，有著比興思維的雙重
性質。游志誠先生頗具啓發性的一段話，實可作爲筆者如此思索的依據：

　　假如五臣要冒「感動謬誤」的危險，那麼，李善注或其它評點家要直
　　追作者的原始本意，也可能落入「意圖謬誤」的危機。做爲一首文學的藝
　　術作品，只要它的藝術本質夠了，作品本身會直接散播各種可能，因著上
　　下文，緣乎正文的互相指涉，作品隨時有匱缺，須添補，讀者閱讀判斷領
　　悟的複雜意義網絡，委實非作者始料可及。……要看出評點家有什麼特別
　　處，恐怕就是做爲讀者身分的直接介入，大膽指出正文隱而未顯的「默
　　義」，有時設身處地，有時也不忌諱越俎代庖，反而通常評點家的獨到處
　　就在這裡。而這正是中國文學實際批評主體性意義詮釋的可貴處。……據
　　個人觀察，初步意見是五臣頗符合晚近接受美學強調讀者個人經驗與想像
　　功能的手法，因此常有文外之意。但因抵不過李善注書所用的歷史探源
　　法，遂不被宗李注所形成的詮釋系統所接納。〔註42〕

---

〔註38〕楊明：〈文選注的文學批評〉，頁17～27。

〔註39〕孫欽善：〈論《文選》李善注和五臣注〉，頁377。

〔註40〕甲斐勝二：〈論五臣注《文選》的注釋態度〉，收於中國文選學研究會、鄭州大學古
　　　　籍整理研究所編，《文選學新論》（鄭州：中州古籍出版社，1997年10月），頁401
　　　　～408。

〔註41〕像是二呂可能有兄弟關係、姜皎爲玄宗早年親信，而劉良祖父劉承祖與姜皎交情不
　　　　淺，或許是讓劉良加入著書行列的理由……等，參見汪習波：《隋唐文選學研究》，
　　　　頁219～225。

〔註42〕游志誠：《昭明文選學術論考》（臺北：學生書局，1996年3月），頁300～313。

五臣注「批評主體性意義詮釋」的特質，確實存在著進一步探索的空間，而此亦當為五臣注本身獨立而不容忽視之價值所在。〔註43〕

綜上所述，對於前人研究成果，有這麼一番回顧與反思後，筆者擬以前輩學者的研究為基，試圖架構全文：首先，在詮釋焦點的關照上，能由疏通文意出發，而不侷限於傳統訓詁考據的推求；其次，將以「簡明串講文意」、「闡釋述作之由」等前輩所認為五臣注的特色為基礎，具體歸納該注的詮釋特點，復由此詮釋特徵，進一步探討五臣注中所展現的思維模式。在探討五臣注比興思維之際，將充分討論其中「政治寄託」與「情感興發」的雙重面向，期能以此破解五臣予人「注解牽強附會」的刻板印象；最後，則試圖於前人討論不多的「時代背景」之問題上著墨，約略擬測造成五臣注特殊詮釋思維的可能氛圍，期能對此注本有一同情之理解。

# 第二節 研究動機、範圍、步驟、方法

## 一、研究動機

關於本文之研究動機，大體上可分為「前輩研究學者之啓發」（外緣）以及「五臣注本身之整體有機性」（內緣）兩部分加以說明。關於前者，《文選》學中的注釋研究，李善注始終是個熱點，至於五臣注因其相對淺俗，從唐代以降研究即屈指可數，常見的情況即是被引來批評一番，而鮮少受到重視。近年來五臣注雖然成為文選學中一度被關注的焦點，但研究多半集中於注解對錯、形式體例……等面向〔註44〕，而未就其內涵特徵、思維模式作進一步的探討。從上一小節的回顧與反思，大體可以發現：否定五臣的諸家說法，其實具備再次討論的空間；而肯定五臣的眾家之說，也在某個程度上有所侷限或不足。然也因為前輩們的篳路藍縷，使得筆者受到不少啓發，因此得以在這樣的研究成果上，提出一些自己的想法，至於拓展的可能面向，大致已於上一小節中約略提及。

另一方面，就「五臣注本身之整體有機性」而言，單是《文選‧詩》這個範圍，五臣注釋的對象就已橫跨漢末至南朝梁，注釋類別從補亡到雜擬，計有廿四類，四

---

〔註43〕需於此稍加辨析的是：雖然以五臣注為研究主體，然而在判斷注文內涵的精當性時，注文與作品間的對應關係還是一個很重要的參考點，並非可以全然不顧這兩者間的對應性。唯不同之處在於：不是只有單純討論文本與注文間的對應，而是能以此為基，進一步探討注文本身的內在連貫性。

〔註44〕所謂「形式體例」者，乃不涉及注釋的具體內涵，而專就表面形式觀之，例如串講較多、常有題解、不引出處……等皆屬此，此乃相對於「內涵體例」而言。

三九首〔註45〕，不可不謂紛雜；而要在這樣一個範圍中尋求五臣注的主體思維，看起來並不容易。然而每一個注釋家在從事注釋工作時，除了有一定的形式體例外，若能細細觀察其注釋內容，亦可抽絲剝繭，覓得其思想內涵的一貫性〔註46〕，而使注釋不再僅是依附於看似並無多大關聯的詩作底下〔註47〕，純粹只是解釋個別的詩作，反而能自成體系，建立起屬於詮釋者本身的一個有機體。美國著名人文學家羅蒂（Richard‧Rorty）即云：

> 一位作家所寫的所有本文之間具有某種「家族的相似性」，因而所有這些不同的本文都可以被視為一個整體，可以根據其自身的「內在連貫性」去加以考察。〔註48〕

其實不僅僅是作家的創作具有「內在連貫性」，若將注釋者所注解的作品蒐集起來，詳加觀察，亦有尋得「家族相似性」的可能。而這個部分，也正是筆者的終極關懷。綜合以上內外緣動機，本文擬以前輩學者的啟發為基，進一步建構「五臣注本身之整體有機性」，期盼對五臣注研究能有進一步拓展的可能。

## 二、研究範圍、步驟

　　在研究範圍上，鑒於整本《文選》文類過於龐雜，若要將所有文類一併討論，恐有其困難之處，因此暫以《文選》中的詩類作為研究對象。《文選》搜羅的詩篇一共有四三九首，為數不少，就數量而言，其觀察所得，應當具備一定程度的有效性，此其一。其二，詩類本身雖然篇幅不大，然而無論就文學技巧，或者是詩歌深層意的發揮，都頗能明顯呈現比興特質。至於其他文類的具體狀況，只能待來日有機會

---

〔註45〕 此處根據傅剛先生的考證，將歐陽建的〈臨終詩〉獨立列為「臨終」一類，而有別於傳統《選》詩23類之說。至於作品數量，亦以傅先生之統計為準。詳見傅剛：《文選》文體論析〉，《《昭明文選》研究》（北京：中國社會科學出版社，2000年1月），頁249。

〔註46〕 就筆者的觀察，「比興思維」可說是貫穿五臣注之重要主軸，這其中當然還存在著五臣本身是否意識到此概念的問題，或者儘管有如此的表現，卻無意識到欲以此作為詮釋的中心意涵。本文之論述，純粹就注文所呈現的情形加以探討，至於五臣注是否有此中心意識，因其並未提出確切的理論，故這部分擬取採保留之態度。

〔註47〕 同一類詩作例如「補亡」，或者是同一位作家的作品，當然有其共通的特質。然而若是類與類之間，比方說「補亡」類與「行旅」類，或者是個別作家的個別詩作間，例如曹植〈贈白馬王彪〉與陸機〈園葵詩〉，恐怕無法尋得太大的關聯性。換言之，《文選》所選的詩作，雖是以「集合體」的樣貌展現，然而每一首詩作其實都具備著一定程度的獨立性。

〔註48〕 艾柯等著，柯里尼編，王宇根譯：《詮釋與過度詮釋》（北京：三聯書店，1997年4月），頁171。

再詳作探討。

　　關於研究步驟，首先擬於疏通文意的基礎上，詳細說明五臣注詮釋的特點，這部分將於第二章中加以論述。至於五臣注的比興思維，乃本文重心所在。五臣的主體思維是以比興概念爲基底，而比興思維的具體內涵，包含「政治寄託」與「情感興發」這兩大主要面向，詳觀五臣注文，常可見到注家對這兩部分多所揭示；而文學技巧方面，五臣往往也會針對詩篇中運用到比興手法的部分加以闡釋。不論是內涵或形式上，都可置於「比興」的大前提下討論。能夠將文學理論的概念（比興）與文學作品的實際解讀（注文）作結合，實爲五臣注很有意思的地方。因此第三章會先針對比興作一定義，復於此定義下，約略說明唐前比興觀的發展〔註49〕，從而具體觀察五臣注中的比興思維，是如何展現出雙面性質。

　　那麼，何以「比興」思維會成爲《文選》五臣注詮釋模式中重要的一環？現象的背後，當有一些相關因素，像是唐朝時代背景以及歷史累積所帶來的影響，便值得我們去深入挖掘，此乃第四章討論的主題。

　　末了，將在第五章餘論的部分，結合前面章節，說明五臣注之缺陷、價值與影響。此外，復另闢一節，以求全責備的角度，探討五臣與李善注間的互補性質。

## 三、研究方法

　　就全文的研究方法而言，筆者擬採 5W 理論〔註50〕，以期能清楚而有系統地架構全文之脈絡。五臣作爲《文選》的詮釋者，具體表現出來的注釋樣貌是怎麼樣的情形（What），在理解《文選》、加以詮釋的同時，比興概念又是如何貫穿其中（How），造成如此特點的原因爲何（Why），與其存在之時空背景（When、Where）是否有特殊的關聯，此乃本文欲一氣呵成探索之問題。

　　至於每一章的具體操作方式：二、三章的部分原則上以五臣注爲主，必要時會採取比較法，盼能在與善注的對照中，進一步呈顯五臣注的特質。

　　第四章的部分，則是對五臣注產生背景的探討。五臣注何以會具備這樣的特殊性，則必須從時間流脈的縱切面，以及時代背景的橫切面交錯觀察。其中涵蓋了儒

---

〔註49〕 既然研究對象爲五臣注，那麼關於「比興」的探討即限於唐前。另一方面，因爲「比興」的議題，歷來研究者眾，說法更是聚訟紛紜，本文在內容上擬采與情感興發、政治寄託相關的部分，形式上則著重於比興藝術技巧的討論，以求集中焦點，而不通盤探討與比興相關的所有問題。這個部分會在第三章作具體說明。

〔註50〕 美國著名的政治科學家拉斯韋爾於 1948 年發表《社會傳播的結構與功能》中提出 5W 理論（who、Says what、In which channel、To whom、With what effect），雖爲傳播學之理論，然其基本精神亦可運用於文學中殆無疑議。

家道德觀、文學自覺（縱切面）、科舉制度、經學文學風氣（橫切面）⋯⋯等相關因素，因此這部分的具體研究方法，必須結合唐前的文學理論，以及新舊唐書⋯⋯等相關歷史材料，如此綜合考量，期能使關照的視野更爲全面。

　　本文的終極目標，盼能不侷限於訓詁考據的對錯問題上，而能採取一個更寬廣的視角，盡可能較全面地觀察五臣注的詮釋樣態，從而能在詮釋學史的脈絡中，給五臣注一個較公允的評價。

# 第三節　《文選》版本選擇之相關問題

　　關於《文選》版本的相關研究，不論是單篇論文〔註51〕，或者是專著探討〔註52〕，前人之成果不可謂之不豐。然而本文研究的對象既然是以五臣注爲主體，自然應把焦點放在與此相關的部分，亦即應對與五臣相關的注本，像五臣注本、六家本、六臣本

〔註51〕　對《文選》版本作整體討論的論文有祝文儀：〈論文選注及其版本〉，《昭明太子和他的文選》（臺北：臺灣學生書局，1971年10月），頁213～222。大部分的論文則是就各類版本，或者是版本中細部的問題作探討，像是屈守元：〈紹興建陽陳八郎本《文選五臣注》跋〉，《文學遺產》第5期（1998年），頁15～18、屈守元：〈《文選六臣注》跋〉，《文學遺產》第1期（2000年），頁40～47、游志誠：〈論廣都本《文選》〉，收於《文選與文選學（第五屆文選學國際學術研討會論文集）》，頁612～627、常思春：〈尤刻本李善注《文選》闌入五臣注的緣由及尤刻本的來歷探索〉，收於《文選與文選學（第五屆文選學國際學術研討會論文集）》，頁640～660、徐俊：〈敦煌本《文選》拾補〉，收於《文選與文選學（第五屆文選學國際學術研討會論文集）》，頁661～664、李佳：〈從永樂本《文選》看六臣注《文選》版本系統〉，收於《文選與文選學（第五屆文選學國際學術研討會論文集）》，頁693～708、饒宗頤：〈敦煌本文選斠證〉，收於陳新雄、于大成主編，《昭明文選論文集》（臺北：木鐸出版社，1976年5月），頁97～196、張壽林：〈唐寫《文選》五臣注本殘卷跋〉，收於《中外學者文選論文集》，頁59～71、程毅中、白化文：〈略談李善注《文選》的尤刻本〉，收於《中外學者文選論文集》，頁224～232、白化文：〈敦煌遺書中《文選》殘卷綜述〉，收於《中外學者文選論文集》，頁378～387、饒宗頤：〈日本古鈔《文選》五臣注殘卷〉，收於《中外學者文選論文集》，頁537～582、森野繁夫：〈關於《文選》李善注——集注本李善注和刊本李善注的關係〉，收於《中外學者文選論文集》，頁1000～1028⋯⋯等，都是極具參考價值的文章。

〔註52〕　像是傅剛：《文選版本研究》（北京：北京大學出版社，2000年9月）、范志新：《文選版本論稿》（南昌：江西人民出版社，2003年9月）、斯波六郎原著，黃錦鋐，陳淑女譯：《文選諸本之研究》（台北：法嚴出版社，2003年11月）⋯⋯等，都是《文選》版本的專著研究，更有針對某一版本，作精細探討者，如羅國威：《敦煌本《昭明文選》研究》（哈爾濱：黑龍江教育出版社，1999年10月）即是。至於日·岡村繁著，陸曉光譯：《文選之研究》（上海：上海古籍出版社，2002年8月），則是花了一半以上的篇幅在討論《文選》版本之相關問題，亦頗具參考價值。

等，作一大致的說明。而這樣的說明，可以視爲是爲了進一步探討本文所選用版本之基礎工作。

　　綜合斯波六郎、傅剛、范志新先生等人的研究，與五臣注相關的版本大致有《文選集注》、三條家本《五臣注文選》、陳八郎本、杭州貓兒橋河東岸開箋紙馬鋪鍾家刻本、朝鮮正德年間五臣注刻本、秀州本、明州本、袁本、廣都本、贛州本、建州本以及茶陵本。其中三條家本《五臣注文選》、陳八郎本、杭州貓兒橋河東岸開箋紙馬鋪鍾家刻本、朝鮮正德年間五臣注刻本四者爲五臣注本，然而諸本或多缺損，或存在著未能保留五臣注原貌的情形〔註53〕，因此五臣注本於此不列入版本選擇的考慮範圍中。

　　至於六臣本的部分，主要有贛州本、建州本以及茶陵本三者。贛州本雖然「是現存《六臣注》本中，其屬最古之刊本」〔註54〕，但是「傳世稀少，一般不易見」〔註55〕，是以在六臣本的部分，建州本成爲其中較具備實際運用性的本子，乃因其「殆與贛州本相同，至其長處，僅間是正贛州本之譌誤耳」〔註56〕，再結合「贛州本加強了李善注」〔註57〕這個優點，六臣本往往詳李善而略五臣，而六家本恰恰相反，遇到善注與五臣注雷同處，常會省略善注，因此建州本實有補充六家本善注的價值。又「1919 年商務印書館據涵芬樓所藏宋刊建州本六臣注《文選》印入《四部叢刊》初編」〔註58〕，所以本文在材料的使用上，即以《四部叢刊》影宋本作爲輔

〔註53〕三條家本《五臣注文選》爲早期抄本，理當具有重要的校勘價值，但目前僅剩殘卷，且其中抄脫、抄重者很多（見傅剛：《文選版本研究》，頁 149），恐無法窺得全貌之虞。陳八郎本雖然是「現存唯一宋刻五臣注全本」（見傅剛：《文選版本研究》，頁251），但「在五臣注傳本中，實非佳刻」（見屈守元：〈紹興建陽陳八郎本《文選五臣注》跋〉，頁 16），而且使用了不少李善注，出現的時間點甚至晚於六家注中的明州本（見傅剛：《文選版本研究》，頁 169），既然研究焦點在於五臣注，陳八郎本這樣的情形恐怕不能算是理想的版本。至於杭州本，相較之下比陳八郎本更能保存五臣注原貌（見傅剛：《文選版本研究》，頁 173），然其不盡如人意處，在於今僅存二十九、三十兩卷（見傅剛：《文選版本研究》，頁 170），可以提供的資料十分有限，故不予考慮。而朝鮮正德年間五臣注刻本「與杭州本基本相同……在杭州本僅存兩卷的今天，朝鮮正德四年所刻這部五臣注《文選》是完全可以作爲宋本使用的」（見傅剛：《文選版本研究》，頁 257～258）惜其缺卷十一到卷十七、卷二十五至卷二十七（見范志新：《文選版本擷英》（貴陽：貴州人民出版社，2004 年 12 月），頁 322），而卷二十五至卷二十七恰爲《文選・詩》之部分，因此在版本的選擇上，並不甚理想。

〔註54〕日・岡村繁著，陸曉光譯：《文選之研究》，頁 34。

〔註55〕傅剛：《文選版本研究》，頁 182。

〔註56〕斯波六郎原著，黃錦鋐，陳淑女譯：《文選諸本之研究》，頁 21。

〔註57〕傅剛：《文選版本研究》，頁 181。

〔註58〕同前註，頁 181。

助參考之版本。至於茶陵本，「或承涵芬樓藏宋刊本（《四部叢刊》本）之系統……
然將此本與《四部叢刊》本詳校，則兩本互異之處亦非尠。但此等殆皆爲此本校者
以己意修改，或故意刪去，或誤脫而生之差異」〔註59〕，因此在六臣本的版本選擇
上，茶陵本恐不如建州本佳。

　　所謂的六家本是以「五臣在前，李善在後」〔註60〕爲其注釋格式，大體上較爲
偏重五臣注，又有李善注作對照，理當爲本文使用材料上較佳的版本選擇。秀州本、
明州本、袁本、廣都本皆屬六家本。關於秀州本，「原五臣、李善二本文意重疊相同，
合併本僅留一家的編例，始於元祐九年的秀州本」〔註61〕，或許會有略於李善注的
缺陷，然而其所據底本年代甚早〔註62〕，且又是「《六家注文選》的首刻」〔註63〕，
再加上「後來的六家、六臣本都從秀州本出」〔註64〕，就整體考量而言，秀州本似
乎是頗理想的版本選擇。然而比照明州本，後者較前者更具「資料完備鮮誤」的優
勢：「明州本全依秀州州學本，……但明州本編修時，當有所勘正，故有些地方糾正
了秀州本的錯誤。……秀州州學本多處漏脫李善注文，明州本一一補足」〔註65〕，
再者，「此本省略善注者有之，爲其劣處，然多存李善注、五臣注之舊，且注中文字
經後人改竄者亦少，此爲其優者」〔註66〕，再加上明州本於原作的用字上多能保存
原貌〔註67〕，因此若就「最存原詩作、五臣本之原貌」以及「完整度」這兩個部分
考量，明州本確實可以作爲秀州本的替代。至於袁本，雖然李善注與五臣注均詳，
卻未如明州本能多存李善注、五臣注之舊〔註68〕，「往往有以意改注文者」〔註69〕。

---

〔註59〕斯波六郎原著、黃錦鋐、陳淑女譯：《文選諸本之研究》，頁 133～134。
〔註60〕傅剛：《文選版本研究》，頁 81。
〔註61〕同前註，頁 176。
〔註62〕「秀州州學所用五臣注底本是平昌孟氏刻本，李善注底本是天聖年間國子監本」（見
　　　　傅剛：《文選版本研究》，頁 175～176）平昌孟氏本出自五代毋昭裔刊本，而國子監
　　　　本雖只有殘卷，卻是「今藏《文選》李善注最早的刻本。」（見傅剛：《文選版本研
　　　　究》，頁 152。）
〔註63〕王立群：《現代「選」學史》，頁 345。
〔註64〕傅剛：《文選版本研究》，頁 176。
〔註65〕同前註，頁 178。
〔註66〕斯波六郎原著，黃錦鋐，陳淑女譯：《文選諸本之研究》，頁 91。
〔註67〕此處茲舉梁章鉅之考察爲證（清·梁章鉅撰、穆克宏點校：《文選旁證》（福州：福
　　　　建人民出版社，2000 年 1 月））：劉琨〈扶風歌〉「我欲竟此曲，此曲悲且長」李善
　　　　本「竟」作「競」，梁章鉅以爲『『竟』作『競』，是也。此傳寫誤。」（頁 684）陸
　　　　厥〈奉答內兄希叔〉「徂落固云是，寂蔑終如斯」李善本「如」作「始」，梁章鉅以
　　　　爲「『始』作『如』……是也。此恐傳寫誤。」（頁 624）。由此可見明州本於保存原
　　　　詩作面貌實有所功。
〔註68〕斯波六郎原著，黃錦鋐，陳淑女譯：《文選諸本之研究》，頁 19。

而廣都本的部分，「今存……唯非全佚」〔註70〕，又是後出之作〔註71〕，以上兩個版本於原貌的保存上皆不若明州本來得有價值，故不採用。

　　另外需個別說明的，則是《文選集注》。周勛初先生就此書徵引各家《選》注之順序、該書避諱的情形，以及其使用唐代俗體書寫的狀況，推斷此書「爲唐中期之後的某一唐代《文選》專家所編」〔註72〕，傅剛先生亦認爲《文選集注》「既產生於唐末，當是最存《文選》各家注舊貌的善本」〔註73〕，光就這一點而言，可見其極具文獻之參考價值。惜其今僅存殘本，故僅能作爲輔助參考之版本。另一方面，《文選集注》「是以李善注爲底本，所以它先引李善注，其次是《抄》、《音決》，再次是五臣、陸善經。這個順序似乎表明編者的體例是根據注者時代先後而排列：李善與公孫羅同時，雖難判孰先孰後，總是李善影響大一些；五臣又早於陸善經，所以將陸善經殿後。其實情況並非如此，《抄》也許要早於李善。」〔註74〕儘管《集注》爲殘文，所收注解的前後順序亦有值得商榷的地方，卻能觀察出陸善經、公孫羅大體的注釋方式，而這兩家的注釋體例較近五臣而遠李善，加上其成書年代又相距不遠，彼此間的影響與傳承確實有可以留意之處，這也是何以要將《文選集注》納入參考的一個原因。

　　基於以上理由，再加上本文分析的對象是詩類整體，是以版本在這個部分的完整性，亦即殘缺與否，也成爲重要考量。因此本文在版本選擇上，乃以明州本爲主，必要時則輔以建州本、《唐鈔文選集注彙存》〔註75〕。

〔註69〕同前註，頁 99。

〔註70〕游志誠：〈論廣都本《文選》〉，頁 617。

〔註71〕同前註，頁 625。

〔註72〕周勛初編選：《唐鈔文選集注彙存・前言》（上海：上海古籍出版社，2000 年 7 月），頁 3。

〔註73〕傅剛：《文選版本研究》，頁 233。

〔註74〕同前註，頁 139。

〔註75〕即註 72 中所提到周勛初先生所編選者。

# 第二章　五臣注的詮釋特徵

## 第一節　前　言

在具體觀察五臣注的注釋狀況前，呂延祚的〈進五臣集注《文選》表〉[註1]是不容忽略、且極具參考價值的文獻，故於此稍作說明：

> 臣受之於師曰：同文底績，是將大理；刊書啓衰，有用廣化。實昭聖代，輒極鄙懷。臣延祚誠惶誠恐，頓首頓首。

> 臣覽古集，至梁昭明太子所撰《文選》三十卷，閱玩未已，吟讀無斁。風雅其來，不之能尚。則有遣辭激切，揆度其事，宅心隱微，晦滅其兆，飾物反諷，假時維情，非夫幽識，莫能洞究。

> 往有李善，時謂宿儒，推而傳之，成六十卷。忽發章句，是徵載籍，述作之由，何嘗措翰。使復精核注引，則陷於末學；質訪指趣，則歸然舊文。祇謂攪心，胡爲析理？

> 臣懲其若是，志爲訓釋。乃求得衢州常山縣尉臣呂延濟、都水使者劉承祖男臣良，處士臣張銑、臣呂向、臣李周翰等，或藝術精遠，塵游不染，或詞論穎曜，岩居自修。相與三復乃詞，周知祕旨，一貫於理，杳測澄懷，目無全文，心無留意，作者爲志，森乎可觀。記其所善，名曰《集注》。并具字音，復三十卷。其言約，其利博，後事元龜，爲學之師，豁然撤蒙，燦然見景，載謂激俗，誠惟便人。

---

〔註 1〕日・長澤規矩也解題：《文選》（東京：汲古書院，1975 年 7 月），頁 71～72。此即第一章所提及之建州本。以下凡引用到《文選》原文及注者，除非有異文的情形，會另行作註外，否則即是以此版本爲準，而不另行加註。

這段文字中，有幾個值得留意之處。首先是「則有遣辭激切，揆度其事……非夫幽識，莫能洞究」一段，這裡指出作品往往別有寄託、或蘊涵真情，而理解這些意涵實為閱讀之所需。然而《文選》之作，常常因為作者運用比興等藝術技巧，造成文意隱晦，讓後來讀者可能產生理解上的問題。這段話除了引出《文選》注釋存在的必要性外，更為五臣意欲採取的注解方式以及關注的詮釋重心（揭示作者為志）埋下伏筆。

接下來「述作之由，何嘗措翰。使復精核注引，則陷於末學；質訪指趣，則歸然舊文」一段，總體而言是對善注的批評，《文選》注的不足也因此而突顯：其一為善注「精核注引」的詮釋方式是有其侷限性的：著意辭源的探求，故有「陷於末學」之困；其二為對於述作旨趣用心不夠，以「歸然舊文」的方式來探訪指趣，在主旨的說明上恐有不夠清晰之虞，這對揭示述作之由實有所不足。面對這樣的情形，五臣才會「志為訓釋」，意欲突破《文選》注之窘境。

第三個值得留意之處，在於「或藝術精遠，塵游不染，或詞論穎曜，岩居自修」，此乃對五臣學術造詣的概括。能夠「藝術精遠」、「詞論穎曜」，實可見到內涵之深度與文采之美，可見五臣本身當具備一定的學識涵養，關於這一點，《新唐書》言呂向「彊志于學，每賣藥，即市閱書，遂通古今」〔註2〕亦可見五臣絕非東坡等人所言乃「荒陋愚儒」之輩〔註3〕。再者，此段說明既可見到五臣之學養兼具內涵與文采，以此學養從事注釋工作，當使注文能有兼顧形式、內涵兩方面的可能性。另一方面，此言更與上述「遣辭激切……莫能洞究」一段遙相呼應，《文選》本身閱讀時所發生的問題，在具備如此素養的注釋家手中，有了得以破解的可能。

至若「相與三復乃詞，周知祕旨……作者為志，森乎可觀」一段，則明白表示了五臣注的具體做法（三復乃詞、目無全文）與實際成果（使作者為志，森乎可觀），在面對作品時，最重要的是能夠得意忘言，以尋求、表現作品之內涵為最終目標，而不若李善注「亦步亦趨」地尋求原典，很多時候也只是找出原典，卻無法與該詩作的意涵連結，在徒增「繁釀」〔註4〕之際，亦失去對「作者為志」的探求。關於這部分，五臣注主要表現在題解以及詩作的串講上。然而像是顧農等學者〔註5〕，多將焦點集中在題解部分，其實除了題解部分明顯表現出這樣的傾向外，詩作串講

---

〔註2〕宋·歐陽修，宋祁撰：《新唐書·列傳第一百二十七·文藝中·呂向》（北京：中華書局，2003年7月），卷202，頁5758。

〔註3〕宋·蘇軾撰，明·茅維編，孔凡禮點校：《蘇軾文集·題跋·〈書《文選》後〉》（北京：中華書局，1999年7月），卷67，頁2095。

〔註4〕此乃借用《新唐書·文藝中·呂向》，頁5759中對李善釋《文選》之評。

〔註5〕相關說法，請參看本文第一章第一節之論述。

上也有不少此類的情形。不論是題解或者詩作中，五臣注對於詩人情意志向的揭示，往往是簡單而不失精確的。此部份將於底下舉例中，作更爲具體的說明。

最後值得注意的，則在於「其言約，其利博」之語。爲什麼能以「其言約」的方式達到「其利博」之功效？可見五臣注詮釋之語言具有精準明白的特色，從《文選》詩類作品作具體分析，的確可以發現很多幽微、深入心理面的串講。姑且不論呂延祚對於善注的批評是否過當，〈進五臣集注《文選》表〉對於五臣注體例、特點之概括，確實頗爲貼切。另一方面，五臣如此明確之注釋主張——闡明述作之由、留意作者爲志，與其「有用廣化」之初衷是相當貼近的。

由以上對〈進五臣集注《文選》表〉的逐段分析中，可以明確發現五臣注在注文內涵上，除了具備揭示作者爲志、述作之由此強烈的自覺意識外，於藝術技巧方面也多所用心。不可否認地，我們由具體作品的觀察中，能明顯看出五臣對於前者的關照是勝過後者的，這是因爲前者實乃五臣注之終極關懷。至於對作品中藝術技巧的揭示，亦有獨立討論的價值，但這部分的最後目的，還是爲了成就作者爲志與述作之由的說明。然而也唯有對內涵與形式這兩個面向都有所留意，方能更爲全面地考察五臣注之詮釋特點。因此在接下來的具體觀察中，將從句意篇旨以及藝術技巧兩部分加以論述。在句意篇旨上，又區分爲「整體性之塑造」、「具體感之呈現」以及「幽微情思之參透」等三部分以便分析。至於藝術手法，則由「修辭技巧之揭示」與「用字遣辭之留意」兩部分觀之。在這番論述的同時，我們將可明確見到五臣於理論（〈進五臣集注《文選》表〉）和實作（詩作之詮釋）間兩相呼應的情形。

附帶一提的是，分類實在是爲了方便說明所致，其實有很多地方是相關、甚至不盡然能夠一刀兩斷的，例如爲表現作品情感興發所作的串講，當屬內容部分，但是在闡釋上所採用的精鍊文字則屬形式的範疇。要之，分類雖有一目了然之優點，然對於重疊之處，也只能相對釐清，而無法作絕對的歸類。

## 第二節 句意篇旨之闡發

對於讀者而言，注文的主要功能，即在說明文意，而闡述「述作之由」、「作者爲志」，確實是五臣注所強烈追求的。是以本節擬以此爲基礎，逐一說明五臣注在句意篇旨闡發上的具體特徵。

### 一、整體性之塑造

所謂的「整體性」，是指對每一首詩詩意的總體涵蓋：或者是於題解處即總述旨

意；或者是在詩作中意象概念的詮釋上，營造出前後呼應的效果。五臣注於注釋時，往往會採取鳥瞰的姿態，將每一個文本當成是一有機的整體，能充分留意詩句與詩句間的關聯性，而非只是單純而分裂地注釋個別詩句。關於注解時能對文本做整體性考量的實際情形，大致可由「題解處的總括大旨」與「詩作詮解上之前後呼應」作觀察。

五臣注於題解處之用心，已有學者以統計的方式，對《文選》作全盤之觀察〔註6〕。若單就《文選》詩類的部分而言，五臣注有題解者多達三六○首，無題解者只有七十九首，前者於詩類中的比重就高達五分之四強。光是從這樣的統計比例來看，實不難理解何以於詩作本身外，題解會是一個觀察的重點。

五臣注於題解處總括大旨的狀況，茲以下列四首詩為例：

〈送應氏詩二首〉　曹植

　　良曰：送應璩、瑒兄弟。時董卓遷獻帝於西京，洛陽被燒，故多言荒蕪之事。

〈為賈謐作贈陸機〉　潘岳

　　向曰：大意述晉平吳，得陸生與之同官，兼言離別勸戒之事。

〈學劉公幹體〉　鮑照

　　良曰：此詩言正直被邪佞所損，雖行質素，而衰盛相陵。

〈擬古〉　鮑照

　　良曰：此篇刺有德不仕，安於幽棲。

就前兩例而言，五臣於第一部分具體背景的說明後，緊接著於第二部分交代全詩大旨，如此兼顧背景與大要的做法，實於詩作的開頭即提供讀者頗為完整的訊息。至於後面兩例，五臣注則是在全詩通盤理解後，提綱挈領地說明要旨，情況略同於上述之第二部分，這在讀者乍窺詩題、毫無頭緒之際，提供一整體性之概念，使讀者可以在讀詩之初就能對詩意有概略性的掌握。像這類於題解處總括大旨的做法，於五臣注中可說是十分普遍的〔註7〕。

題解處的表現，尚有一類情形值得留意，即李善與五臣同為詩旨作注，卻呈現

---

〔註6〕 「據北京中華書局影印《六臣注文選》（建州本）統計，《文選》作品共有七百一十四篇。其中未有題解者為一百六十七篇，有題解者為五百四十七篇。而在這些有題解者中，李善注與五臣注均有題解者為二百七十篇，其餘，李善注有題解而五臣注無題解者為十九篇，而五臣注有題解李善注無題解者為二百五十八篇。」語見陳延嘉：〈論文選五臣注的重大貢獻〉，頁82。

〔註7〕 詳細詩例請參見附錄一之（一）句意篇旨之闡發。

出不同面貌。例如鮑照樂府八首中之〈白頭吟〉，雙方注解如下：

　　　　濟曰：疾人相知以新聞舊，不能至於白首，故以爲名。

　　　　善曰：《西京雜記》曰：「司馬相如將娉茂陵一女爲妾，文君作白頭吟
　　　　以自絕，相如乃止。」沈約《宋書》，古辭白頭吟曰：「淒淒重淒淒，
　　　　嫁娶不須啼。願得一心人，白頭不相離。」

五臣注於此，一方面對詩題何以要名爲「白頭吟」作了簡單的交代，同時也對該詩
要旨有整體性之扼要說明。善注除了點出「白頭吟」這個詞彙的出處，更引用《宋
書》中之古辭，表明該詩的情境，因此也能視爲是對詩旨的關照。然而不容否認的
是，礙於其「徵引式」的體例，它畢竟未若五臣注來得直接明瞭，亦不如五臣注可
以清楚表現整體性之特質。類似情形在曹丕〈苦哉行〉中有更明顯的傾向：

　　　　銑曰：謂山林之人，節行危苦，欲其入仕，以取逸樂。

　　　　善曰：《歌錄》曰：「善哉行，古詞也。」〈古出夏門行〉曰：「善哉殊
　　　　復善，絃歌樂我情。」然善哉，歎美之辭也。〔註8〕

從漢代開始就有樂府舊題與詞之間不盡一致的情形，在詩題與詩意間有所落差的狀
況下，總括大旨則更顯必須。善注引〈古出夏門行〉「絃歌樂我情」此歡樂之語，又
釋「善哉」爲歎美之辭，嚴格觀之，對文意的理解實無多大助益，甚至還有誤導詩
意之嫌〔註9〕。至於五臣注的部分，姑且不論「欲其入仕」的解釋是否爲必然〔註10〕，
至少在詩旨的整體概括上，有較完整的說明，更提供「悲苦而非歡樂」此較佳的文
意理解方向。這裡所舉乃李善與五臣皆有題解之例，雖僅兩例，卻足代表雙方注解
的普遍狀況：注文於題解處的闡釋情形，確實是五臣優於善注的。

　　就《文選》詩類作整體觀察，五臣注在處理題解的部分，大致有以下傾向：一
般而言，若遇到樂府、雜詩、雜擬之類，因其詩題與詩意相關性不高，較難由乍觀
詩題之際即推知詩意之大體，是以五臣多著墨於全詩大旨的說明，也因此在這些詩
類中，注文之整體性表現是比較明顯的。至若公讌、祖餞、詠史、遊覽、贈答、行
旅者流，大體來講詩題與詩意間有著較爲密切的關聯，因此五臣注在這部分往往用
心於時空環境、歷史背景的交代，此乃所謂「具體性之呈現」，詳細狀況會於下一點
中敘述。

---

〔註8〕案明州本：李善本作〈善哉行〉。

〔註9〕善注這樣的做法恐與其「不以文害意」的詮釋主張有某種程度的關聯，然而這樣的
　　　做法在很多時候會出現誤讀文意的情形。關於這個部分，將於本小節結束之前，另
　　　做一番探討，故此不贅言。

〔註10〕傅亞庶先生即以爲該詩表現的是「旅客懷鄉的感情」。語見《三曹詩文全集譯注》（長
　　　春：吉林文史出版社，1997 年 1 月），頁 264。

　　除了於上述題解處的總括大旨可以看出五臣注整體性的表現，於詩作之實際觀察亦可見到類似的狀況。大致來說，五臣於注解上會盡量採取前後一貫的方式，對詩境作整體塑造。這類情形最明顯的表現方式主要有二：其一，明明是較前頭的詩句，五臣卻於注解時透露了部分出現於較後頭詩句中的看法；其二，較後頭的詩句解釋往往會與前頭之詩句或注解有所呼應。此現象所呈現的意義在於：五臣注當是於全盤理解後再回頭串解詩意，而非只是單就個別詩句作注釋，其意欲塑造詩作整體性表現之用心，實昭然可見。五臣注這類前後呼應的注釋情形，至少在《文選》詩類中是頗為常見的〔註11〕，底下即針對上述所言的兩個表現方式，各舉一例觀之。

　　表現方式之一，可以《文選》卷廿九所收傅玄之〈雜詩〉作說明：

　　　志士惜日短，愁人知夜長。攝衣步前庭，仰觀南鴈翔。
　　　玄景隨形運，流響歸空房。清風何飄颻，微月出西方。
　　　繁星衣青天，列宿自成行。蟬鳴高樹間，野鳥號東箱。
　　　纖雲時髣髴，渥露沾我裳。良時無停景，北斗忽低昂。
　　　常恐寒節至，凝氣結為霜。落葉隨風摧，一絕如流光。〔註12〕

　　本篇大體是說明志士抱負未得伸展的慨歎，而這樣的情緒，作者是以寂寥的夜景加以烘托。長夜漫漫，詩人憂慮纏心，不得成眠之際，遂「攝衣步前庭，仰觀南鴈翔」此刻但聞見「玄景隨形運，流響歸空房」呂向於此二詩句下注道：

　　　　景，影也，謂鴈影映於月光而色玄也。影又隨其形而動，鴈響逐風，
　　歸於空房，謂下文述清風與微月，故此先言之也。

單就這兩句而言，表面上只能見到視覺的「玄景」與聽覺的「流響」，而這樣的形象本是單一而獨立的，五臣卻能將此與一般注家不會特別留意的「清風何飄颻，微月出西方」二語作巧妙結合，使得玄景流響能與清風微月相應，從而展現出夜色清寂的整體氛圍。至於詩末結以「落葉隨風摧，一絕如流光」，呂延濟注言：

　　　　讒邪既成，則身危也，如霜露木葉，隨風而摧，則身之滅絕，如月光
　　流沒矣。流光，日也，此說夜，故云月也。

姑且不論「讒邪既成」是否合理，專就風月景色的描繪觀之，實與前面的清風微月遙相對應，五臣於一展詩作前後呼應的脈絡之際，復融情入景，「此先言之」的明點，足見其對詩歌整體性塑造之用心。

　　次則以陸機之〈短歌行〉說明表現方式之二的具體情形：

　　　置酒高堂，悲歌臨觴。人壽幾何，逝如朝霜。時無重至，華不再揚。

---

〔註11〕詳細詩例請參見附錄一之（一）句意篇旨之闡發。
〔註12〕案明州本：李善本「衣」作「依」。

蘋以春暉，蘭以秋芳。來日苦短，去日苦長，今我不樂，蟋蟀在房。

樂以會興，悲以別章。豈曰無感，憂與子忘。我酒既旨，我肴既臧，

短歌可詠，長夜無荒。〔註13〕

該詩除了歎息光陰一去不復返外，另有一重點，即感慨壽命之短促，這點在詩作一開始「人壽幾何，逝如朝霜」以及劉良注云「言人壽促也。逝，往也。朝霜見日而消」即可清楚看出。底下於對酒當歌之時，「豈曰無感，憂爲子忘」，張銑注曰：

言我豈不感年命之促邪？但得與子歡會，遂忘其憂也。子謂知友。

這裡明白點出所「感」者的具體內涵爲「年命之促」，除了是對該句詩意所作的揭示，亦呼應上述「人壽促」之解說，整首詩瀰漫傷命苦短之情懷，即在五臣前後一貫的闡釋中次第展現。

上述兩例是由詩句的順序觀察，探討五臣如何以整體性塑造的方式釋詩。這類前後呼應的方式中，存在一種情況頗值得留意，亦即「在一定的基本立場上解詩」。所謂的「於某個既定立場解詩」，是指詩作本身就存有模糊、得以發展的空間，讀者於閱讀詩作時，或者因爲個人經歷、時代背景……等種種特殊的理由，而由某一既定之立場出發，來填補這樣的空白。詮釋者作爲一個特殊的讀者，五臣於注解時就常常出現類似這樣的情形。底下即以曹植與張載的詩作爲例。試觀曹植《雜詩》六首之四：

南國有佳人，容華若桃李。

翰曰：以佳人喻賢人不見重於時也。

善曰：《楚辭》曰：「受命不遷生南國。」謂江南也。《楚辭》曰：「聞
佳人兮召予。」《毛詩》曰：「何彼穠矣，華如桃李。」

朝遊江北岸，夕宿瀟湘沚。

向曰：湘亦江水名。

善曰：毛萇《詩傳》曰：「沚，渚也。」

時俗薄朱顏，誰爲發皓齒？

銑曰：朱顏皓齒，皆喻賢人美才也。時俗既薄之，誰爲相起發而用也？

善曰：《楚辭》曰：「容則秀雅釋朱顏。」又曰：「美人皓齒娓以姱。」

俛仰歲將暮，榮耀難久恃。〔註14〕

---

〔註13〕　案明州本：李善本「揚」作「陽」、「與」作「爲」、「可」作「有」。據清‧梁章鉅《文
選旁證》考證（頁670）：「《釋名‧釋天》：『陽，揚也。』」

〔註14〕　案明州本：李善本「夕宿瀟湘沚」作「日夕宿湘沚」、「俯」作「俛」。前者若由詩句
對仗的狀況觀之，當以明州本爲佳。

翰曰：國不理多時，故云將暮。君之榮耀在於用賢，今既薄而不用，難久恃。

善曰：《詩》曰：「歲聿云暮。」〔註15〕邊讓〈章華臺賦〉曰：「體迅輕鴻，榮耀春華。」

曹植的這首詩，本來就是具備楚騷韻味的作品，善注引了《楚辭》語句四次，似乎也有意提示詩中的楚騷風韻，然而善注通篇援典，並未作任何串講，對於該詩是否有楚騷風韻的傾向，並未有明白的表述。相較之下，五臣釋此詩之內涵相對明確許多，一開始李周翰即明言「以佳人喻賢人不見重於時也」，此注釋實可視為是本詩之旨。另一方面，單從「南國有佳人，容華若桃李」二語觀之，並無法確知有「以佳人喻賢人不見重於時」的寓意，這樣的情形所呈現的意義有二：其一，五臣注於此明顯有全盤理解後再回頭解詩的特點，此即整體性塑造之表現。其二，在全盤理解的同時，多少受香草美人傳統之影響，故將詩作之空白處填以政治情懷，其基本立場是十分明確的，底下即順此前提，一一揭示美才如何被輕薄、時運如何不堪，天時與人才難以協調的結果，賢人只能走上凋零一途。〔註16〕

次以張載〈七哀詩〉為例：

秋風吐商氣，蕭瑟掃前林。

　　良曰：商為秋氣。

陽烏收和響，寒蟬無餘音。

　　濟曰：陽烏，春鳥也，收息其和聲，而秋已深，故蟬亦無矣。喻帝室之漸衰。

白露朝夜結，木落柯條森。

　　銑曰：露結為霜也。森，寒風振聲。

朱光馳北陸，浮景忽西沈。

　　翰曰：朱，日光也。天道游北，故云馳北陸。陸，道也。浮，行也。忽西沈，言其疾沒也。

顧望無所見，惟睹松柏陰。

　　向曰：松柏，墓丘所生。

---

〔註15〕該詩中「佳人」、「歲暮」等辭李善注已於之前的注釋中出現過，故明州本但言「已見上文」，此處補以建州本。凡下文有類似情形者，即採同樣做法，不另附註。

〔註16〕由此例觀之，李善的注釋傾向客觀陳述，五臣則是較為主觀，而這樣的情形，於《文選》詩類的整體觀察中，亦頗為常見，孰優孰劣倒很難截然劃分，只能說是因為注釋體例以及注家本身所選擇的立場不同，而有如此的差別。

蕭蕭高桐枝，翩翩栖孤禽。

　　銑曰：此喻帝室政衰，雖在名位，若孤鳥栖於高桐也。蕭蕭，謂寒氣
　　著枝聲也。翩翩，孤鳥兒。

仰聽離鴻鳴，俯聞蜻蚓吟。

　　良曰：蜻蚓，蟲名。

哀人易感傷，觸物增悲心。丘隴日已遠，纏綿思彌深。

　　銑曰：丘隴，謂其先人也。霜露既降，君子履之，必有悽愴之心，哀
　　於國，故亦思親。纏綿，謂憂思多也。

憂來令髮白，誰云愁可任。徘徊向長風，淚下霑衣衿。〔註17〕

　　翰曰：徘徊，心不安貌。長風，見時物衰歇，復感時風衰薄，故淚下
　　矣。

該詩實可視爲是單純的悲秋之作，全詩所瀰漫的，是一股哀傷之氣氛，至於所哀之
具體因素爲何，詩中並未明點。五臣以爲此乃「憂家國衰微」之作，不失爲提供一
個可能性的解說。外界動（陽鳥、寒蟬、孤禽）、靜（高桐枝）態之景映入眼簾，所
觸發的，乃是「哀於國」的「悽愴之心」，末以「復感時風衰薄」作結，呼應前頭的
「帝室政衰」，使得家國之悲的哀情於蕭瑟的秋景中迴盪不已。五臣注在該詩中除了
表現其前後一貫的整體性注釋特點，「由既定立場解詩」的情形亦於此清楚顯露。於
此可附帶說明的是，上述所引二例，由「既定立場解詩」的內涵，都與政治有關，
而此實爲五臣注中值得注意的一個面向，若配合注文中所呈現的比興思維，的確有
進一步探討的價值，這部分留待第三章，再作詳細的說明。

　　關於整體性的部分，以上分由「題解處的總括大旨」及「詩作詮解上之前後呼
應」兩部分說明，然而這並不意味五臣於整體性的注釋特點，是切割成兩個部分而
不可融涉的，亦有不少作品之解析，可以見到題解與詩作在疏通文意上的相映與一
貫性。此處僅以陸機的〈園葵詩〉說明：

〈園葵詩〉　陸士衡

　　翰曰：葵之爲物，傾心向陽，如臣事君，以心敬也，故托之爲詩也。

種葵北園中，葵生鬱萋萋。

　　向曰：鬱，盛也。萋萋，茂貌。

朝榮東北傾，夕穎西南晞。

　　銑曰：葵性衛足，朝日出則東榮，葉向東傾，夕陽在西，則傾心向日。

────────────────

〔註17〕案明州本：李善本「鳥」作「鳥」、「朝」作「中」、「沈」作「沉」、「思彌」作「彌
　　思」。最後一處異文若由詩句對仗的狀況觀之，當以明州本爲佳。

穎，心。晞，日也。

**零露垂鮮澤，朗月耀其輝。**

良曰：零，落也，言露垂鮮澤以沐之，月舒光以照之，蓋 喻君之恩及 臣 也。

**時逝柔風戢，歲暮商飆飛。**

濟曰：逝，往也。柔風，春風也。戢，藏也。商飆，秋風也。

**曾雲無溫液，嚴霜有凝威。**

向曰：曾雲無溫液，謂重雲無夏雨也。此上四句，皆喻 在吳被破而來 也。

**辛蒙高墉德，玄景陰素蕤。**

翰曰： 至晉，蒙天子之德以祿我 ，亦如高牆玄陰之影，庇陰素蕤。蕤，花。墉，牆也。玄謂墉陰之色。玄，黑。景，影也。

**豐條並春盛，落葉後秋衰。慶彼晚凋福，忘此孤生悲。** 〔註18〕

向曰：言葵之豐條，並於春盛之時，落葉後於秋時而衰也。心喜晚凋以為福，而且忘孤生之悲也， 謂從吳來 ，至此孤宦故也。

按照五臣的注解內涵，此詩明顯為託物寓情之作，於詩題處即明言葵乃臣之比喻，接著全詩的闡釋，即以此為軸線開展。在零露、朗月等清新景象的刻畫中，使得承蒙君恩之形象更為具體鮮明；於曾雲、嚴霜等灰黯的景觀描繪裡，確切點出吳地的破窘，使全詩更具歷史之悲感。而這些都是緊扣「葵之為物，傾心向陽，如臣事君，以心敬也」而來。五臣於此，將詩旨與詩作的解釋作了密切的結合，使全詩的主軸於一再呼應中更為突顯。像這一類的注解，實可視為是五臣注中整體性塑造之最佳表徵。

綜上所述，不論是「題解處的總括大旨」，或者是「詩作詮解上之前後呼應」，都可見到五臣注著力於詩歌意旨整體性之塑造，如此做法相較於只是單獨針對個別詩句作解，明顯來得全面而完整，此乃五臣注重要的詮釋特色之一。

## 二、具體感之呈現

一般而言，中國詩歌除了詠史詩一類，較會具體交代人事物的狀態外，大部分的詩作往往著重於詩人情志的表達，不論是個人的小悲小情，或者是全人類的同情共感，要之在於塑造情感的意蘊氣氛，至於該意蘊背後的具體事件為何，似乎無關

---

〔註18〕案明州本：李善本「飆」作「焱」。

緊要。就某個程度而言，未明言具體事件，實爲營造詩歌含蓄不盡之美感。然而就後代讀者的角度觀之，這樣的做法固然有多方揣想的優點，但若能知曉詩人寫作的時空環境，未嘗不是提供讀者於詩人、詩作的雙重理解下，進一步體會詩歌的契機。

　　五臣注的詮釋特徵中，對於詩句背後的「具體實境」究竟爲何，亦費了不少功夫解說。此特點即是孟子「知人論世說」的運用。這樣的注解，無非是希望透過對詩人寫作該詩時空背景的理解，從而能夠掌握詩中的具體實境，期能進一步感受全詩的意味情致。爲方便解說，以下將由「題解處之背景交代」、「詩作中的具體呈現」兩部分，舉例說明五臣如何呈現與詩作相關的具體實境。

　　五臣注於題解處除了總括大旨外，還有很多時候會對該詩的背景作一具體交代，這樣的情形多見於公讌、祖餞、詠史、遊覽、贈答、行旅……等類別中，關於這部分，已於上述略作說明，以下復條舉數例觀之：

〈贈尚書郎顧彥先〉　　陸機
　　翰曰：顧彥先，同爲尚書郎，遇雨不相見，故贈此詩。
　　善曰：王隱《晉書》曰：「顧榮，字彥先，吳人也，爲尚書郎。」

〈古意酬到長史溉登琅邪城〉　　徐悱
　　向曰：何元之《梁典》曰：「徐悱，字敬業，少有才學，爲晉安內史。」古意，作古詩之意也。酬，報也。溉爲司徒長史，登此城作詩贈悱，故悱報之。
　　善曰：何之元《梁典》曰：「徐勉第三息悱，字敬業，晉安內史，有學業，最知名。卒於郡府。」

五臣於陸機與徐悱這兩首詩的解釋，可說是於簡化善注之外，另行點出作詩的具體時間與地點。李善注內容，與這兩首作品似乎沒有必然性的關係，彷彿只要是陸、徐之作，都可套用此說明，這對理解該詩，其實並未有太大的效用。倒是五臣注，一方面擷取善注中與該詩較直接相關的材料，另一方面又增添部分實境資料，而這些都是扣緊詩作所做的具體說明，較之李善，反而更能呈現個別詩作之獨特性。

　　復以潘岳〈金谷集作詩〉中題解處的注釋爲例：
　　向曰：時崇出爲城陽太守，潘安仁送之。
　　善曰：酈元《水經注》曰：「金谷水出河南太白原，東南流，歷金谷，謂之金谷水。東南流，經石崇故居。」

此處善注只引用《水經注》這條材料，與該詩較爲相關處乃對「金谷水流經石崇居」之解釋，然而礙於《水經注》「以水爲主軸」的介紹體例，援引此材料，反倒使背景

交代顯得過於週邊而不甚貼切，充其量不過是對「金谷」的地理環境與歷史有所認識，並未提供與該詩較爲密切的相關資訊。同樣是針對具體實景作解，呂向注雖僅二語，卻能一目了然地說明作詩之因，顯然是頗爲貼合詩境之解。

這樣的表現方式，尚可以曹植的〈上責躬應詔詩表〉爲例：

> 翰曰：植嘗與楊脩、應瑒等飲酒，醉走馬於司禁門，文帝即位，念其舊事，徙封鄄城侯。後求見帝，帝責之，置西館，未許朝，故子建獻此詩也。

> 善曰：《魏志》曰：「黃初四年，植朝京都，上疏并獻詩二首。」

於詩題之下，善注解說十分簡單，僅交代時間地點，至於曹植何以獻詩，則完全未提，實則了解子建獻詩之因，對於理解該詩的情境有著不小的助益。五臣即對子建〈上責躬應詔詩表〉的緣由，有較爲完整具體、且與文本密切相關的交代。雙方於展現具體實境上有如此落差，究其原因，在於善注受援引資料所限，若不另行串講，所呈現的狀況就會顯得片面、疏離而不周全，至於五臣注串講文意的形式，則可順應詩意所需隨時調整，因此在表現「具體性」這部分，不論是關照面向的廣度，或者是與詩意的結合上，都有較爲理想的展現。

五臣注中類似這樣著重具體實境描繪之例，實不勝枚舉〔註19〕，此處復條列三例以概其餘：

〈行藥至城東橋〉　鮑照

> 良曰：昭因疾服藥，行而宣導之，遂至建康城東橋，見游宦之子，而作是詩。

〈旦發魚浦潭〉　丘遲

> 向曰：遲爲新安郡太守，經此潭宿，明日早發，至中流，作此詩也。

〈贈五官中郎將〉　劉楨

> 濟曰：魏文帝初爲五官中郎將副丞相，文帝來視楨疾，後楨賦詩以贈之，謂未即帝位時也。

此三例概括而言，亦因循知人論世的做法，對於時間（見游宦之子、明日早發、未即帝位時）、地點（建康城東橋、至中流），甚至官階（新安郡太守、五官中郎將副丞相）……等，都有具體的交代，如此一來，將使讀者於實際讀詩之前對該作的背景有一大致認識，從而有進一步掌握詩作情蘊的可能。

這部分比較特別的，是關於詠史詩中五臣於題解處之說明：

---

〔註19〕詳細詩例請參見附錄一之（一）句意篇旨之闡發。

〈三良〉　曹植

　　良曰：亦詠史也，義與前詩同。植被文帝責黜，意者是悔不隨武帝死，
而託是詩。

〈詠史詩〉　王粲

　　向曰：謂覽史書，詠其行事得失，或自寄情焉。曹公好以己事誅殺賢
良，粲故託言秦穆公殺三良自殉以諷之。

以歷史事件爲題材進行創作，或者純粹因詠懷歷史之故，然而更多時候會與詩人本
身的所思所感有所關聯，因此注家若能將過往的歷史與詩人所處的時代背景作結
合，自然能具體展現詩人寄託於過往的情愫。另一方面，這樣的做法對讀者而言，
歷史故事將不再是塵封舊事，而能在與詩人經歷相結合的揣想中，栩栩如生。對於
詠史一類之解釋，五臣注往往會將詩人與歷史間的關係作連結，在五臣注筆下，詠
史之作幾乎都有詠懷的傾向。然而需於此稍加辨析的是，所歌詠的歷史對象是否必
然具備詩人的寄託，是另一個可以探討的問題，而此處的重點擺在：五臣注於此所
展現出來的「具體性」特徵。至於五臣之注解是否與詩人原意相符，那又是另一層
次的問題。

　　五臣注於題解處之表現，存在一個十分有意思的現象，亦即：題解內容大致可
分成背景交代與總括大旨兩部分，其中又以前者佔大部分，這樣的情形尚可由「樂
府、雜詩、雜擬之類，多整體性表現，而公讌、祖餞、詠史、遊覽、贈答、行旅者
流則多具體性展現」此詩類多寡的偏向觀察得知。五臣注於題解處背景交代的情形
多於總括大旨，究其原因，這一方面與詩類本身的需要有關，另一方面則與中國詩
歌重視知人論世的傳統不無關係。

　　至於詩作解釋中五臣注對於具體背景之揭示，其主要原則大體與題解處的情形
相去不遠。於此處不憚其煩地舉例，主要原因還是希望能於這樣的歸納說明中，充
分驗證五臣注「具體感」之特點。試觀以下二例：

子玉之敗，屢增惟塵。（嵇康〈幽憤詩〉）

　　翰曰：鍾會有憾於叔夜，時呂安兄巽姦安妻，巽爲大將軍長史，遂構
誣將害安，鍾會爲大將軍所善，會因勸大將軍誅康，與呂安同罪也。
子玉，楚子玉也，令尹子文舉之以自代，後子玉與晉戰，子玉大敗。
康此意所以憤呂巽有穢行，大將軍用爲長史，是不知人，亦如子文之
用子玉，不當也。惟塵，謂詩人刺進舉小人也，謂鍾會有言於大將軍，
將害康，比會爲小人也。屢增者，言當朝此類多矣。

> 發軔喪夷易，歸軫慎崎傾。（顏延之〈拜陵廟作〉）
>
> 良曰：軔，跡。夷，平。喪，失也。軫，車也。言發迹入仕，在於高
> 祖平易之時，高祖既沒，遭少帝之難，是發跡而失平易之道，今老矣，
> 如車之將歸，宜慎崎傾之險也。

嵇康撰寫〈幽憤詩〉的史實背景，與嵇康本人和呂氏兄弟之恩怨有所關聯，李周翰
於此已做了簡要的說明。至於此處所引顏延之〈拜陵廟作〉的詩句，乃詩末之言，
劉良注的串講，實可視爲對全詩情緒思維的總括。首先就李善注的部分觀之：「子玉
之敗，屢增惟塵」底下，李善引鄭玄語：「喻大夫進舉小人，適自作憂患也。」而「發
軔喪夷易，歸軫慎崎傾」二語，善注亦於一開始即言：「以車之行喻己之仕也。」這
樣的說明其實是站在一個較高點俯瞰，就此段話作概括性的注解，至於具體人物、
原典與詩人當下的情境結合的詳細情況，則未多作說明。相較之下，五臣於該二例
中，則是清楚交代具體人事：〈幽憤詩〉中結合時事與歷史，將子玉之典與呂巽之事
的關聯一一梳理，使得其中脈絡得以分明；〈拜陵廟作〉則是清楚點出「發軔」與「歸
軫」相應的具體時間點（高祖、少帝時）。針對該二例而言，除了再次突顯五臣注對
於詩作「具體感」之重視外，善注與五臣注一扼要一詳明的詮解方式，實各有勝處，
若以注解的完備度作考量，該二注實有合觀的價值。

詩作中對具體感的解說，尚可以陸機的〈答賈長淵〉爲例：

> 吳實龍飛，劉亦嶽立。
>
> 良曰：吳，孫權也。龍飛，九五位也。劉，劉備也。岳立，言如四岳
> 諸侯之立也。云吳實龍飛者，士衡吳人，故有尊吳之意，不忘本也。

該詩簡單概括，即爲對晉朝歌功頌德之作，這類作品的描繪方式，最普遍的架構即
是由上古三皇的歷史一路往下論述，此處所擷，即三國鼎立之情形。關於「吳實龍
飛，劉亦嶽立」，五臣「尊吳」之說法誠然有再探討的餘地〔註20〕，然而單就其知
人論世的做法觀之，注解文意時對於人事物的具體關照（孫權、劉備、吳），確實是
十分明晰的。

最後再以劉楨《贈五官中郎將》之四爲例，以現「具體性」表現在五臣注中的
普遍狀況〔註21〕：

---

〔註20〕這段詩句是「乃眷三哲，俾乂斯民。啓土雖難，改物承天。爰茲有魏，即宮天邑。
吳實龍飛，劉亦嶽立。」要點在說明三國鼎立、振奮世局的狀態，此處亦言魏、蜀
兩國，單提「尊吳」，只因陸機爲吳人，恐不夠公允，將此看成是純粹敍述歷史即可，
與不忘本並無多大的關聯。此乃就五臣注解釋是否得當而言，然並不妨礙其對「具
體感」的重視，這是兩個應該分開討論的問題。

〔註21〕詳細詩例請參見附錄一之（一）句意篇旨之闡發。

涼風吹沙礫，氛霜何皚皚。

　　向曰：豫思文帝在軍之時也。礫，小石也。氛，邊氣。皚皚，白皃。

〔註22〕

明月照緹幕，華燈散炎輝。賦詩連篇章，極夜不知歸。

君侯多壯思，文雅縱橫飛。小臣信頑魯，僶勉安能追。

全詩所呈現的，乃君臣於寒涼的月夜中賦詩之情景，「涼風吹沙礫，氛霜何皚皚」者，本該是純粹描繪寒涼天候之語，五臣卻明白指出此乃「文帝在軍」之時，具體落實到詩人所處之時代背景，此又是明顯之一例。

　　在詩作詮釋中具體感的呈現上，尚有一處值得一提，即是五臣注面對典故時的一般性處理模式。在中國文學的傳統中，典故的運用是十分普遍的，它能於精鍊的文字中展現豐富的意涵，無怪乎詩人往往喜歡在有限的詩章裡，或多或少地運用典故。然而就讀者而言，「由於作者與讀者之間文化對應關係的差異，典故便常常造成了讀者讀詩時的『視境中斷』」〔註23〕，因此注釋者於這部分的工作，即是將詩中的視境做一連結。五臣於此處之處理，往往會將原典的歷史事件作一說明，並與作者本身的遭遇明確結合，如此一來，不僅有疏通文意之功，更能於兩者的巧妙連結中，揭示古今共感的情味。這般將歷史舊事，明確而具體地轉換爲詩人當下的情境，幫助讀者化隔閡於無形，實乃注家之功。此類情形可以任昉〈出郡傳舍哭范僕射〉爲例：

濬沖得茂彥，夫子值狂生。

　　向曰：王戎，字濬沖，爲吏部尚書，得李茂彥爲吏部郎，戎以禮待之。

　　范雲時爲吏部尚書，彥昇亦爲吏部郎，與濬沖、茂彥相類，故云夫子

　　值狂生，自比，謙也。夫子，謂雲也。

〈出郡傳舍哭范僕射〉乃任昉悼范雲離別人間之作，上述所引二語乃過去范雲對任昉的提攜之情。此處五臣將王戎、李茂彥之職位關係與范、任兩人一一對應，明確具體，可清楚知道詩人何以如此用典之因。值得注意的是，呂向點出「狂生」乃任昉「自比，謙也」，這就於原典中吏部郎的職位外，說明了詩人使用「狂生」一詞的口吻（即「謙」也），詩中之語氣即與原典中的平鋪直述有所不同。呂向注除了解釋典故與詩人寫詩當下間的對應情形外，更能留意實際狀態，亦即原典與詩作化用間的些微差異，使得看似硬梆梆的用典，於此有了情思面向的揭示。五臣注對於具體感呈現之說明，尚能兼顧原典與詩作間相符及略異處，此實爲一則佳例。

---

〔註22〕案明州本：李善本「氛霜」作「霜氣」、「魯」作「鹵」。
〔註23〕葛兆光：《漢字的魔方》（瀋陽：遼寧教育出版社，1999年1月），頁139。

　　類似情形，底下復舉三例，以證其餘：

惟昔李愆期，寄在匈奴庭。忠信反獲罪，漢武不見明。（劉琨〈扶風歌〉）
〔註24〕

　　銑曰：愆，過也，愆期，謂李陵與匈奴戰，失利，遂降之，而實執忠
　　信之節，欲劫匈奴以報於漢，而武帝不明其心，乃誅其親族也。琨誓
　　將立功，故引此歎息。

咸池饗爰居，鍾皷或愁辛。（江淹《雜體詩·嵇中散言志康》）

　　銑曰：咸池，黃帝樂。爰居，海鳥也。昔臧文仲奏咸池、擊鍾鼓，具
　　太牢以饗海鳥，禮樂雖美，鳥聞之悲愁辛酸。此言榮祿信美，而康視
　　之，亦猶鳥聞鍾皷之聲。

匠者時眄，不免饌賓。（盧諶〈贈劉琨〉并書）

　　良曰：木既不能全不材，故時為至者顧眄；鴈既不能鳴，則不免充饌
　　以饗賓。喻己為段匹磾時眄，恐不免充饌也。

　　善曰：言在木闕不材，故匠者時眄，在鴈乏善鳴，故不免饗賓也。《莊
　　子》，惠子謂弟子曰：「吾有大樹，人謂之樗，匠者不顧。」《廣雅》
　　曰：「饌，進食也。饌與撰同，仕眷切。」

上述任昉之例中尚提及任、范兩位今人，然而此處三例，但引出掌故，至於如何與
詩人本身的遭遇作具體結合，並無明顯的說明，因此在這個部分，五臣對於實際情
狀的揭示當是更顯必須。在劉琨與江淹的作品中，看似僅言李陵忠義不獲信的舊事、
《莊子》書中的寓言故事，五臣卻能於此基礎上，順勢明白導出作者的心情處境（或
「歎息」，或「悲愁辛酸」），使得典故與詩人情懷得以具體連結，愁思之深亦於古今
的迴環往復中進一步彰顯。至於〈贈劉琨〉并書一例，五臣則是於木、鴈兩個具體
物象中，導出和詩人相類的感懷，於兩次「不能」、兩個「不免」的疊沓中，充分展
現作者的無奈之情。作者己身如木、鴈般受段匹磾（匠者、主人）的顧眄，於這般
對照的提示裡，詩人處境之困窘實鮮明可見。這部分若與善注相較，善注但述舊典，
五臣則是於古今對照中，將重心擺在對於詩人實境之揭示，若以注釋是否有助於理
解文意為主要考量，後者之做法顯然是勝過前者的。

　　一般而言，典故不見得只具備單一面向之意涵，也有正用、反用等各種情形，
而五臣注對於典故的處理，往往會較善注多出與「作者生平」結合的一段，這樣的
好處是可以明確看出典故與該詩所關注的面向是否一致，如果相同，五臣注可以有

強化說明的效果；若有轉化典故的狀況出現，也能具備釐清之功。而這樣結合典故與詩人實境之說明，實可作爲五臣注中「具體感之呈現」的佳例。

　　綜上所論，五臣注中常可見到具體感的呈現，這個部分若過分指實，固然會有附會之虞，然而若從「提供讀者掌握文意」的初衷觀之，確實有其難以抹滅之價值。

## 三、幽微情思之參透

　　誠如呂延祚在〈進五臣集注《文選》表〉中所言，五臣注十分留意作者爲志、述作之由的揭示，而這樣的揭示，當然不是將原詩句做簡單的白話翻譯即可，注釋者必須參透作者幽微的情思，將表面之景所涵蓋的深層意義闡釋出來。詩人們往往喜歡以單純的形象爲表層，藉此傳達物象背後的深意，而五臣注在很多時候，即恰當地將景物中所涵蓋的意念給詮釋出來。這樣的詮釋方式對讀者而言，實提供其深入了解詩中情蘊之可能性。其具體詮釋情形，可由以下數例觀之：

> 往春翔北土，今冬客南淮。遠行蒙霜雪，毛羽日摧頹。（應瑒〈侍五官中郎將建章臺詩〉）
>
> 　　向曰：傷命舛也。

此乃應氏以雁喻己之作。詩句所呈現的，乃鴻雁長途飛翔、披霜振羽的具體景象，毛羽因此而摧頹，實可視爲是命舛的表徵。呂向注於此之概括頗爲簡明，「傷」者既恰當傳達流動於物象間的悲哀情緒，「命舛」者更是對此詩句之深意有妥貼的涵蓋，此例可見五臣注對情意闡明之用心。

　　再觀顏延之的〈北使洛〉：

> 宮陛多巢穴，城闕生雲煙。
>
> 　　翰曰：言其荒蕪如此。

據《宋書》記載：「義熙十二年，高祖北伐，有宋公之授，府遣一使慶殊命，參起居，延之與同府王參軍俱奉使至洛陽，道中作詩二首。」〔註25〕此處所擷，乃顏氏北行至洛陽途中所見戰爭後的殘破景象，詩人於此，將宮陛、城闕的繁華過往，與當今寂寥的巢穴、雲煙對照，無非是爲了突顯今日之凋敝，五臣注於宮陛、巢穴、城闕、雲煙等看似客觀的景象中，明確點出此予人的「荒蕪」之感，言「如此」者，則是於驚訝中表現出深深的慨歎，此說明確實將詩中所蘊含的幽微情思表達得淋漓盡致。

---

〔註25〕梁・沈約撰：《宋書・列傳第三十三・顏延之》（北京：中華書局，2000 年 11 月），卷 73，頁 1891。

復觀劉琨〈扶風歌〉中之描繪：

　　左手彎繁弱，右手揮龍淵。

　　　良曰：繁弱，弓名。龍淵，劍名。謂晉被胡虜所逼，意欲掃滅之。

此乃詩人從洛陽到晉陽途中所思所感之作，這其中含有對家國的懷念、對君子之道的慨歎，全詩寫來慷慨激昂，此處所擷，乃其行途上之裝扮形象。單就詩句觀之，徒見左右雙手握弓拿劍的具體形象，五臣注則簡潔地揭示該具象所欲傳達的訊息：即那欲滅胡虜的慷慨氣勢。在掌握這層意思後回頭觀詩，這一「彎」一「揮」不再只是單純的動作描繪，豪情壯志實已深含其中。

再以左思〈詠史詩〉為例：

　　習習籠中鳥，舉翮觸四隅。落落窮巷士，抱影守空廬。

　　　銑曰：士居窮巷，猶鳥之在籠，皆不得志也。習習，屢飛兒；落落，
　　　疎寂兒。抱影，猶隱身也。

五臣注首先點出籠中鳥乃窮巷士之喻託，在兩者受限於環境（籠、廬）的困厄形象中，精準地歸納出詩人亟欲傳達的「不得志」之落魄情意。五臣注對情思的闡釋，此亦為明顯之例。

至於沈約的〈和謝宣城〉：

　　將隨渤澥去，刷羽汎清源。

　　　向曰：願如鳥游渤澥之水薄，刷羽毛汎弄清波，以自取性。

全詩旨在說明仕宦之苦，末以意欲歸隱作結，此處所取，乃詩人欲離官場之描繪。五臣之注解，若結束於「刷羽毛汎弄清波」一語亦無不可，然而若僅止於此，水鳥的泛波輕游，就會傾向為自然景物的描繪，但該詩句的重點，卻是在於詩人對「順己之性」的嚮往，水鳥之形象不過是傳達詩人意欲「自取其性」的媒介。呂向於此注文中的最後一語，可說是明確交代了詩人的心態。

復以潘岳的〈河陽縣作〉為例，該詩主要述說對京都的思念，並道出但願為官能無忝己職的心願。以下所取，乃詩中對京都風氣的描繪：

　　惚惚都邑人，擾擾俗化訛。

　　　濟曰：惚惚、擾擾，皆眾也。言都邑人眾，俗化訛偽也。

　　依水類浮萍，寄松似懸蘿。

　　　翰曰：萍之依水，隨水去留；蘿之寄松，隨松高下。人俗與政化遷變，
　　　亦猶是也。

詩中明顯運用了比喻的方式，然而究竟是什麼類似浮萍、懸蘿，單由此二詩句中並未能直接察覺。五臣直言「人俗與政化遷變」，一來明白道出詩人所欲傳達之意念，

二來亦與前面「悤悤都邑人，擾擾俗化訛」能有所呼應，就情思的闡釋而言，可謂簡單而精準。根據這個例子可附帶一提的，是關於五臣注本身文字之美的表現。詩歌的創作往往會使用對偶的方式，而五臣注面對這種情形，亦有不少注文採取對句的方式釋詩〔註26〕，此處恰可見到「五臣注自身的藝術性」，亦即詮釋者本身用辭之美，此乃五臣注具探討價值的一個面向。唯本文說明五臣注的詮釋特徵，終究是以「文本與注文間的對應」，也就是疏通文意爲基，從而探討五臣注的詮釋特徵與注文本身的思維模式，故僅略提一筆，而不對此部分多作說明。

　　由上述諸例觀之，可以發現五臣注對於幽微情思的闡釋多非常簡短，卻能不失精準，這對文意的深入體會確實功不可沒。而這類例子於《文選》詩類中俯拾即是，如此深入淺出之注文，底下不憚其煩地再列二例，以概其餘：

（陶淵明〈挽歌詩〉）

荒草何茫茫，白楊亦蕭蕭。嚴霜九月中，送我出遠郊。

四面無人居，高墳正嶕嶢。

馬爲仰天鳴，風爲自蕭條。幽室一已閉，千年不復朝。

　　濟曰：助其悲哀。

　　　良曰：幽室，墳墓也；不復朝，無生期也。

千年不復朝，賢達無奈何。

向來相送人，各已歸其家。親戚或餘悲，他人亦已歌。

　　向曰：言情有厚薄。

死去何所道，託體同山阿。

---

〔註26〕以下諸例，皆可作爲五臣注本身文字之美的說明：

俯濯石下潭，仰看條上猿。（謝靈運〈石門新營所住四面高山迴溪石瀨修竹茂林〉）

　　良曰：俯則洗心神於石水，仰則看猴猿於木條也。

德輝灼邦懋，芳風被鄉壼。（顏延之〈贈王太常〉）

　　向曰：……言德輝可以盛邦國之美，芳風可以加鄉老之化。

樂以會興，悲以別章。（陸機〈短歌行〉）

　　向曰：歡會則起其樂，別離則明其悲。

妍談既愉心，哀弄信睦耳。（謝靈運〈擬魏太子鄴中集詩〉之七）

　　翰曰：……言話之美，足可樂心；哀弄之音，信可和耳。

志士惜日短，愁人知夜長。（傅玄〈雜詩〉）

　　良曰：進德脩業，故惜日短；夜愁不寐，故知夜長。

摘芳愛氣馥，拾蘂憐色滋。色滋畏沃若，人事亦銷鑠。（江淹《雜體詩·謝法曹贈別惠連》）

　　濟曰：……言草木滋繁，則反枯槁；人事至盛，亦畏銷鑠，謂衰散也。

不見舊耆老，但覩新少年。側足無行徑，荒疇不復田。（曹植〈送應氏二
首〉）

　　銑曰：頓躄，崩倒也。不見耆老，言 皆遭亂見殺 。

陶詩乃由亡者立場出發的哀悼之作，曹詩則是述說洛陽於戰後的荒涼景象。就詩
句的部分觀之，馬鳴、風嘯、田荒……等形象都極為鮮明，而五臣對此則有妥貼
之說明：馬鳴風嘯所烘托的，乃亡者己身之哀情；餘悲也好，歡歌也罷，此現象
所呈現的，乃人情之厚薄，以「情有厚薄」概括，實簡明而恰當；但存少年而不
見耆老，背後所隱含「遭亂見殺」之悲慨可見一斑。簡言之，五臣注對於具體形
象背後所蘊含之思想情感，常多所留意，不僅是單就字面解釋，更能以簡明扼要
的方式闡述詩人意欲傳達的思維。如此概括性的說明，正是五臣用心揭示一個個
物象背後主體意念之具體表現。此意涵不論是情或理，都對作者為志的說明，有
很大的助益。

　　中國詩歌的特色之一，即是景中含情，詩人筆下之景，很多時候並非純然是景
觀的描繪，或者只是酌酒的一個小動作，或者是對季節轉換的簡單說明，卻於此一
二言中，蘊含著濃愁淡思。這類詩作與上述諸例存在著十分細微的差別：後者單就
詩句觀之，已隱隱然可見詩人本身情意的寄託，五臣注則是將此寄託明白地揭示出
來。至於前者，乍看之下亦可視為是尋常繪景之句，即便將此當成純然客觀的景色、
動作，亦無礙於對全詩之理解，然而五臣注卻能融通全詩的意蘊，釋主觀情感於客
觀景緻之中，使得全詩的意涵，因此能更為深刻。試觀謝朓〈休沐重還道中〉：

　　薄遊第從告，思閑願罷歸。還邛歌賦似，休汝車騎非。
　　霸池不可別，伊川難重違。汀葭稍靡靡，江菼復依依。
　　田鶴遠相叫，沙鴇忽爭飛。雲端楚山見，林表吳岫微。
　　試與征徒望，鄉淚盡沾衣。
　　賴此盈罇酌，含景望芳菲。

　　　　良曰：賴此盈罇酒，含光景而望芳菲之節， 稍得解其鄉思 。

　　問我勞何事？沐浴仰清徽。志狹輕軒冕，恩甚戀閨闈。
　　歲華春有酒，初服偃郊扉。〔註27〕

〈休沐重還道中〉乃謝朓回家鄉休假後，於重返崗位的路上所作，酌酒、芳菲為旅
途上實際經歷的事物。酌酒之際，復眺望芳菲美景，看來是尋常不過的簡單描繪，
五臣注卻能留意前後詩句間的脈絡，將單純繪景之句與「鄉淚盡沾衣」、「初服偃郊

────────────

〔註27〕案明州本：李善本「閨」作「重」。

扉」配合，點出詩人以罇酒、芳菲「解鄉思」之情，然此「解」愁不過是「稍」解而已，「稍」者表現出暫忘愁思之感，而「解鄉思」者則是對斟酒賞花意象之概括。五臣注於此可說是將融於景中之情展露無遺。

復觀沈約的〈應王中丞思遠詠月〉：

> 月華臨靜夜，夜靜滅氛埃。方暉竟戶入，圓影隙中來。
>
> 高樓切思婦，西園游上才。
>
> 綺軒映珠綴，應門照綠苔。
>
> > 銑曰：軒，屋檐也，以綺及珠綴而飾之。應門，門名，幽閑之所，故多綠苔，月光照之，增其思也。
>
> 洞房殊未曉，清光信悠哉。

全詩讀來，除了「高樓切思婦」一語有較明顯的主觀情懷外，其他諸語，似僅純粹詠月之作。然而這一片靜謐景致看在思婦眼中，反倒易啟人思緒，故五臣於此，將主觀情感與客觀外景做了巧妙的結合，「增其思」之說明，可謂簡潔精確。

對於潘岳的〈悼亡詩〉，五臣注留意的重點略同上例：

> 皎皎窗中月，照我室南端。
>
> > 良曰：月光入窗，又發思也。南端者，室之正南。
>
> 清商應秋至，溽暑隨節闌。
>
> 凜凜涼風升，始覺夏衾單。
>
> > 銑曰：凜凜，涼兒。升，起。衾，被也。涼風起止又思人，始覺夏被單也。
>
> 豈曰無重纊，誰與同歲寒？

〈悼亡詩〉者，乃潘岳懷妻之作，以上所擷，為該詩開頭之四聯，三、四兩聯為由景入情之銜接，五臣注卻提前於第一聯當中，即指出詩人對亡妻之「思」。以「月光」結合「發思」、「涼風起」結合「思人」，五臣注可謂適當表現出情景交融的詩境，而兩處「又」字之運用，足見潘岳反覆思念的深厚情感。在闡釋景中之情的同時，亦不忘對情之深淺濃淡有一恰當的交代，五臣注於此所作之闡發，誠屬細緻。

五臣注本身對情思的闡述情形，大致如上。那麼若與善注合觀，情況又是如何？顏延之〈北使洛〉與鮑照〈翫月城西門廨中〉兩首，於部分詩句中李善亦有串講文意的注解，與五臣注對照觀之，實可發現後者在闡釋情意上費了更多的心思：

> 王猷升八表，嗟行方暮年。（顏延之〈北使洛〉）
>
> > 濟曰：言宋高祖之德被八方之外，嗟我行值冬時，冒寒氣而苦辛。
> >
> > 善曰：言王道被於八荒，余行屬於歲暮也。摯虞《尚書令箴》曰：「補

我哀闋，闡我王猷。」《毛詩》曰：「嗟行之人。」又曰：「歲聿云暮。」

**肴乾酒未闋，金壺啓夕淪。迴軒駐輕蓋，留酌待情人。**（鮑照〈翫月城西門廨中〉）〔註28〕

良曰：肴膳已乾而酒情未終，金壺之水已開滴漏，言夜將盡矣。軒，車也。言迴車將歸，復駐輕蓋，而留酌以待情人。情人，友人之別離者。闋，終也。金壺，貯刻漏水者，以銅爲之，故曰金壺。啓，開也。淪，猶盡也。

善曰：肴雖乾而酒未止，金壺之漏，已啓夕波。杜預《左氏傳注》曰：「肴乾而不食。」《爾雅》曰：「小波爲淪。」陸機〈漏賦〉曰：「伏陰蟲以承波，吞恆流其如揖。」

在〈北使洛〉中，五臣注保留了「嗟」此無可奈何之歎辭，並明點多行時的苦辛之情，善注則近乎平鋪直敘，並未在情感面上多加著墨。而鮑照之作，五臣注首句點出「情」字，亦即喝酒的興味，「酒情未終」與善注的「酒未止」相較，顯然五臣注的解說更能呈現出餘韻無窮之感。

綜合以上諸例可以發現，詩作中往往會有不少對具體形象描繪之語，然而這其中意欲傳達的焦點，多爲意象背後之抽象情思，唯有掌握抽象情思的部分，才有對作品進一步了解的可能。而這樣的解說模式，於五臣注中確實頗爲常見〔註29〕，其對幽微情志的闡發，無疑是有特殊貢獻的。

以串講的方式疏通文意，乃歷代研究五臣注的學者們所公認其最大的特色，這與句意篇旨的闡發有密切的相關性，由以上三點的說明中已可明白。而藝術技巧的揭示，往往也是爲了疏通文意之所需。因此在結束本小節之前，擬於此再針對「疏通文意」這個部分稍作討論。

對於文意的重視，李善亦有所關照，他於注釋中曾多次明確提到，然而具體落實的方式，顯然與五臣注有很大的區別。現條列文本與善注如下：

**以興廢繼絕，潤色鴻業。**（班固〈兩都賦序〉）

李善注：言能發起遺文，以光贊大業也。《論語》，子曰：「興滅國，繼絕世。」然文雖出彼而意微殊，不可以文害意，他類皆此。

**實恥訟冤，時不我與。**（嵇康〈幽憤詩〉）〔註30〕

---

〔註28〕案明州本：李善本「闋」作「缺」、「壺」作「臺」。
〔註29〕詳細詩例請參見附錄一之（一）句意篇旨之闡發。
〔註30〕案明州本：李善本「冤」作「免」。

李善注：《論語》曰：陽貨曰：「日月逝矣，歲不我與。」文雖出此，而意微殊，亦不以文害意也。

**隨踵而立者，人之薄也。（顏延之〈陶徵士誄〉）**

李善注：言人以眾爲賤也。《戰國策》：「齊宣王曰：『百世一聖，若隨踵而生也。』」此亦不以文而害意。

以上幾條確實可視爲是李善在做注釋時一貫持有的態度之一。然而若配合李善「徵引式」的注釋體例〔註31〕，我們只能說，善注充其量也不過是提醒讀者：必須持「不以文害意」的態度來閱讀該注中所引用之原典，至於如何領略「原文」與「注釋引典」間微妙的差異，就得仰賴讀者自己的文學造詣。如此「援引該贍，典故分明」〔註32〕，卻未說明「微殊」處爲何，就一個注釋者對讀者在文意理解上的交代，其實是存在著很大的填補空間。相較之下，五臣注串講說明的方式，反而能夠細微而精緻地表現文意，這樣的做法實可補李善之缺。〔註33〕

此處可以上述所提之嵇康〈幽憤詩〉作一實際觀察。關於「實恥訟冤，時不我與」二句，乃嵇康於因禁之際，對於被誣陷入獄一事的憤怨之語。善注與五臣注分別如下：

銑曰：恥謗訟之冤濫，時不我與。謂不遇明時，使我然也。

善曰：《論語》曰：「陽貨曰：『日月逝矣，歲不我與。』」文雖出此，而意微殊，亦不以文害意也。免或爲冤，非也。

善注所引《論語》「歲不我與」之嘆，乃是針對時光飛逝而發。而嵇康大嘆「時不我

〔註31〕如此特色尚可以王禮卿先生在善注「引文不引訓例」條下之說明爲證：「但引經以證字，而不引傳以釋義。」可見善注以單純援引爲先，而不把重點擺在釋義上。詳見王禮卿：〈選注釋例〉，《幼獅學誌》第7卷第2期（1968年4月），頁28。

〔註32〕清·彭元瑞：《知聖道齋讀書跋·昭明文選跋》卷2，收於清·汪璐輯《國家圖書館藏古籍題跋叢刊·藏書題識》（北京：北京圖書館出版社，2002年5月），頁555。

〔註33〕王寧先生以爲「李善注引舊籍、舊訓的目的是：以前人表達的意境來啓發對選文意境的理解；以前代的歷史來加深對選文所言現狀的認識；以同語境的詞語來追究選文用詞、用語、用典的來源、出處、依據，從而揭示詞、語、典的內在涵義；以相應的舊訓來直釋選文。應當說，李善不是『釋事而忘義』，而是『釋事而寓意』。」（〈李善的《昭明文選注》與選學的新課題〉，收於《昭明文選研究論文集（首屆昭明文選國際學術研討會）》，頁195。）事實上，善注徵引式的做法，往往只是援引典籍而未多做解釋，言其以「以前人表達的意境來啓發對選文意境的理解」，實有賴讀者自己的領略，善注其實並未給予明確的解釋。另一方面，實際觀察善注之情形，舊典與詩句間的情意往往不一，面對這類容易產生誤讀的狀況，善注亦未多做解釋，因此稱說其以「同語境的詞語」、「相應的舊訓」詮釋作品，恐怕並不是那麼妥當，由此觀之，善注中的寓意和文本之間還是存在著一定程度的落差。要之，對於作品意旨全面而貼切的揭示，還是有待五臣注。

與」，則是有感於時代情勢黑白不分，使己身遭此不幸，此處顯然可見原典與詩句間的落差，善注於此尚對讀者作了「不以文害意」的提醒，然在更多作品的闡釋中但援引舊典而已，至於如何對原典與詩作間情意的異同有恰當的判斷與體會，善注確實是將此交付給讀者。相較之下，五臣注的做法則是對文意有直接了當的揭示：張銑注提到冤獄此具體情境，並云「不遇明時」，可謂十分貼近嵇康「時不我與」之歎，五臣將善注所謂「意微殊」處簡明扼要地闡釋出來，使讀者於文意的理解上得以清晰明白，可說是以善注為基礎，卻又不侷限於舊典，而能有進一步的表述。

因此若以「明白而快速理解文意」為衡量標準，五臣串講式的疏通文意法確實有著較大的功效。試觀顏延之〈皇太子釋奠會作〉，提及朝廷設立國子學，諸賢「深仁憬集，抱智麕至」〔註34〕，向注與善注如下：

> 向曰：憬，遠。麕，羣也。言懷仁韜智之士，皆自遠而羣至。
>
> 善曰：懷抱，謂苞韞。《禮記》曰：「君子有禮，故物無不懷仁。」又曰：「儒有戴仁而行，抱義而處。」《毛詩》曰：「憬彼淮夷。」毛萇曰：「憬，遠行貌，九永切。」《左氏傳》，蔿啟彊謂楚子曰：「求諸侯而麕至。」杜預曰：「麕，羣也，丘殞切。」

五臣注於此先對個別字義做解釋，再將字義與句意結合串講，層次上頗為清晰分明。同樣是解釋「憬」、「麕」二字，向注顯得簡明許多；至於對句意的理解上，善注雖旁徵博引卻略顯紊亂，以致焦點不夠集中。五臣注較之善注僅求徵引辭源而未見串講的做法，來得更為清楚明白。

復以〈贈徐幹〉為例，曹植在無法對好友提攜的遺憾下完成此詩作，末以「親交義在敦，申章復何言」作結：

> 驚風飄白日，忽然歸西山。圓景光未滿，眾星粲以繁。
>
> 志士營世業，小人亦不閒。聊且夜行游，游彼雙闕間。
>
> 文昌鬱雲興，迎風高中天。春鳩鳴飛棟，流猋激欞軒。
>
> 顧念蓬室士，貧賤誠足憐。薇藿弗充虛，皮褐猶不全。
>
> 忼慨有悲心，興文自成篇。寶棄怨何人？和氏有其愆。
>
> 彈冠俟知己，知己誰不然？良田無晚歲，膏澤多豐年。
>
> 亮懷璵璠美，積久德愈宣。
>
> 親交義在敦，申章復何言。〔註35〕
>
> 翰曰：敦，重也。言榮衰不常，有才者必達，但保交親義重，餘復何

〔註34〕案明州本：李善本「深」作「懷」。
〔註35〕案明州本：李善本「猋」作「焱」、「愈」作「逾」。

—44—

言也。

善曰：《莊子》曰：「親交益疏。」孔安國《尚書傳》曰：「敦，厚也。」

又曰：「申，重也。」

李周翰於此處亦如上例，採用將字義和句意作結合的模式，而此模式為五臣疏通文意時所常見。另一方面，這裡的注釋尚能與上文中「良田無晚歲，膏澤多豐年。亮懷璵璠美，積久德愈宣」的詩句相搭配，將最後道出這兩句話中所蘊含的情感，與前頭的詩句於呼應中，得以在詩意上有一整體性之塑造。這樣的串講模式對於文意之理解，實勝過善注之但為援引。

　　事實上，李善注並非沒有以串講來疏通文意的部分，甚至有些地方同樣做疏通文意的工作，善注之說法還比五臣注來得理想〔註36〕，只是這樣的狀況並不多見，再加上礙於善注「徵引式」體例的限制，這部分的表現並不如五臣來得全面而突出。

　　要之，不論是單就五臣注本身觀察，或者是與善注對照而言，「串講式疏通文意法」作為五臣注詮釋特徵中的基本要素，其重要與獨特性是不容忽視的。

## 第三節　藝術手法之展示

　　五臣注的詮釋特點中，除了上述「句意篇旨的闡發」為其重要內涵外，在「藝

---

〔註36〕此處可以謝瞻的〈九日從宋公戲馬臺集送孔令詩〉為例。在盛宴結束，行將臨別之際，作者言道：「臨流怨莫從，歡心歎飛蓬。」關於此二語，五臣與善注如下：
翰曰：宣遠自言臨流 2 相送，3 怨不得與之相從，4 迴我歡樂之心，5 歎君與飛蓬同飄轉也。
善曰：言己 1 牽於時役，未果言歸，臨流 2 念鄉，3 已結莫從之怨，4 而以侍宴暫歡之志，5 重歎飛蓬之遠也。《楚辭》曰：「臨流水而太息。」王逸曰：「念舊鄉也。」曹植〈應詔詩〉曰：「朝覲莫從。」《列子》，宋元君曰：「適值寡人有歡心。」商君書曰：「夫飛蓬遇飄風而行千里，乘風之勢。」
姑且不論善注徵引前人相關用語的部分，此處僅就串講疏通文意處一一對應，比較二注之差異。在 1 的部分，善注交代了「莫從」之因，此乃五臣注所無。2 的地方善注點出「念鄉」，較之五臣的「相送」，更能與前頭的「牽於時役」於呼應中展現張力，充分表現出不得相從時情緒之鬱結。3、5 處善注採用「已……重」的句法，顯然有加強慨歎心境的效果。4 的部分五臣「迴」字用得佳，善注則結合全詩宴會氣氛，說明歡心不過是暫時的，就整體的觀照而言，善注實稍勝五臣。至於 5 者，五臣強調「同飄轉」的意象，善注則是著眼於空間的遙遠上，從原詩句「飛蓬」的用字觀之，再加上「言己從官飄蕩」的主旨，相對而言，五臣注「飄蕩」的意象較善注之「遠」更為恰當。然而在該語主辭的指涉上，善注指向作者，五臣則為送別對象，善注在詩意上前後一貫的表現，是較為妥貼的。整體觀之，李善於此二詩句的解析上，是勝過五臣注的。

術手法的展現」這部分，雖然不像前者那麼明顯而受到重視，然而「句意篇旨」的具體內涵，實有賴「藝術手法」此外在形式的彰揚，方得充分展現，有道是「綺麗以豔說，藻飾以辯雕」〔註37〕，文采的經營亦是重要的一環。於創作、批評是如此，文學闡釋亦然。因此對於這個部分，確實有另闢一節說明的必要。

五臣注在藝術手法的展示上，筆者擬由「修辭技巧之揭示」、「用字遣辭之留意」兩部分來論述。前者所指，乃五臣注對詩作中所運用到的修辭技巧的揭示，這可視為是詮釋者對於「寫氣圖貌，既隨物以宛轉；屬采附聲，亦與心而徘徊」〔註38〕創作活動的一種破解，像這般對詩作中所運用到的藝術手法作清楚的說明，無非是為了讓讀者能夠貼近詩人內心之感發，從而理解詩中所蘊含的幽微情意。至於後者，則是針對五臣注本身在注解時，會留意該如何遣辭造句而言：或者運用虛詞，或者增字串講，而其最終目的，則是希望能更貼近詩作的韻味。

## 一、修辭技巧之揭示

在具體說明五臣注如何揭示修辭技巧之前，陳望道先生於修辭格上的研究成果，可以作為我們討論這個部分的一個切入點。陳先生所建立的修辭學體系大致如下〔註39〕：

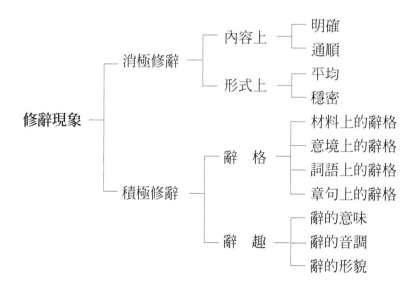

---

〔註37〕劉勰著，詹鍈義證：《文心雕龍義證・情采第三十一》（上海：上海古籍出版社，1999年12月），卷7，頁1154。

〔註38〕劉勰著，詹鍈義證：《文心雕龍義證・物色第四十六》，卷10，頁1733。

〔註39〕陳望道：《修辭學發凡》（臺北：文史哲出版社，1989年1月），頁56～234。

該體系與五臣注修辭技巧的揭示相關者，主要都落在辭格的部分〔註40〕。五臣注中所觸及修辭類型的集中與相對應，其實是一個很具獨特意義的觀察點，可以看出五臣注揭示修辭的傾向，是以理解詩中情意爲主要考量。關於這個部分，待具體觀察五臣注的情形後，再回頭作一說明。首先我們來看看五臣注中關於「譬喻」此修辭之揭示情形：

> 秋蘭被長阪，朱華冒綠池。潛魚躍清波，好鳥鳴高枝。神飆接丹轂，清輦隨風移。（曹植〈公讌〉）
>
> > 翰曰：冒，覆也。魚鳥，自喻也。清波、高枝，喻公子也，謂得躍於公子側也。飆，疾風也，言其疾如神，以接丹轂，謂朱飾也。

> 狐狸夾兩轅，豺狼當路立。（潘尼〈迎大駕〉）
>
> > 向曰：狐狸、豺狼，皆喻貪亂之臣。夾轅、當路，謂親近執權勢也。

> 食苗實碩鼠，點白信蒼蠅。（鮑照《樂府·白頭吟》）〔註41〕
>
> > 翰曰：《詩》云：「碩鼠碩鼠，無食我苗。」又云：「營營青蠅，止于樊。」皆喻讒佞也。鼠能害田，苗蠅能變白黑，言君心移易，亦由讒佞也。

> 朱實隕勁風，繁英落素秋。（劉琨〈重贈盧諶〉）
>
> > 濟曰：隕，落也。秋，西方白也，故曰素秋。朱實繁花將熟，而爲勁風素秋摧落也。喻己事欲立，而遭寇賊破敗傾倒也。

> 黃鵠一遠別，千里顧徘徊。（蘇武《詩》四首之二）
>
> > 翰曰：以人喻黃鵠，言鳥飛高遠也。徘徊，不進貌，言相思未去。

> 青松挺秀萼，惠色出喬樹。（江淹《雜體詩·殷東陽興矚仲文》）

---

〔註40〕該四類辭格的具體類涵如下：
　　（甲類）材料上的辭格：(1) 譬喻 (2) 借代 (3) 映襯 (4) 摹狀 (5) 雙關 (6) 引用 (7) 仿擬 (8) 拈連 (9) 移就。
　　（乙類）意境上的辭格：(1) 比擬 (2) 諷喻 (3) 示現 (4) 呼告 (5) 鋪張 (6) 倒反 (7) 婉曲 (8) 諱飾 (9) 設問 (10) 感歎。
　　（丙類）詞語上的辭格：(1) 析字 (2) 藏詞 (3) 飛白 (4) 鑲嵌 (5) 複疊 (6) 節縮 (7) 省略 (8) 警策 (9) 折繞 (10) 轉品 (11) 回文。
　　（丁類）章句上的辭格：(1) 反復 (2) 對偶 (3) 排比 (4) 層遞 (5) 錯綜 (6) 頂真 (7) 倒裝 (8) 跳脫。
〔註41〕案明州本：李善本「點」作「玷」。

銑曰：青松，喻真性。秀，美。萼，花。惠，媚。喬，高也。

靈鳳振羽儀，戢景西海濱。朝食琅玕實，夕飲玉池津。（江淹《雜體詩‧嵇中散言志康》）

向曰：戢，匿也。琅玕，瓊實也。言得出大域，越常輩，同靈鳳匿光景，食瓊樹之實，飲玉池之水者，喻高潔也。

觀察以上諸例，可以發現比喻表現在外者，一般都是外界具體的自然景觀，而五臣所揭示的，正是與該自然景觀相應的深層意義，或者是抽象美好德行之象徵，例如上述江淹之作，或者是現實生活中的人事物，像前五例的情形都是如此。譬喻手法的揭示，在五臣注中是最常見的〔註42〕，然而若就譬喻「以彼喻此」的特點來看，五臣注這樣的做法並未特別突出。倒是其解讀譬喻手法的實際內容，值得我們注意：以黃鵠遠別喻人之遠離、以朱實繁花為勁風素秋摧落喻遭寇賊破敗傾倒，都可以視為是純粹形象與形象之間的對應，也就是說，這樣的聯想是自然而合於常理的。然而如潘尼、鮑照詩注所言「貪亂之臣」、「權勢」、「讒佞」者流，則是與政治相關的意涵，五臣注將形象往政治、君臣關係比附之情形，尚可於《古詩十九首》、曹植、阮籍……等詩作中看到，這一類型的對應情況較為複雜，或者由詩句中可以得到這樣的暗示，或者有類似曹植〈公讌〉這類在今天看來顯得牽強的解讀狀況發生〔註43〕，然而不管是哪一種情形，都不妨礙五臣注對於「藝術技巧中比喻手法揭示」之重視。就「比興」的概念觀之，不論是表現手法或者是具體內涵的部分，五臣注中這類往政治解讀的情形實佔有一定之比例，此乃五臣注文裡值得單獨提出且加以深究的面向，而這部分筆者擬於下一章再做更詳細的討論。

對於「諷喻」修辭的說明，五臣注除了加以揭示外，其中對國家政務之相關內容亦多所留意，這與比喻中的政治附會在內涵上具備某種程度的關聯，所以姑且在此一併討論。試觀以下數例：

〈中山王儒子妾歌〉　陸厥

翰曰：《漢書》云：「詔賜中山靖王噲及孺子妾并未央才人歌四篇。」孺子，宮人也。厥作是歌，以刺人情變移也。

〈百一詩〉　應璩

---

〔註42〕詳細詩例請參見附錄一之（二）藝術手法之展示。

〔註43〕此處五臣注對該景致深層意的揣想，在今天看來恐為多餘，這般鳥語花香的景觀，可以單純視為是公讌遊園所見，五臣此注的注解，可以說是標準地以「比興」代「賦」。然而若考慮到五臣注解時之時空背景可能造成之影響，對於何以會產生這樣的注釋內涵，當可有同情之理解。關於這個部分，擬於第四章中再作探討。

向曰：《文章錄》曰：「應璩，字休璉，汝陰人。博學好屬文，明帝時歷官散騎侍郎。」曹爽多違法度，璩為是詩以諷焉，以刺在位者，莫不怪愕，獨何晏無怪也。意者以為百分有一補於時政。

**宋人遇周客，慚愧靡所如**

良曰：宋有愚人得燕石於梧臺之東，以為大寶而藏之，周客聞而觀焉，言口盧胡而笑：「此燕石也，與瓦礫不殊。」言周客之宋人非寶而觀之，有人知我無德而問之，其於愧也，不亦多矣！皆諷朝廷之士，有其位無其才，能不愧乎？

**《樂府‧名都篇》　曹植**

銑曰：名都，邯鄲、臨淄之類也。居篇之首，故以為名。刺時人騎射之妙，游騁之樂，而忘憂國之心。

**淑貌色斯升，哀音承顏作。（陸機〈君子有所思行〉）**

良曰：淑，美也。言以此美色之女升進於君，以亡國之樂承君顏而作，刺時以聲色冒於上也。哀音，亡國之音。

**況復已朝餐，曷由知我飢？（郭泰機〈答傅咸〉）**

銑曰：朝餐，謂咸先食祿也。曷由知我饑者，刺咸不庶己及人也。

關於諷喻修辭的揭示，於五臣注中亦是頗為常見的情形〔註44〕，此處有四點值得留意：首先，單從表面上的閱讀，某些幽微的詩意並不容易觀出，而五臣注明白點出諷喻的修辭，則使讀者有進一步領略詩中深意的可能，此乃就注文闡釋諷喻修辭的普遍效用而言。其次，五臣注在揭示諷喻時，一般都會以「刺」字帶出，由上數列舉之例可明顯看見，這可說是遠承《詩序》美刺的傳統而來。第三，從「有補於時政」、「憂國之心」、「亡國之樂」等詞彙看來，五臣注在這個部分偏向對家國時政的關注，如此內涵與比興等修辭手法有較多的連結，是一個值得深究的焦點，關於這部分的論述，詳見第三章的說明。最後，由《文選‧詩》的整體觀察而言，這類藝術技巧的揭示大多出現在題解處，究其原因，除了表明注者釋詩之既定立場，能在一開始讀詩之際即作說明，可以提醒讀者於閱讀時對此面向多所留意，這個部分與上一章中所提到的「整體性」問題，是可以合而觀之的。

除此之外，五臣對於「假言」的技巧也多所留意。所謂的假言，即是虛擬人物為言。作者於詩中虛擬人物，往往是為了藉此虛設人物之口，或闡述一己之見，或作為鋪排全詩的引子。五臣對此的實際說明如下：

〔註44〕詳細詩例請參見附錄一之（二）藝術手法之展示。

拊心痛荼毒，永歎莫爲陳。（陸機《挽歌詩》之二）

向曰：皆假亡者詞也。荼毒，苦也。

門有車馬客，駕言發故鄉。（陸機〈門有車馬客行〉）

濟曰：皆假言之。

念君久不歸，濡跡涉江湘。投袂赴門塗，攬衣不及裳。
拊膺攜客泣，掩淚敍溫涼。借問邦族間，惻愴論存亡。
親友多零落，舊齒皆彫喪。市朝互遷易，城闕或丘荒。
墳壟日月多，松柏鬱芒芒。天道信崇替，人生安得長？
慷慨惟平生，俛仰獨悲傷。

辭此倦遊士，本家自遼東。（袁淑〈效古〉）

濟曰：辭，問也。遼東，郡名。無此古人，假而爲言也。

雲生梁棟間，風出窗戶裏。借問此何誰？云是鬼谷子。（郭璞《遊仙詩》
之二）

銑曰：蘇秦學於鬼谷子，今所言者，璞假稱。

道逢深識士，舉手對吾揖：世故尚未夷，崤函萬嶮澀。（潘尼〈迎大駕〉）

銑曰：深識士，虛設以發下詞也。夷，平也。世亂未平，崤谷函關之
路尚嶮澀未通也。

陸機《挽歌詩》一共有三首，其一是從送殯者的角度，道出對死者的掛念，其二則
是由亡者本身發言，提到墓穴樣態與己身情懷。兩首雖爲組詩，然在人稱立場上卻
有所轉換，而非完全一致，因此五臣注於其二中「假亡者詞」的說明就顯得格外必
要。至於〈門有車馬客行〉，以遊子思鄉、但聞故鄉今昔盛衰爲主要內涵，因爲有假
言的運用，使得該詩更具動感，讓故鄉的現狀與過往能於異地遊子心中重疊交錯；
更因爲有五臣對假言此關鍵的點出，讓全詩脈絡能於主客間的反覆交疊中漸次推
進。〈效古〉則是借假言帶出征戰之苦，五臣對於「假言」的提醒，可使該詩之對象
性（倦遊士）更加突顯，讀者對詩境的掌握也因此能更爲明確。至於郭璞之作，則
是在五臣明言詩人假稱鬼谷子中，對詩人亟欲求仙學道之情展開鋪陳。五臣注於〈迎
大駕〉指出「虛設以發下詞」，實清楚說明該修辭在詩作中的具體功用，是爲了開啓
下文，而此效用若套至上述所舉其他四例，其中就有三首符合「假言」修辭爲了「發
下詞」的一般功能〔註45〕，在這三例中，雖未於注文中明言「發下詞」，然而若推

---

〔註45〕陸機《挽歌詩》之二一來因詩中並未點出主人翁，二來呂延濟之解是在詩末處才道

求詩文上下之脈絡，復結合注文皆於詩題處即點出假言之修辭，其「發下詞」之功能實已隱涵其中。這樣的做法在《文選》詩類中實具備普遍性，其所呈現的意義在於：五臣並非只是純粹點出該修辭而已，並能在點出此修辭之際，扼要說明其功效，這對理解文意而言，是一頗佳之做法，注者之用心於此可見一斑。

接著則是對「設問」的說明：

攜手上河梁，游子暮何之。（李陵《與蘇武詩》之三）

　　良曰：河梁，橋也。假問游子：日云暮矣，將何之也？

借問歎何爲，佳人眇天末。（陸機《爲顧彥先贈婦》之二）

　　翰曰：婦自借問，以發詩情。佳人則彥先也。眇然極望，若在天之末畔，蓋思遠也。

問君何能爾？心遠地自偏。（陶淵明〈雜詩〉）

　　銑曰：問君何能如此者，自以發問，將明下文也。遠謂心自幽遠，雖處喧境，如偏僻也。

借問此何時，蝴蝶飛南園。（張協〈述職投邊城〉）

　　銑曰：欲明時候，故自發問，此何時也。蝴蝶飛，謂春時；南園，謂故鄉宅之南。

除了上述之例，江淹《雜體詩・陶徵君田居潛》、應璩〈百一〉、盧諶〈贈劉琨〉并書、謝朓〈郡內高齋閑坐答呂法曹〉……等詩作裡〔註46〕，亦對這類修辭有所揭示。一般來講，發問者會是詩人自己。五臣注除了以「自借問」、「自發問」等方式點出「設問」之修辭外，尚提及「以發詩情」、「將明下文」、「欲明時候」等語，都是對於何以詩人此處要用設問法的原因的交代。像這類的說明，其實已觸及到作者構思詩作時的某些心理活動，或者是爲了開啓下文所需，或者是爲了強調某些重點（「以發詩情」、「欲明時候」）。要之，五臣注在揭示此修辭技巧的同時，亦涉及詩人如何「陶鈞文思」〔註47〕，怎麼「選義按部，考辭就班」〔註48〕等問題，了解詩人的創作如何進行，對於讀者在文意上的理解無疑是有所助益的，五臣注中的這類說明，可說是簡潔而精當。

---

　　出假言修辭，因此該例中的假言並未具備「發下詞」的功能。

〔註46〕詳細詩例請參見附錄一之（二）藝術手法之展示。

〔註47〕劉勰著，詹鍈義證：《文心雕龍義證・神思第二十六》，卷6，頁976。

〔註48〕陸機著，張少康集釋：《文賦集釋》（北京：人民文學出版社，2002年9月），頁60。

　　尙有一類情形，即陳望道先生所提之「示現」〔註49〕，今列舉如下：

　　飛甍夾馳道，垂楊蔭御溝。（謝朓〈鼓吹曲〉）

　　　　向曰：飛甍，屋檐也。馳道，天子出行之道。御溝，長安有金陵，擬而作也。

　　南瞻儲胥觀，西望昆明池。（沈約〈鍾山詩應西陽王教〉）

　　　　濟曰：儲胥觀、昆明池皆在西京，今此擬而作也。

　　金溝朝灞滻，甬道入鴛鸞。（徐悱〈古意酬到長史溉登琅邪城〉）

　　　　翰曰：金溝之水入灞滻，如江河朝宗於海。甬道，起土爲道。鴛鸞，殿名。皆西京之事，此擬而作之，故望見。

　　宛洛佳遨游，春色滿皇州。（謝朓〈和徐都曹〉）

　　　　銑曰：宛，南陽也。洛，洛陽也。皇州，帝都也。時都在江東，而言宛洛，舉名都以言之也。

五臣「擬而作」之說明，多半是將追述已往的歷史之跡，與詩作中所提到的具體地點間的關係做一連結，使得古今時空的距離因此處簡要的揭示而化於無形，此乃五臣注說明示現手法的實際效用。

　　由以上五臣注對於假言、設問、示現等修辭的揭示中，可以看出五臣注不僅僅只是點明詩中所運用的修辭技巧，亦會簡要地說明其功用，這對引導讀者了解詩中藝術手法何以如此運用，進一步將此與詩意做密切的結合，當具備一定程度之成效。

　　此外，作爲詩歌語言，爲尋求形式上能有「雅」之表現，詩人往往會於文字的雕琢上下功夫，關於這一點，五臣亦於注解中有所說明：

　　朝發鴛臺，夕宿蘭渚。（曹植〈應詔〉）

　　　　向曰：鴛臺、蘭渚，並路邊地名，美言之也。

　　　　善曰：鴛臺、蘭渚，以美言之。漢宮闕名曰：「長安有鴛鸞殿。」公孫乘〈月賦〉曰：「鵾雞舞於蘭渚。」

　　北邙何壘壘，高陵有四五。借問誰家墳，皆云漢世主。（張載〈七哀詩〉）

---

〔註49〕「示現是把實際上不見不聞的事物，說得如見如聞的辭格。所謂不見不聞，或者原本早已過去，或者還在未來，或者不過是說者想像裏的景象，而說者因爲當時的意象極強，並不計較這等實際間隔，也許雖然計及仍然不願受它拘束，於是實際上並非身經親歷的，也說得好像身經親歷的一般，而說話裏，便有我們稱爲示現這一種超絕時地超絕實在的非常辭格。」（陳望道：《修辭學發凡》，頁127～128。）

恭文遙相望，原陵鬱脽脽。季葉喪亂起，賊盜如豺虎。

毀壞過一抔，便房啓幽戶。

珠柙離玉體，珍寶見剽虜。

　　濟曰：珠柙，漢家送死之物，珠玉爲柙。言遭發虜掘，已離玉體。玉
　　體者，貴美之言。剽，劫。虜，獲也。

園寢化爲墟，周墉無遺堵。蒙蘢荆棘生，蹊徑登童豎。

狐兔窟其中，蕪穢不復掃。頹隴並壟發，萌隸營晨圃。

昔爲萬乘君，今爲丘中土。感彼雍門言，悽愴哀今古。〔註50〕

何況雙飛龍，羽翼臨當乖。（蘇武《詩》之二）

　　銑曰：言鳥尚如此，何況我之羽翼臨當乖別之情也！龍，美喻也。

　　善曰：雙龍，喻己及朋友也。

翠鳳翔淮海，衿帶繞神坰。（沈約〈鍾山詩應西陽王教〉）

　　向曰：鳳翔，喻宋興於淮海之地。衿帶之固，乃在建業焉。稱神者，
　　美言之。野外曰坰。

此類情形於五臣注中亦不少見〔註51〕。這裡所引〈應詔〉二語，乃曹植赴京途中朝
夕行止之況。詩中以善與五臣注相較，並無多大差異，惟五臣注多出「並路邊地名」
一語，這一方面點出其原始狀態，以「鸞」、「蘭」釋之實乃美言；另一方面恰可呼
應題旨中的「於道路所見」〔註52〕，可見五臣於此修辭的說明是較爲完整的。至於
〈七哀詩〉所言，乃帝陵遭盜掘之不堪景象，即便曾貴爲君王，亦難保萬世之尊。
五臣但言「玉體者，貴美之言」，除了是修辭方式的說明，言其貴美，更可與「昔爲
萬乘君，今爲丘山土」此滄海桑田做對比，加強詩歌的張力。至於蘇武詩中所擷，
乃好友終將分離的描繪，善注與五臣皆明言詩中之「龍」使用到譬喻的修辭，唯五
臣注以「美」形容此喻，點出以龍喻人所蘊含的誇飾性質。沈約詩中稱「神」具備
「美言」之效果，情況略同於前面三例。這類略帶誇張性質的修辭，看似不甚起眼，
卻也是詩人創作之用心，五臣簡單的提醒，對讀者於詩作遣辭用語上的留意，是有
所幫助的。

　　此外，五臣注對於「感嘆」修辭的揭示，亦多所用心。詩歌作爲中國抒情傳統
中重要的一環，其中多含情之語，此即所謂「不平則鳴」，而「感嘆」者，則是此情

---

〔註50〕案明州本：李善本「邙」作「芒」、「葉」作「世」、「徑」作「逕」。
〔註51〕詳細詩例請參見附錄一之（二）藝術手法之展示。
〔註52〕李周翰於詩題處注曰：「言應詔命而來，於道路所見，對詔而作也。」

緒重要的表現方式之一。五臣注顯然留意到詩類這樣的特質，故對此修辭之揭示頗為普遍，像是「惜無爵雉化，何用充海淮」（顏延之〈和謝監靈運〉）、「時暮復何言，華落理必賤」（陸雲《為顧彥先贈婦》之二）「展轉不能寐，披衣起彷徨」（曹丕《雜詩》之一）……等詩句〔註53〕，五臣於此口吻的情狀表現都有所說明。以下僅舉三例以概其餘：

慘悽歲方晏，日落遊子顏。（顏延之〈秋胡詩〉）

向曰：每及歲暮，常懷慘煩憂，恐秋胡顏貌日就銷落，奈何來歸，失義如此！皆秋胡子妻恨詞。

善曰：言情之慘悽，在乎歲之方晏，日之將落，愈思遊子之顏。《楚辭》曰：「歲既晏兮孰華？」鄭玄《毛詩箋》曰：「方，向也。」《漢書》，高祖曰：「遊子悲故鄉。」

性不傷物，頻致怨憎。（嵇康〈幽憤詩〉）

濟曰：此自言其性常不傷害於物，何乃頻致怨憎之辭也？此自歎也。

《莊子》，仲尼謂顏回曰：「聖人處物不傷者，物亦不能傷也。」

羈旅無終極，憂思壯難任。（王粲〈七哀〉）

濟曰：壯，益也。此粲自哀之言。

〈秋胡詩〉〔註54〕中的這兩句詩，善注於文意上亦有所疏通，姑且於此比較而論。首先，五臣以「懷慘煩憂」形容秋胡妻之情緒，較善注「懷慘」的用語來得沉重，更能突顯煩亂之情。之後善注僅針對「日落遊子顏」做串講，五臣則於此之後又有一段說明：提及秋胡「奈何來歸，失義如此」，所言乃是夫之薄情，這部分若與妻為夫的擔憂相對比，更能加深其張力，此乃通盤理解後所作的注解，可謂五臣注「整體性」的表現。最末提及此乃妻之恨辭，除主辭明確外，憾恨之意亦顯其中。此處對「恨辭」這個修辭語法的揭示，因為有之前「懷慘煩憂」、「失義如此」等字斟句酌的串講，而使意蘊更為豐厚。至於嵇康「性不傷物，頻致怨憎」的注釋情形，大

---

〔註53〕詳細詩例請參見附錄一之（二）藝術手法之展示。

〔註54〕全詩大致的故事內容，可以善注所引之《列女傳》作為說明：「魯秋胡潔婦者，魯秋胡子之妻。秋胡子既納之，五日，去而官於陳，五年乃歸。未至其家，見路傍有美婦人方採桑，秋胡子悅之，下車謂曰：『今吾有金，願以與夫人。』婦人曰：『嘻！夫採桑奉二親，吾不願人之金。』秋胡子遂去。歸至家，奉金遺其母。其母使人呼其婦，婦至，乃向採桑者也。秋胡子見之而慚。婦曰：『束髮脩身，辭親往仕，五年乃得還，當見親戚。今也乃悅路旁婦人，而下子之裝，以金與之，是忘母，不孝也。妾不忍見不孝之人。』遂去而走，自投河而死。」

體與上例相類，唯其以「何乃」帶出的反詰語，更能突顯詩人慨歎之意，而這對其後「自歎」修辭的點出，有加強的效果。至於王粲〈七哀〉，五臣非爲逐字串講，而是概括說明此二句「哀」之主語以及「哀」之情緒，這其中無可奈何的哀歎情懷，於注釋中得到進一步的突顯。一般而言，五臣會在疏通文意之後，才點出此乃詩人的傷歎之言，若留意五臣串講文意之處，其實已隱隱然可以見到其爲最後「感嘆」修辭的點出所埋下之伏筆。如此點出修辭之型態，可說是於文意串講中醞釀其豐厚性，而非只是單薄地交代修辭。

另外一點可加以觀察的，則是五臣注對於「自謙」此口吻的提示〔註55〕：

> 徒恨良時泰，小人道遂消。（潘岳〈河陽縣作〉）
>
> 　　向曰：小人，⟦自謙⟧也。言逢時通泰，恨我道之獨消。

> 惟此褊心，顯明臧否。感悟思愆，怛若創痏。（嵇康〈幽憤詩〉）
>
> 　　向曰：褊心，康⟦自謙⟧也。臧，善。否，惡也。愆，過。怛，痛。創，
> 　　傷。痏，割也。言褊小之心，明此朝廷善惡，感而覺悟，以思其過，
> 　　痛如割傷。
>
> 　　善曰：褊心，康⟦自謂⟧也。

> 江蘺生幽渚，微芳不足宣。（陸機〈塘上行〉）
>
> 　　濟曰：江蘺，香草也。宣，布也。婦人自喻，本在父母家，居幽閑之
> 　　室，⟦謙⟧以德微不足以奉君子。

> 顧循良菲薄，何以儷璵璠。（沈約〈和謝宣城〉）
>
> 　　濟曰：菲，輕。儷，偶也。約⟦謙言⟧自顧循揣，良爲輕薄之才，何以偶
> 　　於良玉之美也。璵璠，良玉也。

在潘岳〈河陽縣作〉中，五臣首先點出「小人」乃詩人自謙，然底下串講又言「恨我道之獨消」，「我」即「小人」，前後文中先言自謙後又說憾，五臣於明點修辭與串講文意之際，可說是將潘岳略帶矛盾的幽微情感表達得活靈活現。至於嵇康〈幽憤詩〉，較之善注「康自謂」之注解，五臣的「康自謙」還傳達出口吻語氣，對讀者而言，雖只是一字之差，然而後者卻提供了更生動豐富的詩境聯想空間。類似這樣的狀況從三、四兩例也可看得出來。從以上詩作的具體分析中，可以發現五臣注於「自謙」口吻的揭示上，往往會與疏通文意作結合，這樣的情形與「感嘆」修辭的揭示相類。如此做法，使得修辭不會只是單薄的一二言說明，而能於串講

---

〔註55〕詳細詩例請參見附錄一之（二）藝術手法之展示。

的配合中，讓修辭的揭示有更深厚的意涵，此乃就疏通文意和修辭揭示的結合而言。至於五臣注會對與口吻語氣相關的修辭多所留意，也是很有意思之處。申小龍先生即以為：「語氣傳達說話人的表達意圖，幫助人們從整體上確認句子這個功能體及其結構類型」〔註56〕上述所提自謙、感嘆之類，都屬於語氣傳達的範疇，配合申氏之說明，五臣注對這類修辭的揭示，其實是頗為貼近心理層面的敘說，這些部分在詩作中雖未若人事物等具體，然理解詩意的關鍵所在，往往蘊含於這類抽象的語氣中，故五臣注對此之闡述，於文意情思的理解上應當提供了相當程度的貢獻才是。

　　以上對於五臣注文中所揭示的修辭一一梳理，於此可回過頭來，探討陳望道先生所建立的修辭體系，對於五臣注中修辭技巧的揭示，能有什麼樣更深入的啟發。陳望道先生對於所謂的積極修辭有如下之說明：

> 消極的修辭只在使人「理會」。使人理會只須將意思的輪廓，平實裝成語言的定形，便可了事。積極的修辭，卻要使人「感受」。使人感受，卻不是這樣便可了事，必須使看讀者經過了語言文字而有種種的感觸。……要使人感受，必須積極地利用中介上一切所有的感性因素，如語言的聲音，語言的形體等等，同時又使語言的意義，帶有體驗性具體性。每個說及的事物，都像寫說者經歷過似地，帶有寫說者的體驗性，而能在看讀者的心裏喚起了一定的具體的影像。〔註57〕

此處雖是針對作品如何運用修辭所作的說明，然而並不妨礙將此稍加轉換，從而觀察五臣注揭示作品修辭的特點。從以上對「五臣注揭示詩作修辭」的種種說明，我們可以明確發現：五臣注中提到的修辭類型幾乎都符合「要使人『感受』」此積極修辭的要求，雖無法明確地一一對應陳氏所歸納的修辭體系，然而其注解中所提到的修辭類型確實傾向集中於積極修辭中「意境上的辭格」之屬，而這一類的辭格，或者如諷喻、感嘆，有著較為濃烈、直接抒懷的意味存在其中；或者如示現、設問，於表現手法的揭示中隱約顯露詩作的情韻，要之，都與詩作中的情意有較為密切的關聯。五臣注廣泛地兼顧到各類修辭，關照面向雖多，卻又可以明確看到其對於詩歌情感意向、興發感動的基本關懷。也就因為對情意的重視，使其對修辭技巧的揭示不單單只侷限於刻板、單薄的交代，而能在修辭說明與疏通文意的配合中，更貼近詩歌本身。套用陳望道先生的修辭格體系，不只是為了方

---

〔註56〕申小龍：《漢語語法學　一種文化的結構分析》（南京：江蘇教育出版社，2001 年 8 月），頁 96。
〔註57〕陳望道：《修辭學發凡》，頁 74。

便說明，另一方面亦可以發現五臣注於揭示修辭技巧時明顯的偏向，而這樣的偏向恰好可以和作品內涵的部分作一緊密的連結。這確實是五臣注對於藝術手法的展現中，一個值得留意之處。

## 二、用字遣辭之留意

　　除了上一節所提及「修辭技巧之揭示」外，五臣注本身於用字遣辭的用心，也是值得一提的重點。五臣注在疏通文意上，並非只是近乎單純地以淺白之言解說詩意而已，在接近白話的串講中，往往未輕忽字斟句酌的工夫。這樣的用心，不只可使語意的表達更清晰，於詩人情感亦能有進一步的貼近，所謂「作者為志」，即於這般用字遣辭之留意中，能有更好的展現。以精準的用辭（形式）傳達詩意（內涵），五臣注於此可說是作了很好的示範〔註58〕。

　　為了能夠更準確地貼近文意，五臣注中往往會運用一些虛詞，以求恰當地闡釋作者為志。茲以下列例子說明：

　　　　辛苦誰為情，遊子值頹暮。（謝靈運〈永初三年七月十六日之郡初發都〉）

　　　　　銑曰：辛苦之情 已 難堪，而 又 屬頹暮之時。

此處所擷二語，乃謝客言己未能於政治上一展長才的不堪之情。「辛苦誰為情，遊子值頹暮」二語，看似為兩個樣態的分別說明，然而五臣注卻採用「已……又……」的句式將上下文加以連結：「已」者所帶出的，乃無法更改仕宦現狀之無奈情懷，復以「又」這個「更進之詞」〔註59〕承接上下文，使得「苦情」與「暮時」得以連結，悲苦之情與有限之時的兩相觸碰推衍，其中的不堪情懷可見一斑。五臣注於此副詞的運用，無疑具有加強語氣、突顯意象的功效。

　　再如陸機的〈赴洛〉，全詩所言乃詩人赴洛仕宦卻心懷故鄉的情緒，底下所引即詩末四句，透露的正是思鄉之悲情：

　　　　佇立慨我歎，寤寐涕盈衿。惜無懷歸志，辛苦誰為心？

　　　　　銑曰：歎，息也。言歎息悲涕，謂仕晉故，歎息不 得 有懷歸之志。辛
　　　　　苦羈旅，誰 堪 為此心也。

內心念鄉，卻因現實環境所致，只能昂首赴洛，只得強逼自己不「得」有懷歸之志；

---

〔註58〕關於五臣注「用字遣辭之留意」這一點，與第一節第三點「幽微情思之參透」難免會有疊合之處，然而此處側重形式面的說明，與上述偏向內涵的探討，還是有所區別的。此外，此處之論述雖可見到五臣注本身用辭之美，然而本文既然是以「五臣注疏通文意」為基礎出發，從而探討詮釋特徵與思維模式，因此在「用字遣辭之留意」的說明上，將以「注文如何適切地闡述詩意」為重心。

〔註59〕申小龍：《漢語語法學　一種文化的結構分析》，頁102。

「誰堪爲此心」的「堪」字雖然簡單，而其中蘊含著難以承受的無奈與辛酸，對原詩「辛苦誰爲心」此情感的說明上，有生動立體的效果。在「不得」與「誰堪」之間，用字遣辭雖然簡單，卻將此辛苦之情做了深沉的渲染。

復觀劉琨〈扶風歌〉中的最後四語：

> 我欲竟此曲，此曲悲且長。棄置勿重陳，重陳令心傷。〔註60〕
>
> 良曰：此曲則此歌也。悲且長，言其心不可述也。弃置之事，不可重陳，重陳徒令人心傷也。

上引「重陳徒令人心傷」的「徒」字，徒者，空也，實爲簡單不過的副詞，卻能帶出枉然之意，悲傷之事再次提起，除了白白勾起傷痛，可是一點助益也沒有，「重陳令心傷」的情緒因「徒」字的運用而更顯深刻，五臣注於此，確實在巧妙的虛詞使用上，對詩中感傷之情有妥切的說明。

五臣注中因虛詞的靈活運用而促使詩意能有很好的揭示，在《文選》詩類的注文中可說是俯拾皆是〔註61〕，底下不憚其煩地再舉潘岳〈悼亡詩〉爲例，以結束對虛詞部分的說明：

> 念此如昨日，誰知已辛歲。
>
> 濟曰：念其妻存，如昨日之事，誰知忽已終歲。

呂延濟對「忽」字此表態副詞的運用，實有畫龍點睛的效果，可以看出潘岳沉溺於傷痛的悲情中，對於時光流轉毫無感知，待察覺時已近年末，詩人那種驚覺復悵然若失之情，因五臣注中「忽」字的使用而有了更明確的展現。

綜合以上諸例，可見虛詞者，實具備傳遞感受、精神等抽象情愫的功用，所謂「據事似閑，在用實切。巧者迴運，彌縫文體，將令數句之外，得一字之助矣」〔註62〕五臣注看似淺白，卻能對語助詞恰當運用，這對傳達原詩字句之神情，無疑有很大的幫助。

另外還有一種情形，即五臣會根據詩中所提供的線索，對詩句中未明言處適當地增添字詞，這除了使整體背景的塑造上能夠更爲完整外，更有使讀者進一步掌握詩意之效。這類例子於五臣注文中爲數不少〔註63〕，試觀張協〈大火流坤維〉：

> 大火流坤維，白日馳西陸。浮陽映翠林，迴飆扇綠竹。
>
> 飛雨灑朝蘭，輕露棲叢菊。

---

〔註60〕 案明州本：李善本「竟」作「競」。梁章鉅《文選旁證》（頁684）以爲「竟」爲是。

〔註61〕 詳細詩例請參見附錄一之（二）藝術手法之揭示。

〔註62〕 劉勰著，詹鍈義證：《義證・章句第三十四》，卷7，頁1285。

〔註63〕 詳細詩例請參見附錄一之（二）藝術手法之揭示。

龍蟄暄氣凝，天高萬物肅。

　　良曰：七月龍蛇蟄藏，而夏暄之氣凝而爲霜露，秋物凋落，天地廓然

　　而高，萬萬皆被肅殺之氣。

弱條不重結，芳蕤豈再馥。人生瀛海內，忽如鳥過目。

川上之歎逝，前修以自勖。〔註64〕

全詩透過對自然景觀變化之描繪，帶出人生易逝之慨歎。觀劉良之注，從「夏暄之
氣」、「秋物凋落」到「天地廓然而高」，所增添「秋物凋落」一語，實節氣交替之表
徵，相較於原詩句，季節變化的軌跡於注文中得到清晰明確的勾勒，這樣的增字串
講，使得全詩情境能有更爲具體的展現。

　　再如何劭的〈雜詩〉：

秋風乘夕起，明月照高樹。閑房來清氣，廣庭發暉素。

靜寂愴然歎，惆悵忽遊顧。

　　向曰：秋物凋落，閑夜無友，故愴然發歎，出戶遊望也。顧，望也。

仰視垣上草，俯察階下露。心虛體自輕，飄颻若仙步。

瞻彼陵上柏，想與神人遇。道深難可期，精微非所慕。

勤思終遙夕，永言寫情慮。〔註65〕

呂向注解中首二語的說明，一來交代「靜寂」此感覺的實境爲「秋物凋落」，二來則
是導出詩人何以「愴然發歎」，是因「秋物凋落，閑夜無友」，從外物的寂寥、情緒
之惆悵到出戶觀望，如此層層遞進，可明顯見到詩人心、物交感的具體情形。「秋物
凋落，閑夜無友」的增字說明，實爲五臣注於遣辭造句上用心之表現。

　　再觀沈約〈三月三日率爾成篇〉，全詩描繪節日遊春之景，以下所言，乃詩末展
現詩人對於不得與所歡愛兩相情悅時，所抱持之心態：

愛而不可見，宿昔減容儀。且當忘情去，歎息獨何爲？

　　濟曰：事有所阻，各據其分，故雖情甚愛之，有不可見者，而宿昔之

　　憂，可損人儀容，且遺忘於情愛，違而去之，亦何歎息也。

呂延濟於首二語中說明何以「愛而不可見」之因，而這樣的「所阻」，配合上情之「甚」
愛，其中矛盾的張力拉鋸，實加深了無奈之感，看似淺顯的增字串講，卻能於適當
的解說中，掌握詩中情感的最核心。五臣注於遣辭造句的用心，對文意的理解實提
供很大的助益，由是觀之，前人譏五臣注爲淺白的看法恐怕有再作調整的必要。

---

〔註64〕案明州本：李善本「颰」作「猋」。

〔註65〕案明州本：李善本「忽」作「出」。

　　要之，五臣注不論是運用虛詞，或者是適時地增字闡釋，都可視爲其對用字遣辭留意之表現。也正因有此形式之恰當展現，方得成就理解內涵之功，此乃五臣注詮釋特徵上值得留意之處。

# 第四節　小　結

　　「修辭以適應題旨情境爲第一義，不應是僅僅語辭的修飾，更不應是離開情意的修飾。」〔註66〕此處所言雖是以創作的立場出發，然而若稍加轉換，亦可視爲是詮釋者在藝術技巧的闡說上，應當把握的準則。有道「善於依因機會，準擬體則，引古喻今，言微理舉，雅而可笑，中而不傷，不根人之所諱，不犯人之所惜」〔註67〕，這樣一路梳理五臣注中藝術手法之展現，無論是在說明詩作的修辭技巧，或者是對於遣辭造句的留意，終究未離開內涵情意。反過來說，「心敏」尚須「辭當」〔註68〕，若無恰當而精準的詮釋，豈能貼近詩意？五臣注的詮釋特點，在內容與形式兩部分都有所掌握，雖然仍有不盡理想之處，然其自覺之努力所表現出來的成果，於詮釋學史上應當具備一定的價值。

---

〔註66〕陳望道：《修辭學發凡》，頁 13。
〔註67〕楊明照撰：《抱朴子外篇校箋　上・疾謬》（北京：中華書局，2004 年 5 月），卷 25，頁 602。
〔註68〕劉勰著，詹鍈義證：《文心雕龍義證・附會第四十三》，卷 9，頁 1611。

# 第三章　五臣注中比興思維的考察

## 第一節　前　言

在正式進入五臣注中「比興思維」的考察前，有若干與比興相關的問題，像是以比興為切入點來研究五臣注的動機何在？此處的比興該如何定義？比興的具體內涵為何？五臣注與比興的關聯性、如此研究的意義何在……等，都有先行說明的必要。以下即針對上述問題，一一釐清。

首先說明「以比興為切入點，研究五臣注的動機」問題。一般而言，我們對於「比興」的認識，多是由文學理論或是實際創作的層面中作探討，如此所建構出來的，是由構思、運用比興到完成作品的一個過程。作品呈現於讀者面前，讀者如何逆向推求詩人之「意」，當為閱讀之核心關懷。在逆向推求的過程中，比興的解讀會是關鍵所在，這與中國詩歌的特質不無關係。中國詩歌具備委婉含蓄的美學特徵，為了達到委婉含蓄的效果，詩人往往會使用「比興」此隱而未明的表現手法，這其中必然蘊含某種程度的模糊空間，對讀者而言，此乃理解詩作之關鍵所在；而這些語意不甚明朗處，實有賴注解之釐清。所謂「明而未融，故發注而後見也」〔註1〕，呂延祚在〈進五臣集注《文選》表〉中，已可明確知道五臣注致力於「述作之由」、「作者為志」的闡釋。詩作中運用到比興藝術技巧之處，既存在較大的模糊空間，那麼五臣注會在這部分多所留意，實與其「疏通文意」之核心關懷若合符節。暫且不論五臣注的詮釋內容在今日看來是否合理，單就其「闡釋作品中的比興」這一點而言，五臣注實有可觀之處，因此本章將針對這個部分，加以論析。

---

〔註 1〕劉勰著，詹鍈義證：《文心雕龍義證・比興第三十六》，卷8，頁1344。

那麼對於「比興」一辭，又該如何下定義？《文心雕龍・比興》中之說法，確實是一筆頗佳的參考資料：

> 比者，附也；興者，起也。附理者，切類以指事；起情者，依微以擬議。起情，故興體以立；附理，故比例以生。〔註2〕

〈比興〉中將「比」與「興」拆開，分別就其與外界事物間親疏顯隱的關係作定義，理論上似乎可將此二者作明確的區別，實際上卻存在交融而難以劃分的情形，劉勰本人似乎也察覺到此問題，這一點從「興之託諭」〔註3〕、「虯龍以喻君子，雲蜺以譬讒邪：比興之義也」〔註4〕的論述中即可窺得。因此本文擬採用連言比興的方式來探討五臣注，「而不再於其心與物之感發層次及感發性質方面，做明細之區別」〔註5〕，也就是說，對於比、興、比而興、興而比等細微而嫌瑣碎的分類將不予討論。至於本文對「比興」一辭的內容與形式，界定如下：作為以表現「意在言外」此重要特質的文學批評術語，「比興」之具體內涵，包括「政治寄託」〔註6〕、「情感興發」兩部分〔註7〕，形式上凡是以彼喻此〔註8〕、借物興發者皆屬之：除了明白地點出比喻、借代……等修辭者屬此範疇，部分未直言修辭，卻能對「寄情於物」有所揭示者，亦涵蓋其中。因此在本章的討論裡，關於五臣注之前的比興論述，大體即是由這樣的範圍為前提作說明，至於歷來聚訟不休的「六義」及其相關問題〔註9〕，則不在討論之列。

---

〔註2〕 劉勰著，詹鍈義證：《文心雕龍・比興第三十六》，卷8，頁1337。

〔註3〕 同前註，頁1344。

〔註4〕 劉勰著，詹鍈義證：《文心雕龍・辨騷第五》，卷1，頁146。

〔註5〕 葉嘉瑩：〈中國古典詩歌中形象與情意之關係例說——從形象與情意之關係看「賦、比、興」說〉，《迦陵論詩叢稿》（北京：中華書局，2005年1月），頁344。

〔註6〕 與政治相關的抒懷其實是個人情感的一部分，然而唐前由「言志」到「緣情」的發展趨向，於「公」之志和於「私」之情一直以來都有某種程度的相對性，這從中國文學內涵究竟是以有裨於政教為優，或者是以抒發個人情感為主之反覆爭辯與更迭中，實可明顯察覺。基於上述理由，本文還是將政治情懷獨立於個體抒情外，作個別的論述。

〔註7〕 比興的具體內涵主要分成「政治寄託」、「情意感發」兩部分，《文心雕龍・比興》中即有如此展現，至於何以會有此二面向，以及其於唐前的相關論述，將在下文中作具體的說明。

〔註8〕 可參看朱自清：《詩言志辨》（上海：華東師範大學出版社，1997年3月），頁48～63。

〔註9〕 六義究竟是教化的作用和方式，或者要區分為詩的體制和表現手法兩個部分，從孔穎達、朱熹、二程、章炳麟到近代學者如王金凌、趙沛霖等人，都有所討論。六義者，是對風、賦、比、興、雅、頌此六者個別復通盤的探討，其比、興兩者是分述的，然而本文既然將比興視為是泛稱，故不對此議題加以辨析：另一方面，也無意就六義間的關係加以釐清，實因這部分與本文之論述並無太大的相關性，故姑且置

　　至於何以選擇以「政治寄託」、「情感興發」兩部分作為五臣注比興思維的主要討論內涵，這必須由「唐前比興內涵的轉換及其包含的主要面向」談起。就整個文學史的發展而言，漢代與六朝兩個大環境的文化思維有頗大的差異，從魯迅先生提出「曹丕的一個時代可說是『文學的自覺時代』」〔註10〕、「詩賦不必寓教訓」〔註11〕，可見在當代以及更早之前，詩賦寓託教訓的情形是很普遍的，程廷祚即以為「漢儒言詩，不過美刺兩端」（《詩論十三・再論刺詩》）〔註12〕，不論就理論〔註13〕、實際創作〔註14〕，或者是詮釋〔註15〕的範圍觀察，漢代的詩教氛圍都是頗為明顯的。至於魏代所開啓的文學自覺〔註16〕，從《典論・論文》、〈文賦〉、《詩品》、《文心雕龍》等一系列的文論觀察中，均可見到對文體風格的辨析、創作模式的多方探討，如此情形所標誌的，正是文學獨立於儒教經學之外。類似這樣視漢代與六朝為兩個不同階段的看法，幾乎已可說是學術界的共識〔註17〕。

---

之不論。

〔註10〕魯迅撰，吳中杰導讀：《魏晉風度及其他》（上海：上海古籍出版社，2000 年 12 月），頁 188。

〔註11〕同前註，頁 187。

〔註12〕程廷祚：《青溪集》，收於《叢書集成續編》第 190 冊（臺北：新文豐出版公司，1991 年 7 月）卷 2，頁 692。

〔註13〕像是毛詩序《周南・關雎》中提到：「正得失，動天地，感鬼神，莫近於詩。先王以是經夫婦，成孝敬，厚人倫，美教化，移風俗。」對於詩體應當具備政治倫理之教化功能，此處即作了清楚的說明。

〔註14〕茲以司馬相如的〈上林賦〉為例：「若夫終日馳騁，勞神苦形，罷車馬之用，抏士卒之精，費府庫之財，而無德厚之恩，務在獨樂，不顧眾庶，忘國家之政，貪雉菟之獲，則仁者不繇也。……夫以諸侯之細，而樂萬乘之所侈，僕恐百姓被其尤也。」其中所蘊含的諷勸之意，明顯是為了有裨於政治而發。

〔註15〕王逸認為《楚辭》乃「依託《五經》以立義」（《楚辭章句敘》），並於〈離騷經・序〉中謂〈離騷〉「獨依道徑以風諫君也。」做為詮釋《楚辭》的原則性說明，王逸寓教訓於詩賦的觀念是十分明顯的。

〔註16〕張少康：〈論文學的獨立和自覺非自魏晉始〉，《北京大學學報》第 2 期（1996 年）、詹福瑞：〈文士、經生的文士化與文學的自覺〉、〈從漢代人對屈原的批評看漢代文學的自覺〉，均收於《漢魏六朝文學論集》（北京：河北大學出版社，2001 年）、李文初：〈從人的覺醒到「文學的自覺」──論「文學的自覺」始於魏晉〉、〈再論我國「文學的自覺時代」──「宋齊說」質疑〉、〈三論我國「文學的自覺時代」〉，均收於《漢魏六朝文學研究》（廣州：廣東人民出版社，2000 年）、孫明君：〈建安時代「文的自覺」說再審視〉，《北京大學學報》第 6 期（1996 年）、徐國榮：〈中國文學自覺的契機及其代價〉，《學術研究》第 4 期（2002 年）……等文都對文學自覺提出了相關論述。此處的重點在於區分漢代與六朝對於文學的大體看法，至於文學自覺是如何初露端倪、又是在什麼時候發展完成，並非關注的焦點，故於此略而不論。

〔註17〕從余英時先生提到士由「群體自覺」往「個體自覺」的變化（〈漢晉之際士之新自覺與新思潮〉，《中國知識階層史論〈古代篇〉》（臺北：聯經，2001 年 11 月），頁 205

　　像這樣「由政治寄託到重視個人情感興發」此文學重心的轉換，在「比興」這個文學批評術語中，也有相近的狀況：

　　　　就歷史發展的脈絡而言，「興」的概念要從明確固定的政教喻示作用擴大轉化其意義，並在解釋活動上容許更大量的意義的引申，是要在魏晉以後，此時自然物象所能承載喻示的言外意義就不止於政教範疇，而可以是各式各樣的情意和經驗。〔註18〕

此處所論，雖然只是「興」的部分，實則「比」於內涵的轉變上，亦呈現類似之情形，故這裡的討論，實不妨將「比」也納進來一併觀之。比興在漢代多用於傾向倫理道德的政教類比，而六朝則是有意識地擺脫詩教〔註19〕，強調文學意義上的類推。內涵的轉變就文學「史」的流脈而言，固然是我們觀察比興的一個重點，然而其內容包括「政治寄託」與「情感興發」這兩個主要面向，它們於整個文學史的發展脈絡中是如何起伏消長，共存的具體情形為何，也是值得留意之處。李健先生即言：

　　　　古人在認識比興的類比特徵時，呈現出兩種趨向，一種是對倫理道德的單純類比行為；一種是寬泛地討論比興與取象、取義、表情的關係，強調文學意義上的類比。這是一種非常有意思的現象。對倫理道德的單純類比往往是經學家們的片面的意向，但幾乎形成比興類比的主流。這是中國傳統儒家文化深入人心，在思維上的一種不自覺的體現。這兩種類比趨向並沒有根本的衝突，經常是合二為一的，相互啟發並相互為用。〔註20〕

此處顯然可見，比興的類比特徵確實蘊含「倫理道德」和「取象表情」這兩個主要面向，而此二者亦非相互排斥，存在著獨立卻又相容的情形。

　　總的來說，比興思維從漢代至六朝的轉換情形，主要即是由強調政治寓託轉向看重個人情意的興發，因此其具體內涵，涵蓋「政治寄託」與「情感興發」兩個面向，此二者實可共存；而比興既以此二面向為主要內涵，這也是在探討五臣注比興

---

〜327。），到顏崑陽先生所言「（魏晉六朝）個體生命意識覺醒，以『政教』為中心的群體普遍價值觀退位，代之而起的是以個人『情意』為中心的個殊價值觀。」（〈從〈詩大序〉論儒系詩學的「體用」觀〉，《第四屆漢代文學與思想學術研討會論文集》（臺北：政大中文系，2003年4月），頁323。）漢代普遍重視政教而六朝多留意個體情意的看法，可說已是學術界的共識。

〔註18〕 蔡英俊：《中國古典詩論中「語言」與「意義」的論題——「意在言外」的用言方式與「含蓄」的美典》（臺北：學生書局，2001年4月），頁209。

〔註19〕 至於是否真的可以擺脫，或者是在詩教內部有了什麼樣的轉化，則是另外一個問題，不在此處討論之列。

〔註20〕 李健：《比興思維研究：對中國古代一種藝術思維方式的美學考察》（合肥：安徽教育出版社，2003年8月），頁24。

思維時，何以要以此二者爲研究對象的原因。

那麼五臣注與比興思維之雙面性有什麼樣的關聯？比興作爲一個文學批評術語，從漢代的詩教性、六朝的文學性發展至唐代，比興內涵於唐代實可明顯見到前代歷史的積澱。楊明先生即言：「重視情感之動人，又重視有益政治的功能，那樣更高的文學主張的提出，則有待於唐代的文學家們了。」〔註21〕文學理論和文學詮釋同樣屬於文學批評的範疇，唐代文學家在理論的部分既然對個體情感與政治寄託兩部分都有所重視，於詮釋區塊中五臣注亦呈現出類似的情形是可以想見的〔註22〕。就五臣注文作實際的觀察，確實發現「政治寄託」與「情感興發」兩者交錯出現的情形，而這兩者又都蘊含比興思維於其中，也就是說，對五臣注中比興思維的考察，即可以見到此二者表現之具體情形，所謂「合二爲一」，不僅僅在文學理論面是如此，文學詮釋面中亦然，五臣之注文即是最好的說明。

至於雙面性的比興思維於五臣注中具備什麼樣的意義？這可由中國詮釋學發展的角度論之。在漢代，儒者所詮釋的對象——《詩經》，本屬經學範疇〔註23〕，詮釋內涵亦不離政教面向；今日雖視其爲文學作品，但由漢人的眼光，不論就作品或者是注文本身，俱未強調其文學性質。《楚辭》雖爲文學作品，然而王逸既稱《離騷》爲「經」，具體詮釋上亦不離君臣美刺，可見在漢人眼中，《楚辭》的解讀終究是以裨益教化爲前提，而不觸及文學的獨立性格。六朝比興雖發展出文學面向，然而多見於文論的說明與文學的創作，大量以個人情感流露的比興思維爲詮釋面向者，並未出現。唐代五臣注以集部的《文選》作爲詮釋對象，一方面看似還存留漢儒解經的比興思維，然而對《文選》的詮釋，已不從「視作品爲經學附庸」的角度來做解讀，這和漢代的詮解思維已有所不同。另一方面，五臣注中又展現出文學性的詮釋內涵，此雖只佔比興思維中約一半的比例，卻已是對之前詩教詮釋的突破。要之，

---

〔註21〕楊明先生之語，是以說明六朝至唐整體文學批評的狀況論之，然而並不妨礙以此說明五臣注中同時涵蓋政治與情感的情形。楊明：〈魏晉文學批評對情感的重視和魏晉人的情感觀〉，《漢唐文學辨思錄》（上海：上海古籍出版社，2005 年 4 月），頁 20。

〔註22〕關於五臣注對某些詩作附以政治寄託的詮釋內涵，我們只能說它所展現的，是具有與漢儒說詩相同的表象，在這個部分，五臣注並沒有系統性或明確的理論說明，充其量，我們只能說五臣注受到前代文學觀念積澱，以及唐代儒學風氣之影響，而有如此的定性思考；至於是否有以詩歌作爲教化工具的強烈目的，這裡只能持保留態度。同樣表現出政治寄託的現象，然而在「是否存在強烈的主觀意識」這一點上，五臣注與中晚唐白居易等人提出明確理論又兼創作的情形實不盡相同。

〔註23〕後漢翟酺曰：「文帝始置一經博士。考之漢史，文帝時，申公、韓嬰皆以《詩》爲博士，《五經》列于學官者，惟《詩》而已。景帝以轅固生爲博士。」（語見王應麟撰，翁元圻注：《困學紀聞‧經說》（上海：商務印書館，1935 年 11 月），卷 8，頁 761）《詩》是首先被列入學官者，漢人特重，無庸置疑。

比興思維於五臣注中顯示的意義在於：五臣注在詮釋的具體內涵中，明顯可見「政治寄託」以及「情感興發」兩部分，這兩部分看似各自獨立，然而比興思維卻是兩者共通的基礎精神；另一方面，就詮釋學的角度觀之，五臣注之比興思維實可說是繼承前代（接受漢詩教、六朝緣情的概念），亦有所轉化（雖涵有政治寓託之詮釋面，卻不以此爲主軸，而能兼顧對作品中個人情意的詮釋），富涵進一步探索的價值。

　　是以本章擬由內涵的部分，討論五臣注比興思維之雙面性質；復對形式方面加以考察，探討該注對詩作中比興手法說明的具體情況。

# 第二節　比興思維的內涵之一──政治寄託之解析

　　由上述關於五臣注中比興思維之相關問題的釐清，可知與詩教概念相關的政治寄託，是比興思維中重要的一環。因此本節擬對唐前的詩教傳統作一簡明的介紹，一方面交代五臣注比興思維詩教面的歷史淵源；另一方面，則以此爲基礎，具體探討五臣注中對政治寄託的解析情形。

## 一、唐前詩教傳統

　　誠如顧農先生所言，五臣注中確實是有一部分的注文明顯帶有政治附會的色彩，而這樣的詮釋樣態除了受其時空環境影響外〔註24〕，還明顯有著歷史的積澱。關於此點，唐前比興之相關論述誠爲重要的參考資料，從《論語》到《文心雕龍》，與儒教思維相關的論說實綿延不絕。底下即依次概述此詩教傳統。

　　在先秦的典籍中，對於詩歌的功能性質，《論語》已涉及與政治倫理相關的論述：

　　　　子曰：小子何莫學夫《詩》？《詩》，可以興，可以觀，可以群，可

　　以怨。邇之事父，遠之事君，多識於鳥獸草木之名。〔註25〕

《論語》中孔子之言，從學《詩》可以「事父」、「事君」這一點觀之，其有助於倫理道德秩序的思維不言可喻，上述所引的資料，已隱隱然透露出詩歌政治教化的性質。孔子對《詩》的看法，確實開啓了中國詩歌政教寄託之相關論述。

　　至於〈詩大序〉則是探討比興詩教面時，一筆明確提及詩歌美刺教化功能的材料：

---

〔註24〕太宗、魏徵等人因鑒於南朝浮靡文風的不良影響，而重倡儒學。另一方面，進士科雖以試雜文爲重，卻有頗長一段時間也將「帖經」列爲考試科目。這些情形對五臣注比興思維詩教面的產生，都可能有所影響，詳見第四章的論述。

〔註25〕魏・何晏注，宋・邢昺疏，朱漢民整理，張豈之審定：《論語注疏・陽貨》（北京：北京大學出版社，1999 年 12 月），卷 17，頁 237。

　　風，風也，教也；風以動之，教以化之。……正得失，動天地，感鬼
神，莫近於詩。先王以是經夫婦，成孝敬，厚人倫，美教化，移風俗。故
詩有六義焉：一曰風，二曰賦，三曰比，四曰興，五曰雅，六曰頌。上以
風化下，下以風刺上，主文而譎諫，言之者無罪，聞之者足以戒，故曰風。
至於王道衰，禮義廢，政教失，國異政，家殊俗，而變風、變雅作矣。國
史明乎得失之迹，傷人倫之廢，哀刑政之苛，吟詠情性，以風其上，達於
事變而懷其舊俗者也。故變風發乎情，止乎禮義。發乎情，民之性也；止
乎禮義，先王之澤也。是以一國之事，繫一人之本，謂之風；言天下之事，
形四方之風，謂之雅。雅者，正也，言王政之所由廢興也。政有小大，故
有小雅焉，有大雅焉。頌者，美盛德之形容，以其成功告於神明者也。是
謂四始，詩之至也。〔註26〕

這裡雖然提到六義，卻只針對風雅頌作說明，至於賦比興的內涵並未多言。然而賦
比興於此同置於「詩」底下論述（「詩有六義」），而「詩」本身即具備「厚人倫，美
教化」等功能，是以賦比興三者亦當有類於此。另一方面，六義既然於此並列提出，
那麼對風雅頌稍作觀察，當可窺見〈詩大序〉對於賦比興所抱持的態度傾向。〈詩大
序〉中對於詩歌的基本看法，即是視其為政教功能傳遞之重要媒介，風雅頌作為詩
歌六義中的構成要素，其內涵皆與政治教化有關：「風」表現出執政者「上以風化下」
與在下位者「下以風刺上」雙向交流的情形：前者是為了維持社會整體政治倫理之
秩序，「經夫婦……移風俗」一段即明白表現出這樣的意圖；至於下對上的情形，歌
功頌德者有之，然而更多時候民性「發乎情」〔註27〕，是以諷刺的方式提醒執政者
當有所警戒。「雅」以王政的興廢為其關注焦點，「頌」之「美盛德」，亦與王道家國
之昌盛和順有密切關聯。要之，由〈詩大序〉中對於風雅頌之闡述，可以明顯看出
這三者無一不是為了有裨於國政而發。賦比興既然與風雅頌並置，不論〈詩大序〉
將之視為詩歌的形式或內涵，都極有可能具備政教之性質。關於這一點，小序中常
以比興的手法展現政教思維，亦足見其美刺教化的傾向。

　　在王逸之前，關於「比興具備美刺諷喻的內涵」這樣的認知已隱然成型，然而
上述對於比興的概念，只能算是對「美刺教化」此中心思想的提出以及大方向的說

---

〔註26〕漢・毛亨傳，鄭玄箋，唐・孔穎達疏，龔抗雲、李傳書、胡漸逵整理，蕭永明、夏
　　　　先培、劉家和審定：《毛詩正義》（北京：北京大學出版社，1999年12月），頁6～
　　　　19。
〔註27〕此處的「情」相較於後來六朝的「情」，它的範圍是比較狹窄的，主要是指與政教部
　　　　分相關的情懷。可參考顏崑陽：〈從〈詩大序〉論儒系詩學的「體用」觀〉，頁321
　　　　～324。

明，至於具體點出這套教化觀念是以什麼樣的物象投影什麼樣的人事，王逸的〈離騷經‧序〉則是首篇系統性歸納這類意象的文章。王逸〈離騷經‧序〉中與比興相關的內容如下：

> 離騷之文，依詩取興，引類譬諭。故善鳥香草，以配忠貞；惡禽臭物，以比讒佞；靈脩美人，以媲於君；宓妃佚女，以譬賢臣；虯龍鸞鳳，以託君子；飄風雲霓，以爲小人。其詞溫而雅，其義皎而朗，凡百君子，莫不慕其清高，嘉其文采，哀其不遇，而愍其志焉。〔註28〕

該段論述中，與比興思維詩教觀相關的重點有二：首先，提到離騷「依詩取興，引類譬諭」，看似純由文學技巧的角度切入，然而若觀其所舉之例，可以發現全然爲儒教的內容，可見在王逸的看法裡，比興的技巧不過是最表層的形式，重點在於它載道的內涵；其次，也是王逸該段論述最具獨特貢獻處在於：相較於〈詩大序〉，王逸清楚地歸納出喻體和喻依間有哪些相互對應的類別，「明確樹立了所謂諷喻寄托的表現手法與表現方式，並且開啓古典詩論傳統在此議題上所展示的詮釋系統」〔註29〕〈詩大序〉所建立的，乃詩教精神之典範；而王逸注中所呈現的香草美人傳統，則是於此精神的基礎上，具體歸納意象群。就五臣注而言，在注文中提到與政治倫理相關的意象對應時，也往往與此若合符節，而該注政治寄託之思維，即於此意象揭示的解說中次第呈現。

至於《文心雕龍》，對於比興政教美刺的概念既明確論及，復於文中列舉實例，具體說明詩教寓托於比興中的情形：

> 比則蓄憤以斥言，興則環譬以寄諷。……觀夫興之託諭，婉而成章；稱名也小，取類也大。「關雎」有別，故后妃方德；尸鳩貞一，故夫人象義。義取其貞，無從於夷禽；德貴其別，不嫌於鷙鳥。明而未融，故發注而後見也。且何謂爲比？蓋寫物以附意，颺言以切事者也。故金錫以喻明德，珪璋以譬秀民，螟蛉以類教誨，蜩螗以寫號呼，澣衣以擬心憂，卷席以方志固，凡斯切象，皆比義也。至如「麻衣如雪」，「兩驂如舞」：若斯之類，皆比類者也。楚襄信讒，而三閭忠烈，依《詩》製《騷》，諷兼比興。炎漢雖盛，而辭人夸毗，諷刺道喪，故興義銷亡。於是賦頌先鳴，故比體雲構；紛紜雜遝，信舊章矣。(〈比興〉)〔註30〕

---

〔註28〕洪興祖：《楚辭補注》(臺北：藝文印書館，1999年9月)，頁12。

〔註29〕蔡英俊：《中國古典詩論中「語言」與「意義」的論題──「意在言外」的用言方式與「含蓄」的美典》，頁234。

〔註30〕劉勰著，詹鍈義證：《文心雕龍‧比興第三十六》，卷8，頁1337～1356。

虬龍以喻君子，雲蜺以譬讒邪：比興之義也。（〈辨騷〉）〔註31〕

雖言比興之義在六朝多轉換爲文學性、個人情感興發的類比，然而儒教思維並未因此而中斷；劉勰論比興雖有論及個人情感興發的面向，然而整體看來，其比興論述還是有頗爲濃厚的儒教色彩〔註32〕：從「比則蓄憤以斥言，興則環譬以託諷」對比興具備諷刺意涵的定義，到比興內涵的舉例說明裡，十二例中有多達八例蘊含美刺教化的概念，末論「諷刺道喪，故興義銷亡」〔註33〕，再次將興義與諷刺結合，就某個程度而言，反映出劉勰比興觀與漢儒是一脈相承的。至於上述引自〈辨騷〉之語，則顯然有王逸歸納比興意象群的影子存在其中。可以說在《文心雕龍》裡，比興所蘊含的詩教意涵，是頗爲明顯的。

以上所論，僅略及大者，然而除此之外，像劉安〔註34〕、王符〔註35〕、王延壽〔註36〕、鄭玄〔註37〕、傅玄〔註38〕……等人，對於比興中的詩教意涵亦有所觀照。

---

〔註31〕劉勰著，詹鍈義證：《文心雕龍·辨騷第五》，卷1，頁146。

〔註32〕顏崑陽先生即以爲劉勰雖然「詮明『比』、『興』在文學本質上原理性的意義」，但是卻因「從『起情』而推衍出『擬議』，……卻是很個殊性的『政教諷諭』志意，這就限定了『情意經驗』內容。」可見比興在《文心雕龍》中還有頗爲強烈的「徵聖宗經」性質。相關論述見於顏崑陽：〈《文心雕龍》「比興」觀念析論〉，收於香港中文大學中國語言文學系主編：《魏晉南北朝文學論集》（臺北：文史哲出版社，1994年11月）。

〔註33〕劉勰以爲「興義銷亡」，其實是就載道的角度觀之，這也可看出在《文心雕龍》（六朝）中教化義乃「興」的重要內涵之一。事實上，若就整個文學史的發展看來，應當說是興義本身的內涵已有所轉換而非銷亡，會比較妥貼。

〔註34〕《淮南子·泰族訓》言：「溫惠柔良者，《詩》之風也。……〈關雎〉興於鳥，而君子美之，爲其雌雄之不乖居也；〈鹿鳴〉興於獸，君子大之，取其見食而相呼也。」（劉文典撰，馮逸、喬華點校：《淮南鴻烈集解·泰族訓》（北京：中華書局，1997年1月），卷20，頁674～675。）這其中藉由對「興」義的分解，足見其從人文倫理秩序的角度對〈關雎〉、〈鹿鳴〉所作的讚美。

〔註35〕《潛夫論·務本》中提到：「詩賦者，所以頌美醜之德，洩哀樂之情也，故溫雅以廣文，興喻以盡意。」（漢·王符著，清·汪繼培箋、彭鐸校正：《潛夫論箋校正·務本第二》（北京：中華書局，1997年10月），卷1，頁19。）在這段話中，「興喻」除了是詩賦的表現手法，其內涵之一則有政治道德的傾向。

〔註36〕王延壽〈魯靈光殿賦序〉：「予客自南鄙，觀藝於魯，覩斯（靈光殿）而眙。曰：嗟乎！詩人之興，感物而作，故奚斯頌僖，歌其路寢，而功績存乎辭，德音昭乎聲。物以賦顯，事以頌宣；匪賦匪頌，將何述焉！」（長澤規矩也解題：《文選》，卷11，頁706～707。）序論中除了透露「興含政治寄託」之訊息，賦中又提到「惡以誡世，善以示後」，其比興概念中含有詩教的成分是很明顯的。

〔註37〕鄭玄《周禮》注：「比，見今之失，不敢斥言，取比類以言之；興，見今之美，嫌於媚諛，取善事以喻勸之。」（見於《周禮·春官》「大師」條：「教六詩：曰風，曰賦，曰比，曰興，曰雅，曰頌。」底下。漢·鄭玄注，唐·賈公彥疏，趙伯雄整理，王文錦審定：《周禮注疏》（北京：北京大學出版社，1999年12月），卷23，頁610。）

要之，由先秦至六朝一路梳理與比興相關的儒教思維，可以發現此傳統的深厚性質：除了在概念上對後代有持續的影響，更有一與之相對應的鮮明意象群。面對如此深遠的傳統，五臣注顯然在一定程度上受其影響。底下即針對五臣注的部分，詳細說明詩教面比興思維於其中的表現。

## 二、五臣注中對政治寄託之解析

五臣注中與政治教化相關的闡釋，常會予人附會之感，這和早期賦《詩》引《詩》之方式有著一定程度的關聯。朱自清先生即以爲：「雅頌本多諷頌之作，斷章取義與原義不致相去太遠；風詩卻少諷頌之作，斷章取義往往與原義差得很遠。……後來《毛詩》卻一律用賦詩引詩的方法說解，在風詩（及小雅的一部分）便更覺支離附會了。而譬喻的句子（比興）尤其是這樣」〔註39〕就五臣注而言，在繼承詩教精神的同時，類似這般在今日看來過分比附的狀況也同樣出現其中，而這與孟子知人論世說又有一定程度的關聯性。有些地方固然因爲與詩人生平作結合，而能使其在政治上的危懼感得到很好的闡發，卻也不可否認地，部分解釋在今日看來有強加附會的嫌疑，這部分向來是五臣注最爲人詬病之處。然而造成以政治寓託之比興思維闡述作品的情形，其時代因素恐怕也得列入考量。另一方面，本章既然是對「五臣注中比興思維的考察」，重點當擺在五臣注如何在揭示詩作比興運用的同時，展現其儒教思維；至於如此做法是否妥當的問題，僅在必要時附帶說明。

### （一）從物色佳人歸向政治情懷

從上一小點的說明中，可以發現比興思維彌漫於整個中國文學傳統，受到影響的不只是文學理論與詩作，詮釋也有這樣的情形。單就注釋的部分觀之，在某個程度而言它是依附於詩作之下，那麼該如何判斷注文中「反映或展現政治意向」的比興思維，究竟是受詩作的影響而來，或者注文本身具備某種程度的獨立性？關於這個問題的釐清，我們可由詩作與注文間的對應狀況詳加區分：如果詩作本身已可明顯見到政治寓託，而注釋也有這樣的內涵，那麼在注釋的部分，充其量只能認爲它不過是順著詩意而來，若欲以此證明詮釋者本身有獨立的比興思維，恐怕還值得商

---

該條實明白道出比興美刺諷喻的內涵。

〔註38〕傅玄〈連珠序〉：「所謂『連珠』者，興於漢章帝之世。……其文體辭麗而言約，不指說事情，必假喻以達其旨，而賢者微悟，合於古詩勸興之義。」（轉引自郁沅、張明高編選：《魏晉南北朝文論選》（北京：人民文學出版社，1999年1月），頁108。）傅玄之語雖是以連珠體爲對象的論述，然其假喻達旨，欲「合於古詩勸興之義」的闡釋，可見傅玄言比興，實具備寄託勸喻的性質。

〔註39〕朱自清：《詩言志辨》，頁71。

權。反之，若作品本身並沒有較爲確切的政治寄託意涵，注者卻明白地往這個面向解釋，那麼注文本身或可說是具有較爲強烈的比興思維的。〔註40〕

關於這個部分，茲以下列例證作更爲具體的說明：

　　皦皦白素絲，織爲寒女衣。（郭泰機〈答傅咸〉）

　　　　銑曰：皦皦，絜白也。素絲，喻才也。寒女衣者，謂己賤而負美才。

　　寒女雖妙巧，不得秉杼機。

　　　　向曰：秉，執也。言雖巧不得機杼執之，猶有才而不見用也。

　　天寒知運速，況復鴈南飛。衣工秉刀尺，棄我忽若遺。

　　人不取諸身，世士焉所希？況復已朝餐，曷由知我飢？

〈答傅咸〉旨在說明己不見用之哀歎，光從「皦皦白素絲，織爲寒女衣。寒女雖妙巧，不得秉杼機」觀之，五臣注的解釋似具備獨立於詩作外的政教比興思維，實則不然。詩作本身即提供了兩條線索：首先，詩題既爲〈答傅咸〉，必然是對傅咸所提有所回應，一般而言，回應當有明確的想法蘊含其中，因此上述四語只是單純描述的可能性並不高，再配合善注所引《傅咸集》曰：「河南郭泰機，寒素後門之士，不知余無能爲益，以詩見激切，可施用之才，而況沈淪不能自拔於世，余雖心知之，而末如之何。此屈非復文辭所了，故直戲以答其詩云。」那麼詩中所言之「寒女」恐非只是純粹白描的形象。另一處更明顯的證明在於：詩末言「衣工秉刀尺，棄我忽若遺。人不取諸身，世士焉所希？況復已朝餐，曷由知我飢？」若由此回顧，則該詩前半段所引，顯然具備有才不見用之深意。五臣於此，實可視爲是妥當地順應該詩，對詩中所蘊含的政治比興加以解說，注文本身並未含有獨立的政教比興思維。

類似情況尙可以謝朓〈暫使下都夜發新林至京邑贈西府同僚〉爲例：

　　大江流日夜，客心悲未央。徒念關山近，終知反路長。

　　秋河曙耿耿，寒渚夜蒼蒼。引領見京室，宮雉正相望。

　　金波麗鳷鵲，玉繩低建章。驅車鼎門外，思見昭丘陽。

　　馳暉不可接，何況隔兩鄉。風煙有鳥路，江漢限無梁。

　　常恐鷹隼擊，時菊委嚴霜。

　　　　翰曰：秋殺氣至鷹隼擊搏。菊，秋華也。委，謂零落也。言此恐讒邪

---

〔註40〕關於《文選》注文的政教傾向，於此有略作辨析的必要。吳旻旻先生以爲善注、五臣注「同樣屬於政教傾向的情志批評」，卻也不否認善注在這個部分尙難以「武斷地認定」有政教思維（吳旻旻：《香草美人文學傳統》（臺北：里仁書局，2006 年 12月），頁 220～226）。事實上，這部分不論就詮釋體例考量，或者是由詩作與注文間的對應狀況來加以分析，明白呈現政教比興思維者，還是有待五臣注。

之臣，致害賢良。

　　寄言罽羅者，寥廓已高翔。〔註41〕

　　　　良曰：罽羅者，捕鳥之人。寥廓，空也。高翔，言遠去也。此喻讒人
　　　　將害於己。

謝朓之作，一開始是以「客」（「客心悲未央」）為主詞，述說眼前所見之景、思鄉之愁，卻於詩末話鋒一轉，道出「常恐鷹隼擊，時菊委嚴霜」，就詩作前後一貫的性質觀之，所「恐」鷹隼者，亦當為「客」，客行途中固然有遭受鷹隼、嚴霜威脅之可能，然而若配合此乃贈西府同僚之作，且蕭子顯《齊書》明載：「謝朓為隨王子隆文學，子隆在荊州，好辭賦，數集僚友，朓以才文尤被賞愛。長史王秀之以朓年少相動，密以啟聞。世祖敕朓可還都。朓道中為詩，以寄西府。」這背後蘊含有人事投射之意，詩人所憂者當為政治情勢之危；復由此回頭觀鷹隼、嚴霜、罽羅者等意象，五臣喻此為「讒邪之臣」、「讒人」，當是順理成章。由此例觀之，五臣的解釋誠乃順應詩意而來，注文本身之獨立性並不明顯。

　　至於范雲的〈古意贈王中書〉：

　　遭逢聖明后，來栖桐樹枝。

　　　　向曰：以鳳喻賢人也。言鳳鳥與賢人皆逢聖君而後出。桐樹，鳳所栖
　　　　也。

　　竹花何莫莫，桐葉何離離！

　　　　濟曰：莫莫，盛貌；離離，下垂貌。喻明君厚祿養賢。

　　可栖復可食，此外亦何為？

　　　　翰曰：桐樹可栖，竹實可食，喻中書省官祿可居食也。何為，言何所
　　　　為當止足也。

此處所引，乃范雲對王中書得遇明主的情況之敘述。「遭逢聖明后，來棲桐樹枝」既已將人文的「聖明」與自然的「鳳棲桐樹」作了連結，那麼以繁盛的竹花桐葉喻「明君厚祿養賢」，在思考邏輯上確實順理成章，五臣注賢人聖君之解可說是明白順應詩意而來。

　　復以鮑照〈學劉公幹體〉為例：

　　學劉公幹體五言

　　　　良曰：此詩言正直被邪佞所損，雖行質素，而衰盛相陵。

　　胡風吹朔雪，千里度龍山。

---

〔註41〕案明州本：李善本「領」作「顧」、「煙」作「雲」。

　　向曰：胡在北，朔亦北也。龍山，山名。言風雪自北來，度於龍山。

**集君瑤臺裏，飛舞兩楹前。**

　　銑曰：瑤，玉也，以玉飾臺也。兩楹之間，人君聽政之處。

**茲辰自爲美，當避豔陽年。**

　　銑曰：茲辰，謂冬時，喻亂代也。豔陽，春也，喻明君也。

**豔陽桃李節，皎潔不成妍。**

　　銑曰：風雪，比佞人也。桃李，比忠直也。言未遇至明之時，雖忠直
　　之人，爲佞者所亂，不成其美。

鮑照〈學劉公幹體〉詩一共有五首，《文選》僅選錄一首，若由《學劉公幹體》之一「欲宦乏王事，結主遠恩私。爲身不爲名，散書徒滿帷。連冰上冬月，披雪拾園葵。聖靈燭區外，小臣良見遺」以及之四「彪炳此金塘，藻耀君王池。不愁世賞絕，但畏盛明移」等語觀之，《學劉公幹體》當爲闡述政治情懷之作；另一方面，該詩所學乃劉楨《贈從弟》三首，而劉楨之作明顯有著政治寄託，那麼鮑照作品亦有此傾向殆無疑議。由是觀之，五臣之注釋即是順此脈絡發展，並未有太多的政教獨立思維。

　　類似這樣的情形，最後再以應瑒的〈侍五官中郎將建章臺詩〉爲例，以概其餘：

**朝雁鳴雲中，音響一何哀。問子遊何鄉？戢翼正徘徊。**

**言我塞門來，將就衡陽棲。往春翔北土，今冬客南淮。**

**遠行蒙霜雪，毛羽日摧頹。**

**常恐傷肌骨，身隕沈黃泥。簡珠隨沙石，何能中自諧？**

　　濟曰：隕，落也，恐身落沈泥，不能振羽翼也。簡珠，喻羣小也，言
　　不見用，與羣小相隨也。言如此，何能中塗自與君子諧和？

**欲因雲雨會，濯羽陵高梯。良遇不可值，伸眉路何階。**

**公子敬愛客，樂飲不知疲。和顏既以暢，乃肯顧細微。**

**贈詩見存慰，小子非所宜。爲且極讙情，不醉其無歸。**

**凡百敬爾位，以副饑渴懷。**〔註42〕

應瑒之作，後半段直言公子「乃肯顧細微」，實詩人本身得以「良遇」之因，復由此回顧該詩前半段，應瑒「代雁爲詞」〔註43〕的情形是頗爲明確的，五臣注於此以羣小君子爲比，其政教傾向的注解方式〔註44〕，明顯是順應詩歌本身而來。

---

〔註42〕案明州本：李善本「塞」作「寒」、「隨」作「懨」。
〔註43〕清・沈德潛選：《古詩源》（北京：中華書局，2000 年 7 月），卷 6，頁 132。
〔註44〕不過若就細部分析，在確切的物象對應上，羣小豈存在墮入沙石的問題？倒是善注
　　　　之「簡珠，喻賢人也。沙石，喻羣小也。」會比五臣注來得合理。

　　上述諸例，五臣注誠然表現出其政治寓託的面向，然而詩作本身就已經有這樣的傾向，因此對於五臣注本身是否有那麼明顯的詩教概念，就這一部分的觀察而言，我們只能持保留的態度，而無法作出武斷的判別。然而不可否認地，儒教概念於詩作、詮釋中之影響深遠，於此仍可見一斑。

　　值得多加留意的，則是那些單由詩作的觀察中，並不能確切看出政教傾向，而五臣注卻通篇以政治寓託之比興思維來解釋的作品。這類於詩意空白處的發揮詮解，五臣注文的主體傾向性是較為明確的。試觀傅玄的〈雜詩〉：

志士惜日短，愁人知夜長。

　　良曰：進德脩業，故惜日短；夜愁不寐，故知夜長。

攝衣步前庭，仰觀南鴈翔。

　　濟曰：夜攝去寢衣，步於前庭。

玄景隨形運，流響歸空房。

　　向曰：景，影也，謂鴈影映於月光而色玄也。影又隨其形而動，鴈響
　　逐風，歸於空房，謂下文述清風與微月，故此先言之也。

清風何飄颻，微月出西方。

繁星衣青天，列宿自成行。

　　翰曰：繁星布於天，如人身著衣也，喻邪佞小人也。列宿，二十八宿
　　也，喻正位備員也。

蟬鳴高樹間，野鳥號東箱。

　　銑曰：烏鵲之類，皆曰野鳥，驚於月光而號吟也。東廂，庭之東也。

纖雲時髣彿，渥露沾我裳。

　　銑曰：纖，輕也。髣髴，似有不分明貌。渥，濃也。

良時無停景，北斗忽低昂。

　　向曰：時之不停，夜忽已久，故北斗迴轉而低昂。

常恐寒節至，凝氣結為霜。

　　翰曰：上文所云繁星謂小人在位者多，讒邪之道浸潤如渥露初霑人衣
　　也。

落葉隨風摧，一絕如流光。〔註45〕

　　濟曰：讒邪既成，則身危也，如霜露木葉，隨風而摧，則身之滅絕，
　　如月光流沒矣。流光，日也，此說夜，故云月也。

〔註45〕案明州本：李善本「衣」作「依」。

傳玄的這首作品，除了開頭兩句明顯有感情涉入，接下來可視為是對「步前庭」所見之景的描繪。在這樣的仰觀、靜聽當中，時間亦悄悄流逝，「恐寒節至」，卻不得不面對「落葉隨風摧，一絕如流光」的衰景，實可隱隱約約地感受到一股淡淡的哀愁，然此愁之具體內涵為何？即便是情感較為濃烈的「志士惜日短，愁人知夜長」，也無法提供實際的說明，從詩人的描述當中，我們只能感受到低沉的氛圍。然而五臣注卻將繁星視為讒邪小人的寓託，並以此意識說解全詩，在詩作的空白處五臣注選擇以政治附會做為注解之前提，而非以其他思緒比方鄉愁、念妻為出發點，這樣的狀況顯然可以見到五臣相對獨立於詩作之外，較為濃厚的政教比興思維。

類似這樣的例子，陸機的〈擬西北有高樓〉亦可做一說明：

**擬西北有高樓**

　　向曰：此明賢才不見用也。

**高樓一何峻，迢迢峻而安。綺窗出塵冥，飛階躡雲端。**

　　銑曰：峻，高也。迢迢，遠貌。綺窗，結綺為窗網也。飛階，閣道也。
　　塵冥，昏塵外也。躡，履也。雲端，雲上也。

**佳人撫琴瑟，纖手清且閒。芳草隨風結，哀響馥若蘭。**

　　翰曰：佳人，喻君子。撫琴瑟，喻有才德也。清閒芳氣，言德之美也。
　　蘭，香草也。言雖不見用，哀歎之音，猶馥於若蘭。

**玉容誰得顧，傾城在一彈。**

　　濟曰：玉容，喻美才也，言誰能眷顧我之才為一彈撫當傾於城國而視
　　也。

**佇立望日昃，踟躕再三歎。不怨佇立久，但願歌者歡。**

　　良曰：佇立，久立也。日昃，喻年老也，言少壯既不被用，故再三歎
　　也。歌者謂唱和之人，言我不怨待時之久，但願知己之人歡也。

**思駕歸鴻羽，比翼雙飛翰。**〔註46〕

　　向曰：鴻鳥一舉千里，言我將駕之，與同其心者俱去。

這首詩表面看似為情詩，五臣注卻於題解處明白表示「此明賢才不見用」，以佳人喻君子、以芳氣言德之美，這明顯是承自香草美人傳統而來。然而陸機擬作多為了鍛鍊其文采，詩作本身是否必然有著以佳人喻賢才之意，確實存在若干模糊的空間，而五臣逕以賢才作解，可見注釋本身之意向性。類似這樣的情形，尚有《古詩十九首》中的之一、之二、之五、之十、之十二，然而該例前輩學者論之頗詳，故不於

────────────

〔註46〕案明州本：李善本「迢迢」作「苕苕」、「得」作「能」。

此贅述。

　　綜合以上諸例，可以有以下幾點說明：首先，關於以上幾首詩的注解，除了《古詩十九首》中的之一與之五外，其餘注解李善在串講和徵引內涵上均十分平實，並未涉政治教化。就《文選》詩類整體的觀察，善注附以倫理教化觀念的詮釋亦不甚多。由此實可以再次驗證其與五臣注之不同。其次，由《文選》詩類的整體觀察中，可以發現五臣注的政治寄託的闡釋大體不離自然景色與美女佳人，這樣的情形明顯是具備詩教精神以及香草美人的傳統。最後，五臣注在處理這一類詩的注解時，往往合於詮釋體例中「整體性」的表現，而其所採取的基本立場則不離君臣、正直讒邪等政治思維，這在五臣注中佔有一定之比例，比起「順著原詩政教傾向解詩」，此處以先行的儒教觀來注解詩作，確實更明顯地表現出注文比興思維中的詩教面向。

　　整體而言，不論詩作與注文間的對應狀況密切與否，皆不妨礙五臣注確實有政治寄託比興思維的事實，此乃該注的特色之一。

## （二）「政治寄託」解析之典範——以曹植、阮籍、詠史詩注為例

　　以上論述乃就《文選》詩類所做的整體觀察，那麼如果以時代先後、個別作家或者是選詩類別來察看五臣以儒教觀解詩的情形，是否有什麼特別之處？就時代先後這一點而言，並沒有因詩作產生於漢代，就多用政教思維式的注解，亦未因六朝的文學自覺，而少用此類串講；簡言之，作品所產生的時代對於五臣採取什麼樣的注釋思維並沒有太多的影響。至於個別作家的情形，曹植有不少作品的詮釋都可在五臣注中發現政教意涵，而阮籍的詠懷詩幾乎都是以此思維作解，這樣的狀況固然與曹、阮的政治遭遇有關，然而不可否認地，在這兩位詩人的作品裡，有很多描述自然景觀之語五臣都強加以政治附會。這與知人論世的運用不無關係，也因此運用，而使詩作的解讀上有更濃烈的儒教傾向。至若就選詩類別而言，則以詠史、詠懷兩類在注解的比例上，有明顯的詩教表現。然而《文選‧詩》的詠懷類又以阮籍的作品為主〔註47〕，為避免重複，此處的交叉觀察，將以曹植、阮籍、詠史詩這三部分作個別討論。

　　首先來看看曹植的部分。《詩品》以為「其源出於國風，骨氣奇高，詞采華茂，情兼雅怨，體被文質，粲溢今古，卓爾不群。」將曹植的風格溯源於《詩經》，云其「情兼雅怨」，而這樣的「怨」多半是以含蓄的方式展現，至於「怨」的具體內涵，往往是與政治有關之哀歎。在曹詩溯源上，另有《楚辭》說，陳廷焯《白雨齋詞話》即曰：

---

〔註47〕詠懷詩類《文選》共收了19首，其中阮籍的作品即佔17首。

　　　　《楚詞》二十五篇，不可無一，不能有二。宋玉效顰，已爲不類，兩

　　　　漢才人，踵事增華，去《騷》益遠。惟陳王處骨肉之變，發忠愛之忱，既

　　　　憫漢亡，又傷魏亂，感物指事，欲語復咽，其本原已與《騷》合；故發爲

　　　　詩歌，覺湘間澤畔之吟，去人未遠。〔註48〕

《楚辭》系的來源其實也是在《詩經》的基礎上有所轉換。就政治寄託的內涵而言，
曹詩一方面承繼了《詩經》中美刺的傳統，另一方面亦受《楚辭》香草美人的意象
群影響，這樣的交會情形，不僅詩作本身可以看見，五臣注的部分也透露出類似的
訊息。

　　曹植詩中確實有不少詩句明顯帶有政治性的象徵意涵〔註49〕，像是：

〈贈王粲〉

**重陰潤萬物，何懼澤不周。**

　　　　濟曰：重陰謂雨露，以喻天子也。天子潤於萬物，何懼恩澤不周？

〈贈白馬王彪〉

**玄黃猶能進，我思鬱以紆。鬱紆將何念？親愛在離居。**

**本圖相與偕，中更不克俱。**

**鴟梟鳴衡軛，豺狼當路衢。**

　　　　銑曰：鴟梟，惡鳥，鳴爲人妖者；豺狼，惡獸，志害物者。衡軛，車

　　　　轅也。鳥獸，喻小人讒佞，志在相害，若鳴於車上，當於路衢也，謂

　　　　在道不許同其宿止之處。

**蒼蠅間白黑，讒巧令親疎。**

　　　　翰曰：謂文帝信讒，遂疎兄弟如此。

**欲還絕無蹊，攬轡止踟躕。**

　　　　向曰：言在朝讒人既多，欲還無路，且攬轡而止，踟躕未進也。

〈贈王粲〉中視天子的恩澤爲雨露，是頗爲普遍的用法，五臣注於此不過是將此寓

---

〔註48〕　清‧陳廷焯著，杜維沫校點：《白雨齋詞話》（北京：人民文學出版社，1983年9月），
　　　　　卷7，頁182。

〔註49〕　〈朔風〉詩中亦有類似情形，但條列如下，不另作說明：
　　　　　子好芳草，豈忘爾貽？繁華將茂，秋霜悴之。
　　　　　　　向曰：子謂諸兄弟，芳草喻道德也。言子好道德，豈忘遺汝也！而道德已茂，
　　　　　　　爲讒邪所毀，以致離別，故云「繁華將茂，秋霜悴之」。
　　　　　君不垂眷，豈云其誠？
　　　　　　　良曰：謂文帝信讒，不垂眷兄弟，豈可申其誠信也？
　　　　　秋蘭可喻，桂樹冬榮。

意順勢點出，此處並沒有很大的特殊性。至於〈贈白馬王彪〉的這一段話，或可視為是曹植返回封地途中所見實景，然而若就其前後文之脈絡觀察，加上「讒巧令親疏」之明點，這其中其實是具有很濃厚的象徵意味，注家點出其中深意當為詮釋之所需。關於這個部分，李善注亦略有串講〔註50〕，然而就疏通文意的完整性而言，五臣注是略勝一籌的。

　　上述二例，乃詩作本身已明確提供與政治寓託相關的訊息，五臣注做這樣的解讀似乎也是必然，詩作本身並沒有留下太多空白，可以供注者做另外的詮釋。然而曹植詩中還有一類，雖有往政治意涵作解之可能性，然其中卻存在著某種程度的模糊空間，而五臣注逕將此類描繪與君臣之比作結合，相對於上述例證，五臣注本身在底下作品的說明中，的確展現出較為強烈的主觀比興思維：

　　《樂府・美女篇》
　　　　銑曰：以美女喻君子，言君子既有美行，上願明君而事之，若不得其
　　　　人，雖見徵求，終不能屈。
　　美女妖且閑，采桑歧路間。柔條紛冉冉，落葉何翩翩！
　　攘袖見素手，皓腕約金環。頭上金爵釵，腰佩翠琅玕。
　　明珠交玉體，珊瑚間木難。羅衣何飄飄，輕裾隨風還。
　　顧盼遺光采，長嘯氣若蘭。行徒用息駕，休者以忘餐。
　　借問女安居？乃在城南端。青樓臨大路，高門結重關。
　　容華耀朝日，誰不希令顏？媒氏何所營，玉帛不時安？
　　佳人慕高義，求賢良獨難。
　　　　濟曰：佳人慕義求賢，志實難拔，以喻君子非禮不苟合。
　　眾人徒嗷嗷，安知彼所觀？盛年處房室，中夜起長歎。〔註51〕
　　　　翰曰：眾人徒嗷嗷，喧嘩也，安知佳人之所觀采？
　　　　向曰：盛年之人，既不與偶，則中夜起歎息矣，言中才之人，雖有慕
　　　　士之心而勞其志，則賢者竟不至矣！

　　〈雜詩〉之四
　　南國有佳人，容華若桃李。
　　　　翰曰：以佳人喻賢人不見重於時也。
　　朝遊江北岸，夕宿瀟湘沚。

---

〔註50〕「鴟梟、豺狼，以喻小人也」、「喻佞人變亂善惡也」。
〔註51〕案明州本：李善本「飄飄」作「飄飄」、「徒」作「何」。

向曰：湘亦江水名。

**時俗薄朱顏，誰爲發皓齒？**

銑曰：朱顏皓齒，皆喻賢人美才也。時俗既薄之，誰爲相起發而用也？

**俯仰歲將暮，榮耀難久恃。**

翰曰：國不理多時，故云將暮君之榮耀在於用賢，今既薄而不用，難久恃。

光是由詩作本身觀之，實難確指必然有政治寄託，然而若從《楚辭》美女佳人的傳統作考量，並與曹植本身在政治上的遭遇做結合，那麼詩作有政治之投影不無可能。五臣注即於此處詳加說明佳人與賢者間是如何呼應，此處所呈現的，乃詩教傳統對於注釋與作品的滲透情形。〔註52〕

如果說上述例證中，五臣注是否有獨立的詩教比興思維，還存在著可以商討的空間，那麼底下所舉之詩句，多爲純粹描寫自然、人文景觀者，五臣注卻明顯賦予政治喻託，注文中所蘊含的獨立性比興思維就相對明顯更多：

〈贈徐幹〉

良曰：子建與徐幹俱不見用，有怨刺之意，故爲此詩。

**驚風飄白日，忽然歸西山。**

銑曰：白日，喻君也。驚風飄之忽歸西山，喻時去不可逐也。

善曰：夫日麗於天，風生乎地，而言飄者，夫浮景駿奔，倏焉西邁，餘光杳杳，似若飄然。古〈步出夏門行〉曰：「行行復行行，白日薄西山。」

**圓景光未滿，眾星粲以繁。**

銑曰：圓景，月也，喻道不明也。眾星，喻羣小邪人也。繁，多也，謂文帝不明，羣小在位，不用賢良。

善曰：圓景，月也。《論衡》曰：「日月之體，狀如正圓。」鄭玄《毛詩箋》曰：「景，明也。」《釋名》曰：「望，月滿之名也。」《論語》曰：「眾星共之。」《廣雅》曰：「粲，明也。」

**志士營世業，小人亦不閒。聊且夜行游，游彼雙闕間。**

**文昌鬱雲興，迎風高中天。**

**春鳩鳴飛棟，流焱激欞軒。**

濟曰：鳩鳴飛棟，喻小人得志，處棟梁之地。焱，風也。風，主教令

---

〔註52〕詳細詩例請參見附錄二之（一）政治寄託之解析。

也。櫳軒，階畔鉤欄也。喻 教令從下起而犯於上也 。

善曰：《爾雅》曰：「扶搖，謂之飆。」郭璞曰：暴風從上下者。猋與
飆同，古字通。櫳，窗間也。《說文》曰：「櫳，楯間子也。」徐幹〈齊
都賦〉曰：「窗櫳參差景納陽。」軒，長廊之有窗也。

顧念蓬室士，貧賤誠足憐。薇藿弗充虛，皮褐猶不全。

忼慨有悲心，興文自成篇。寶棄怨何人？和氏有其愆。

彈冠俟知己，知己誰不然？良田無晚歲，膏澤多豐年。

亮懷璵璠美，積久德愈宣。親交義在敦，申章復何言。

〈贈丁儀〉

向曰：《魏志》云：儀有文才，子建贈以此詩， 有怨刺之意 也。

善曰：集云與都亭侯丁翼，今云儀，恐誤也。《魏略》曰：丁儀，字
正禮。太祖辟儀爲掾。

初秋涼氣發，庭樹微銷落。

向曰： 喻小人道長從微起 也。

善曰：《漢書》，孝武〈傷李夫人賦〉曰：「桂枝落而銷亡。」

凝霜依玉除，清風飄飛閣。

翰曰：依，覆；除，庭也。履凝霜至於堅冰，謂 陰謀漸長 也。清風飄
飛閣，喻 教令自下而上 也。

善曰：《楚辭》曰：「漱凝霜之紛紛。」《字書》曰：「凝，冰堅也。玉
除，玉階也。」《說文》曰：「除，殿階也。」〈西都賦〉曰「玉除彤
庭。」又曰：「脩塗飛閣。」

朝雲不歸山，霖雨成川澤。在貴多忘賤，爲恩誰能博？

狐白足御冬，焉念無衣客？思慕延陵子，寶劍非所惜。

子其寧爾心，親交義不薄。〔註53〕

這兩首詩的描景之句，五臣以爲有「羣小邪人」、「小人得志」、「教令由下犯上」之
寓託。相對而言，李善注並未多做引申，採取較爲平實的解法。若純就全詩的脈絡
觀察，「圓景光未滿，眾星粲以繁」未嘗不可視爲是夜行所見之景，而「初秋涼氣發，
庭樹微銷落。凝霜依玉除，清風飄飛閣。」若視爲是營造全詩蕭瑟氣氛的起興，恐
怕也會自然得多。五臣注將不見得要有所寄託的景致往政教面向做解，大概與詩作
在某些部分已明顯透露出不見用的怨歎之辭有關，於注詩之前已存有比附政治的既

---

〔註53〕案明州本：李善本「御」作「禦」。

定看法,遂將此思維通盤套用於詩作中的繪景之句。若以持平的態度觀之,即便是有所寓託之作,亦不妨其中存有純然爲烘托情境而述的繪景之句,五臣如此通篇往政治寄託作解,究其原因,除了儒教思維的影響外,過分結合詩人的生平遭遇,也是一個因素,而這一點從詩旨處明言「怨刺」即可看出。要之,這些描景之句並未有太多深意,而五臣卻釋以政教之意涵,實可較爲明顯地看出五臣注獨立於詩作之外的比興觀。〔註54〕

五臣注對曹詩的解讀情形大致如上,那麼對於阮籍詩作的注解狀況又是如何?沈德潛曾言:「阮公詠懷,反覆零亂,興寄無端,和愉哀怨,雜集於中。令讀者莫求歸趣,此其爲阮公之詩也」〔註55〕這似乎已成學界對阮詩之共識。阮籍詠懷之作中確實有很多地方採取比興象徵的方式,如何闡釋詩中之比興,乃注家無可迴避的首要問題。就五臣注而言,爲使歸趣明確,五臣大量運用知人論世的方式,這一點如果跟李善、沈約、顏延年等人的注解相較,則更形明顯。

首先可以對《詠懷》組詩之題解處稍作觀察:

> 良曰:詠懷者,謂人情懷。籍於魏末晉文之代,常慮禍患及己,故有
> 此詩。多刺時人無故舊之情,逐勢利而已。觀其體趣,實謂幽深,非
> 夫作者,不能探測之。
>
> 顏延年曰:說者阮籍在晉文代常慮禍患,故發此詠耳。
>
> 善曰:嗣宗身仕亂朝,常恐懼謗遇禍,因茲發詠,故每有憂生之嗟。
> 雖志在刺譏,而文多隱避。百代之下,難以情測,故粗明大意,略其
> 幽旨也。〔註56〕

從「實謂幽深……不能探測之」、「文多隱避……難以情測」觀之,劉良與舊注間所持的態度基本上是頗爲一致的,注家所能做的,似乎僅能「粗明大意,略其幽旨」。然而若具體觀察詩作的詮釋情形,會發現李、沈、顏等確實只「粗明大意」,而五臣雖言「非夫作者,不能探測之」,卻以其一貫的儒教思維,盡可能地對詠懷詩中的一字一句史實結合,多加闡釋。如此情形可於底下所舉之例窺知:

**丹青著明誓,千載不相忘。(之四)**〔註57〕

> 濟曰:誓約如丹青分明,雖千載而不相忘也。言安陵、龍陽以色事楚

---

〔註54〕 詳細詩例請參見附錄二之(一)政治寄託之解析。

〔註55〕 清・沈德潛選:《古詩源》,卷6,頁136。

〔註56〕 關於這段引文,李善與劉良都有引臧榮緒《晉書》的說法,然因與此處之討論無關,故略去。又此處所引李善之言,本置於《詠懷》第一首「徘徊將何見?憂思獨傷心。」之下,卻因其實可視爲是李善注釋《詠懷》詩所持有的基本看法,故同列於此討論。

〔註57〕 案明州本:李善本「千載」作「永世」。

魏之王，尚猶盡心如此，而 晉文王蒙厚恩於魏，不能竭其股肱，而將
行篡奪，籍恨之甚，故以刺也 。

善曰：以財助人者，財盡則交絕；以色助人者，色盡則愛施。是以嬖
女不弊席，嬖男不弊輿。安陵君所以悲魚也，亦豈能丹青著誓，永代
不忘者哉！蓋以俗衰教薄，方直道喪，攜手笑言，代之所重者，乃足
傳之永代，非止恥會一時。故託二子以見其意，不在分桃斷袖，愛嬖
之懽 。丹青不渝，故以方誓 。《東觀漢記》，光武詔曰：「明設丹青之
信，廣開束手之路。」

此乃描繪安陵、龍陽受寵於君王之作，上引為詩末誓不與君相離之二語。五臣注於
此直接點出所投影的對象為晉文王，並且明點其中之刺意；而善注則是說明何以如
此比喻（「蓋以……非止恥會一時」）、比喻的重點（丹青不渝）為何……等問題，所
採取的是一種較寬泛的解說方式。此外，兩者注解的重心亦有所不同，五臣注於此
以政治上的諷刺為其焦點，而善注則重在著誓之不忘。要之，不論就詮釋重心或者
是對象的明確度而言，五臣都存在著清楚的政教意識。

類似情形，可再以《詠懷》之十三為例：

炎暑惟茲夏，三旬將欲移。芳樹垂綠葉，青雲自逶迤。
四時更代謝，日月遞羌馳。徘徊空堂上，忉怛莫我知。
願覩卒歡好，不見悲別離。

良曰：卒，終也。不見，言 不欲見別離，喻晉篡魏而別離也 。

善曰：言四時代移，日月遞運，年壽將盡，而人莫已知。 恐被讒邪，
橫遭擯斥，故云願卒歡好，不見別離 。

全詩所流露的，是一種時光流逝所帶來的忉怛憂思，該例所呈現的焦點有二：首先，
由全詩整體觀察，但見時光流逝以及別離之情，至於產生憂思之因，詩中並未明確
交代，而善注與五臣卻同以政治面向釋之，兩注皆呈現詩教思維。其次，同以朝政
昏亂釋之，較之善注「讒邪」的浮泛說解，五臣則是更進一步落實，明點「晉篡魏」
此時代交迭之情。上述二例，五臣注顯然比善注更為強調阮籍政治遭遇與詩作間的
結合。〔註58〕

　　於詩人情懷的解讀作如是說明，那麼對於描繪自然景色的詩句，五臣又是如何
看待？

嘉樹下成蹊，東園桃與李。秋風吹飛藿，零落從此始。（之三）

────────────────

〔註58〕詳細詩例請參見附錄二之（一）政治寄託之解析。

濟曰：嘉，美也。蹊，道也。藿，猶菜也，言及秋風而零落也。言 晉
當魏時則盡忠，及微弱則凌之，使魏室零落，自此始也 。

顏延年曰：《左傳》，季孫氏有嘉樹。

善曰：班固《漢書》李廣贊曰：「諺曰：『桃李不言，下自成蹊。』」

沈約曰： 風吹飛藿之時，蓋桃李零落之日，華實既盡，柯葉又彫，無
復一毫可悦 。

善曰：《説文》曰：「藿，豆之葉也。」《楚詞（辭）》曰：「惟草木之
零落。」

繁華有憔悴，堂上生荊杞。

銑曰：荊杞， 喻奸臣，言因魏室陵遲，奸臣是生，奸臣則晉文王 也。

善曰：言 無常 也。文子曰：「有榮華者必有愁悴。」班固〈答賓戲〉

曰：「朝爲榮華，夕爲憔悴。」《山海經》曰：「雲夕之山，下爲荊杞。」

郭璞曰：「杞，枸杞。」

驅馬捨之去，去上西山趾。一身不自保，何況戀妻子。

凝霜被野草，歲暮亦云已。〔註59〕

開秋兆涼氣，蟋蟀鳴床帷。感物懷殷憂，悄悄令心悲。（之七）

多言焉所告，繁辭將訴誰？

微風吹羅袂，明月耀清暉。晨雞鳴高樹，命駕起旋歸。

濟曰：微風， 喻魏將滅，教令微 也。明月， 喻晉王爲專權臣 也。雞，
知時者，言我亦知時如此，將命駕歸於山林隱居，而避此亂代。

善曰：樂錄曰：「雞鳴高樹顛。」古辭。《孔叢子》，孔子歌曰：「巾車
命駕，將適唐都。」《毛詩》曰：「薄言旋歸。」

炎暑惟茲夏，三旬將欲移。（之十三）

銑曰：三旬，謂六月之旬，欲入於秋也， 喻魏之末權移於晉 。

善曰：南方爲火而主夏，火性炎上，故謂夏月爲炎暑也。薛君《韓詩
章句》曰：「惟，辭也。」鄭玄《毛詩箋》曰：「炎，熱氣也。」

芳樹垂綠葉，青雲自逶迤。

向曰： 喻魏尚有餘德 。逶迤，長遠也。

善曰：《淮南子》曰：「志屬清雲。」《楚詞（辭）》曰：「載雲旗之逶

〔註59〕案明州本：李善本「捨」作「舍」。

迤。」

　　四時更代謝，日月遞差馳。徘徊空堂上，忉怛莫我知。

　　願覩卒歡好，不見悲別離。

觀察《詠懷》之三的注文，沈約純就字面串講，僅於注末稍提此衰頹之景「無復一毫可悅」，著墨不多，卻恰當地表現出隱含於此景背後詩人之愁緒。至於「繁華有憔悴，堂上生荊杞」者，李善則簡單地注以「無常」，對自然景觀的變化有一頗爲合理的總體概括。這些描景的詩句，恐怕多是詩人情懷投射所見，或淒清，或平淡。詩人對於這樣氣氛的塑造，可使讀者於吟詠景色之際，感受詩人之衷情，如此景致所承載的，是一灣灣情緒的流淌，那需要讀者去細細感受，就某個程度而言，此幽微之情思是可以意會而無法言傳的。李、沈、顏於此並未多作引申，其注解實僅點到爲止，這與詩作所呈現之樣貌是較爲貼合的。至於五臣在這個部分的注文，就與詩作間有著一定程度的落差：光由景觀描繪來看，很難具體知道詩人所憂爲何，五臣卻明確道出晉文王、魏、晉等人物時代，在《詠懷》之七、之十三中也出現類似的情形。就詩歌解釋而言，此處恐怕會陷入太過指實的泥淖，使得餘音繞樑的美感消失殆盡。然而若以詮釋學史的角度觀之，五臣注於此充分運用知人論世並展現出詩教特質，相較於上一類「闡釋詩人情懷」的例子，此處關於自然景致的解說，是更能突顯五臣注本身政治寄託比興思維的先行狀態。

　　關於阮籍《詠懷》詩之特點，胡大雷先生有如下之說明：

　　　　《詠懷》十七首最突出的特點是其敘寫具體實在而又顯得概括化，這
　　種概括化最明顯地體現在其一「夜中不能寐」……詩中的自然景物描摹初
　　看起來似是實在的、可靠的，待至「孤鴻」二句，便漸可看出這是一種概
　　括化之景，是一種寓意，而非親歷……詩中的情感抒發自「夜中不能寐」
　　至「憂思獨傷心」，雖然「傷心」可說是具體的，但到底是爲了什麼事而
　　傷心卻始終未點明，這樣「傷心」又成了概括化的。〔註60〕

面對《詠懷》詩本身的概括性質，五臣注選擇以明白點出人事物的方式作解，這在該注於《文選》詩類中儒教比興思維的表現上，確實有其特殊之處。一般來說，五臣注在政治寓託的說明上，多採取概括性的注釋方式，以呈現政教的相關氛圍爲主，亦即不具體道出史實，縱然有，也很少見到通篇說明緊扣史事的情形出現，上述所引曹植、傅玄……等人的作品，可見一斑。然而在阮籍《詠懷詩》的詮釋裡，五臣除了以概括性的注釋方式呈現憂懼政治之氣氛外，尚有不少詮釋刻意結合魏晉易

---

〔註60〕胡大雷：《文選詩研究》（桂林：廣西師範大學出版社，2000 年 4 月），頁 207。

代、文王跋扈的史實。究其原因，或許和阮籍詩作之特質有關，《晉書‧阮籍傳》載：「魏晉之際，天下多故，名士少有全者」〔註61〕阮籍唯以「發言玄遠，口不臧否人物」〔註62〕方得保全性命於亂世，相較於曹植尚有如〈贈白馬王彪〉這般可以很實際與詩人所處的具體實境做結合的詩作，阮籍的作品幾乎沒有這類的表現狀況；面對如此情形，五臣注除了道出詩中諷刺之寓意，很多時候更進一步以結合史實的方式作解，希望明確指出「婉而善諷」〔註63〕的「諷」意之所在，此與五臣注說明「作者為志」之初衷相符，其亟欲揭示阮籍詩作中所隱含危懼之情的用心實昭然可見。

關於《文選》中的詠史詩，五臣則多於題解處即結合作者生平〔註64〕，概括說明全詩大旨：

〈詠史詩〉 王粲

向曰：謂覽史書，詠其行事得失，或自寄情焉。曹公好以己事誅殺賢良，粲故託言秦穆公殺三良自殉以諷之。

〈三良〉 曹植

良曰：亦詠史也，義與前詩同。植被文帝責黜，意者是悔不隨武帝死，而託是詩。

〈詠史詩〉 張協

翰曰：……協見朝廷貪祿位者眾，故詠此詩以刺之。

〈五君詠〉 顏延之

向曰：延年領步兵，好酒踈誕，不能斟酌當時。劉湛言於彭城王，出

---

〔註61〕 唐‧房玄齡等撰：《晉書‧列傳第十九‧阮籍》（北京：中華書局，2003年6月），卷49，頁1360。

〔註62〕 同前註，頁1361。

〔註63〕 明‧張溥題辭，殷孟倫輯注：《漢魏六朝百三家集題辭》（臺北：木鐸出版社，1982年5月），頁89。

〔註64〕 五臣注在解釋詠史詩時，亦多採知人論世的方式，這樣的情形有兩個值得注意的現象：首先，學術界一般人認為待左思《詠史》出現，「多攄胸臆，乃又其變」（清‧何焯著，崔高維點校：《義門讀書記》（北京：中華書局，1987年），卷46，頁893），詠史一體才走上個體抒情一途，而五臣提出「是詩之意，多以喻己」，實乃明點左思詠史詩中具備詠懷性質的第一人（在此之前《文心雕龍‧才略》篇：「左思奇才，業深覃思，盡銳於〈三都〉，拔萃於《詠史》，無遺力矣」、《詩品》：「太沖詠史……五言之警策。」並未論及左思《詠史》的個人抒情性質）。另一方面，詠史詩中兼有詠懷確實是詠史詩一個重要的發展趨勢，五臣注幾乎把所有的詠史詩類都與個人抒懷作結合，有些地方固然還值得商榷，卻也因此突顯詠史詩中這個重要的面向。關於這些部分，頗饒興味，惜其與本文討論五臣注的政教比興思維不甚相關，故僅於此列注稍做說明。

爲永嘉太守。延年 甚怨憤 ，乃作五君詠，述竹林七賢 以自喻 。山濤、

王戎由貴盛也，遂黜而不收。

〈秋胡詩〉　顏延之

　　良曰：……延年詠此， 以刺爲君之義不固也 。

《文選》共收詠史詩二十一首，上列九首中，可以明顯看到五臣賦予美刺之意，其他如鮑照〈詠史詩〉，雖未於詩前有所注解，然於詩末提到「此詩獨美嚴公，以誚當時奢麗」，不過是位置上的差異，其所秉持的美刺精神是一致的。至若左思的《詠史詩》八首，詳觀其內涵：「思歎小人在位，而君子在野」、「思以干木、仲連絜己利物，以刺貪失也」、「思疾當時貴者盡是小人，故輕之。賤者雖賤，則有君子，故重之」亦多含有諷刺當世之意。詠史詩類中，惟盧諶〈覽古詩〉「覩其志，思其人，故詠之」、虞羲〈詠霍將軍北伐〉「霍去病爲漢驃騎將軍，以破匈奴，羲慕之，是以詠矣。」以及謝瞻〈張子房詩〉「瞻時爲豫章太守，遙以和此，雖是和詩，而實詠之。」五臣注以爲其乃純然歌詠歷史之作。由此論之，僅上述三首爲詠史詩類中所謂的「正體」〔註65〕。

至於詠史詩「變體」的情況該如何看待？郝潤華先生以爲：「詩歌可以用比興反映史事這一點正好和史書的褒貶筆法相吻合。」〔註66〕郝氏所言雖是就所有的詩歌而論，然而詠史詩這一兼備「詩」與「史」的特殊類別，於史事中蘊含詩人比興美刺之意的情形是更爲突顯的，蕭馳先生便明白表示：「詠史要成爲詩，就要詠懷，就要尋求隱括史傳和詠懷的統一，就要使詠史成爲『比體』」〔註67〕。《文選》詠史詩類所詠之懷抱，五臣即多以政治寄託的比興觀釋之。王粲、曹植、顏延年之作是否眞有諷刺意涵，由詩作本身尚難斷定，然而二十一首詠史詩竟有多達十八首五臣以美刺解之，注文中政治寓託內涵偏向的比例之高，除了詠史詩此詩史互融的特殊體類，五臣本身的儒教思維，亦是造成此解之重要因素。

作爲五臣注中政治寄託比興思維的典型，曹植詩、阮籍《詠懷》詩以及詠史詩類，於實際展現情形雖互有差異，卻同樣指向政治情懷，表現出五臣注中比興思維的重要面向。像這樣展現政治寄託的比興思維，若置於唐代文學的發展脈絡觀之，亦可發現它本身所具備的特殊地位。一般的文學史論述，在提到唐代詩教觀的發展上，除了初唐的陳子昂，似乎要等到韓愈古文運動、白居易《金鍼詩格》「詩有物象比」的說法的提出，政治寄託的比興觀方得復興。初唐到中晚唐之間，儒教思維在

---

〔註65〕何焯：「詠史者不過美其事而詠歎之，隱括本傳，不加藻飾，此正體也。」（清·何焯著，崔高維點校：《義門讀書記》，卷46，頁893）。

〔註66〕郝潤華：《《錢注杜詩》與詩史互證方法》（合肥：黃山書社，2000年12月），頁37。

〔註67〕蕭馳：《中國詩歌美學》（北京：北京大學出版社，1986年11月），頁125。

文學發展中似乎有所斷裂，而未曾接續，事實上，處於初唐末、盛唐初的五臣注，由上述討論中即可明確見到隱含於其中的政教思維。故就唐代的文學發展而言，五臣注中的比興思維，即是唐代文學詩教觀未曾斷絕的表徵。

# 第三節　比興思維的內涵之二——情感興發之解析

關於比興思維的具體內涵，政治寓託誠然是文學史上一個影響深遠的面向，然而個人情感興發的漸受重視，在六朝文學自覺的風潮下，亦有部份文論對比興的內涵提出非關政治倫理的論述，唯此一內涵相對於政治寄託者後起許多，是以唐前與此相關的闡述主要集中在六朝，數量並不很多，卻也足以看出比興思維情感興發面的發展。對於這部分有概括性的了解之後，復將以此爲基，觀察五臣注中個人情感興發面的具體狀況。

## 一、六朝緣情詩風

六朝時比興思維情感興發面的展現，可以〈文章流別論〉、《文心雕龍》、《詩品》爲代表說明。首先觀摯虞的〈文章流別論〉：

> 《周禮》太師掌教六詩：曰風，曰賦，曰比，曰興，曰雅，曰頌。言一國之事，繫一人之本，謂之風。言天下之事，形四方之風，謂之雅。頌者，美盛德之形容。賦者，鋪陳之稱也。比者，喻類之言也。興者，有感之辭也。〔註68〕

摯虞顯然是將六詩區分爲兩個部分來作論述：風、雅、頌三者仍帶有濃厚的詩教意涵；至於賦、比、興，則純就作法說明。其中謂興爲「有感」之辭，是由「感發」的面向對其作定義，雖然沒有太多的闡釋，卻已爲後來對於比興思維情感興發面的留意，埋下了伏筆。

至於《文心雕龍》對比興的看法，誠如前述，它包涵政教性的比興思維，然而若對〈比興〉作全盤的觀察，即可發現在劉勰眼中，比興實具備興發感動與政治寄託的雙面性。「比者，附也；興者，起也。附理者，切類以指事；起情者，依微以擬議。起情，故興體以立；附理，故比例以生」〔註69〕、「詩人比興，觸物圓覽。物

---

〔註68〕清・嚴可均編：《全上古三代秦漢三國六朝文・全晉文》（北京：中華書局，1991年，據清光緒間黃崗王毓藻等校羊城西湖街富文齋承刊本句讀影印），卷77，頁1905之1。

〔註69〕劉勰著，詹鍈義證：《文心雕龍・比興第三十六》，卷8，頁1337。

雖胡越，合則肝膽。擬容取心，斷辭必敢。攢雜詠歌，如川之澹。」〔註70〕這兩段論述是對比興的一般性論述，有裨政治的概念雖可存在其中，然而已非比興的全部內涵，這類與政教相關之「情」在劉勰眼中或許是頗為重要的，但並不是唯一，尚可容有其他非關政治的情感，其論述已較漢儒之比興觀有更大的開展。若細究何以比興在《文心雕龍》中會具備雙重性質，與劉勰本身的文學觀有很大的關聯：〈序志〉即言《文心雕龍》一書「擘肌分理，唯務折衷」〔註71〕，後來學者亦多視其為「折衷派」〔註72〕的代表，復古中還要求新變的主張，使得比興作為該書創作論中重要的一環，在展現情感興發新面向的同時，尚保留政治寄託的舊傳統，而此二面向，確實也是組成比興的重要內涵。

　　較之於摯虞和劉勰，鍾嶸《詩品序》則是明顯表露比興觀中「個體抒情」面向的重要文論：

> 詩有三義焉，一曰興，二曰比，三曰賦。文已盡而意有餘，興也；因物喻志，比也；直書其事，寓言寫物，賦也。宏斯三義，酌而用之。干之以風力，潤之以丹采，使味之者無極，聞之者動心，是詩之至也。……若乃春風春鳥，秋月秋蟬，夏雲暑雨，冬月祁寒，斯四候之感諸詩者也。嘉會寄詩以親，離群託詩以怨。至於楚臣去境，漢妾辭宮；或骨橫朔野，或魂逐飛蓬；或負戈外戍，殺氣雄邊；塞客衣單，孀閨淚盡；或士有解佩出朝，一去忘返；女有揚蛾入寵，再盼傾國。凡斯種種，感蕩心靈，非陳詩何以展其義，非長歌何以騁其情？〔註73〕

專就比興的部分而言，鍾嶸認為興者所表現的，當是餘音繞樑的興味，而比者則是借外物的描寫以展現情志。這裡所言之「志」，不再侷限於政治教化，可以是時節變化之歎，亦可以是離別之怨，這些都統攝於個人的情感興發之中，從「春風春鳥……再盼傾國」一段的舉例說明中即可觀察得知。比興於此，除了可以視為是詩歌的表現手法，其具體內涵則是以「感蕩心靈」為依歸，其「有感之辭」〔註74〕的性質是很明顯的。李健先生即言：「他（鍾嶸）捨棄了風、雅、頌三義只取興、比、賦三義，也就捨棄了儒家傳統的諷諭、教化，至少不把諷喻、教化作為文學藝術創作的第一

---

〔註70〕同前註，頁1370。
〔註71〕劉勰著，詹鍈義證：《文心雕龍義證‧序志第五十》，卷10，頁1933。
〔註72〕可參看周勛初：〈梁代文論三派述要〉，收入羅宗強編：《古代文學理論研究》（武漢：湖北教育出版社，2002年10月），頁256～279。
〔註73〕鍾嶸撰，陳延傑注釋：《詩品注》（北京：人民文學出版社，1980年2月），頁1～5。
〔註74〕借用摯虞〈文章流別論〉之語。

義，這是鍾嶸對比興理論的重大貢獻。」〔註75〕比興思維從關懷政治轉向對個體抒情的重視，《詩品序》的這段說明無論是在創作或者是詮釋上，都對後代作品有很大的影響：像陳子昂於〈與東方左史虯修竹篇序〉中所提的「興寄」概念，即遙繼《詩品》對個體感受的重視以及文盡而餘味無窮的美學觀〔註76〕；而五臣注則是承接其後，對於意象背後含蓄未發的個人之情多所留意，實可視為是對於這類理論於詮釋面向的具體落實。

在比興內涵的展現中，個人情感興發之面向雖較政治寄託面晚出，然其在後代所引發的關注卻不因此而遜於政治寄託面。因此對於中國比興傳統的探討，若能兼顧兩者，那麼關照的角度會是更為全面的。

## 二、五臣注中對情感興發之解析

關於比興概念中情感興發的理論說明大致如上，然而實際觀看五臣注在這部分的表現情形時，會發現詩人的幽微情緒往往不會直接展現出來，而是隱含於意象當中，因此實有必要對情感與意象間的交會稍作說明。《文心雕龍‧物色》〔註77〕即言：

> 詩人感物，聯類不窮；流連萬象之際，沈吟視聽之區。寫物圖貌，既
> 隨物以宛轉；屬采附聲，亦與心而徘徊。
>
> 山沓水匝，樹雜雲合。目既往還，心亦吐納。春日遲遲，秋風颯颯；
> 情往似贈，興來如答。

不論是景物引發感情，或者是情感依託於外景，情景間的相互交融常見於詩歌創作中，而這個部分也往往是詩作中最能流露美感特質之處。此處所展現的，是「一種脫離漢代『政教諷諭』觀念系統，而以『直覺美感經驗』為特質的『興』義。」〔註78〕然而這個部分多半因為不直言，卻又蘊含最多的情思，所以往往是讀者理解詩作的關鍵所在。五臣注對於詩歌中意象的揭示，常會留意其背後所蘊含的個人情意，像這類恰當闡釋比興底下所包蘊的情懷感受，不同於詩教說的正義凜然，反而能使讀者進一步領略詩歌緣情的特色。

---

〔註75〕李健：《比興思維研究：對中國古代一種藝術思維方式的美學考察》，頁136。

〔註76〕相關論述可參見袁濟喜：《興：藝術生命的激活》（南昌：百花洲文藝出版社，2001年9月），頁64～68、滕福海：〈矯賦為詩說興寄〉，《廣西大學學報（哲學社會科學版）》第20卷第3期（1998年6月），頁32～38。再者，此處主要是說明歷史澱積的部分，至於當代文風對五臣注的影響，像是太宗、魏徵，特別是四傑、陳子昂等人重視文采與個人情意的情形，以及進士科試雜文一事，對五臣注比興思維情意面以及比興手法的留意上，都有若干影響，詳見第四章的論述。

〔註77〕劉勰著，詹鍈義證：《文心雕龍義證‧物色第四十六》，卷10，頁1733～1761。

〔註78〕顏崑陽：〈《文心雕龍》「比興」觀念析論〉，頁395。

## （一）從具感意象探求個人情意

如上所述，五臣注除了繼承漢代以來政治寄託的比興傳統，另一方面亦承載了六朝以降緣情的文化積澱。也就是說，五臣注中的比興思維，實蘊含了「政治寄託」與「情感興發」兩大面向，因此對於作品的闡釋，除了政治寓託思維的展現外，尚有揭示具感意象背後個人抽象情意的部分。

那麼何謂意象？意象與比興思維中的情意面又有何聯繫？關於「意象」，陳植鍔先生有這樣的說明：

> 就詩人的藝術思維來說，象，即客觀物象，包括自然界以及人身以外
> 的其他社會聯繫的客體，是思維的材料；意，即作者主觀方面的思想、觀
> 念、意識，是思維的內容。……物質世界的「象」一旦根據作家的「意」
> 被反映到一定的語言組合之中並且用書面文字固定下來之後，便成為一種
> 心靈化了的意象。〔註79〕

這麼說來，「象」者即為客觀之物象或事象，而「意」者則為詩人本身主觀的意念，若再綜合劉若愚先生對於意象作用的說明：「意象在各種詩中都做為表現感情的一種手段」〔註80〕、「『image』用以指喚起心象（mental picture）或者感官知覺（不一定是視覺的）的語言表現」〔註81〕，那麼此「意」者所涵蓋的內容，應當包括情感的部分會更為圓融；而象的部分，可以是簡單如落日、飛鳥等單一具象，亦當包含飲酒、遠望等涵蓋動作的具感形象。意象的運用，在上一節「政治寄託之解析」中並非沒有出現，然而在政治寄託之比興思維中所運用的意象群比較簡單，明顯承自香草美人系統，且多為具體的視覺物象；相對而言，比興思維中個人情意面所依附的意象群顯然龐雜許多，是以於此對「意象」作一簡單的定義。〔註82〕

至於意象與比興思維間的聯繫性，則可由詩人創作與注家作解的情形談起。詩人於創作之際，往往不會直抒胸臆，而是透過各式各樣的「象」，以蘊含幽微之「意」，這其中常會運用到比興寄託、象徵、隱喻等技巧。五臣注面對這些或有所寓託、或有所象徵的意象，首要任務即是揭示其背後所蘊含的比興思維，而此處所論及的比

---

〔註79〕陳植鍔：《詩歌意象論——微觀詩史初探》（北京：中國社會科學出版社，1992年11月），頁15。
〔註80〕劉若愚著，杜國清中譯：《中國詩學》（臺北：幼獅文化，1977年6月），頁188。
〔註81〕同前註，頁151。
〔註82〕劉若愚先生即根據「意象所包含的兩個事物之間的關聯性的不同程度」將意象作了詳細的區分，然而本文的論述，旨在說明五臣注如何將「象」外之「意」闡釋出來，採取的是宏觀而非細節的論述，故不對意象各類型的區分多作討論。（詳見劉若愚著，杜國清中譯：《中國詩學》，頁156～173。）

興思維，主要是針對個人情感興發這個面向而言。底下即依次舉例，說明五臣注中對於個人情感闡發的具體情形：

> 西北有織婦，綺縞何繽紛！（曹植《雜詩》之三）
>
>> 銑曰：綺縞，素帛之類。繽紛，言亂多。
>
> 明晨秉機杼，日昃不成文。
>
>> 向曰：言愁思多亂，故自晨朝執其機杼，至暮竟不成章。
>
>> 善曰：言憂甚而志亂。

該詩所言，乃獨守空閨的織婦對從軍丈夫的思念〔註83〕。此處所擷，乃婦人紡織之景。張銑注「繽紛」爲「亂多」，配合底下言愁思「多亂」，此處所述雖是以繽紛形容綺縞，卻已隱然將織婦的情緒融涉其中，具體絲絹的繽紛與抽象情思的混亂相互交雜，如此糾結頗能突顯因思念而無法靜定的心緒。另一方面，「竟」字的運用則是加強朝暮間不能成章的無力感，而不能成章之因，又來自上述心緒之紊亂。「綺縞」此意象既「繽紛」，又「日昃不成文」，其中所暗涵之愁思實繁。五臣注以具體帛之「繽紛」、「不成文」象徵抽象愁思之煩亂，實有助於讀者進一步體會織婦的心緒。

再以謝靈運〈南樓中望所遲客〉爲例：

> 杳杳日西頹，漫漫長路迫。登樓爲誰思？臨江遲來客。
>
> 與我別所期，期在三五夕。圓景早已滿，佳人猶未適。
>
> 即事怨睽攜，感物方悽戚。孟夏非長夜，晦明如歲隔。
>
>> 良曰：即事，謂此事也。睽攜，乖離也。感物，謂上頹日、長路也。
>
>> 悽戚，憂也。心有所待，時必易久，故自夜至明，若隔於一歲也。
>
> 瑤華未堪折，蘭苕已屢摘。路阻莫贈問，云何慰離析？
>
> 搔首訪行人，引領冀良覿。

謝客之作，是以等待客人爲背景，將「杳杳日西頹，漫漫長路迫」此時間的將逝與空間的漫長於「感物」一辭的解釋中再次提起，加上「心有所待，時必易久」此人之常情的說明，使得孟夏夜景中詩人那焦躁難耐之情，能夠淋漓盡致地發揮。「孟夏非長夜，晦明如歲隔」者，正是藉由對外界夜晚漫長之感，暗託詩人內心於情感上的牽掛，五臣注於此，即明白揭示「長夜」此意象背後詩人寓託之情懷。這其中所展現的情意面比興思維，實昭然可見。

復觀袁淑〈效曹子建樂府白馬篇〉：

---

〔註83〕此處暫且不論該詩中的織婦是否有所寄託，而純就五臣注解時的立論爲前提加以說明。

一朝許人諾，何能坐相捐？

影節去函谷，投珮出甘泉。

  濟曰：影，死。節，信也。投珮，謂去官也。言分義之人，或以死信
  去國，或以憤怒而出。甘泉，宮名。

嗟此務遠圖，心爲四海懸。但營身意遂，豈校耳目前？

俠烈良有聞，古來共知然。

袁淑之作，旨在描繪豪俠意氣風發的種種姿態，此處影節、投珮等具體動作，確實頗能展現遊俠慷慨之精神，對此形象五臣注以「死信去國」、「憤怒而出」加以說明，可說是將舉動背後所暗含的心理狀態，做了很好的揭示。另一方面，這樣的詮釋內涵，亦與「一朝許人諾，何能坐相捐」、「嗟此務遠圖，心爲四海懸」等前後詩句做很好的聯繫，俠客忠義豪邁之情，於此處的說明中已表露無遺。

  從上述諸例的分析中，可以發現關於比興思維中個人情感興發面的揭示，五臣注雖未如政治寄託面的說明，往往以「喻」、「刺」……等字眼帶出，然而若仔細觀察詩作所提供的意象，再配合注文一併觀之，可以察覺對於表面形象的解釋，五臣常能鞭辟入裏，將其中或象徵、或暗指（即所謂「比興」的部分）的個人情感，恰當地闡釋出來，使得詩意的理解得以深入，而非停留於表象。

  除了於詩中片段對詩人的情感有深切的體會，尚有融合通篇意蘊，做整體解釋者。五臣注於陶淵明兩首《雜詩》〔註84〕中即表現出這樣的用心：

結廬在人境，而無車馬喧。

  良曰：結，構。廬，室也。

問君何能爾？心遠地自偏。

  銑曰：問君何能如此者，自以發問，將明下文也。遠謂心自幽遠，雖
  處喧境，如偏僻也。

采菊東籬下，悠然望南山。

  向曰：菊，香草黃華，可以泛酒。悠然，遠兒。此得行自縱逸也。

山氣日夕佳，飛鳥相與還。此還有眞意，欲辯已忘言。

  翰曰：日暮山氣蒙翠，所謂佳也。飛鳥晝游而夕相與歸于山林，此得
  天性自任者也，而我欲言此眞意，吾亦自入眞意也，故遺忘其言而無
  言也。

秋菊有佳色，裛露掇其英。汎此忘憂物，遠我遺世情。

---

〔註84〕這兩首詩即陶淵明《飲酒》詩系列之作。

　　良曰：掇，采。英，花也。菊有佳色，故晨裛露而采之，泛之於酒自

　　飲，天性故遠，達世上之情，不若我也。忘憂物，謂酒也。

**一觴雖獨進，杯盡壺自傾。**

　　良曰：獨酌，獨進杯也，又自傾壺而滿也。

**日入群動息，歸鳥趨林鳴。**

　　銑曰：眾物之羣動者，日入皆息，故歸鳥趨飛於林而喧鳴也。此自合

　　其眞理，故言之。

**嘯傲東軒下，聊復得此生。**

　　向曰：嘯傲，超逸兒。軒，檐也。言自超逸於東檐之下，聊復得此達

　　生之樂也。

對於「山氣日夕佳，飛鳥相與還」、「日入群動息，歸鳥趨林鳴」此純粹外界自然景觀的描繪，五臣注則明白點出此乃詩人對「順應自然」、「不違本性」等象徵性意涵的具象展示，這與陶淵明歸園田居，亟欲追求自然本眞的衷情是頗爲相符的。另一方面，詩人與外界事物的互動，不論是望南山、飲酒，或者是嘯傲東軒之下，五臣注都一再強調這類意象所暗涵的，正是詩人天性如此、隨意灑脫的自在情懷，「復得返自然」（《歸園田居》五首之一）的眞趣於此可說是得到妥當的揭示。此外，還有一個地方值得留意，就是五臣注在解釋這兩首詩時，一共用了九個「自」字〔註85〕，而這些「自」字所對應的，正是詩作中對於采菊、望南山、山氣日夕、飛鳥、歸鳥……等外在景致的描繪，可見五臣頗能深入其中，恰當地說明詩人運用這些意象，實欲寄託自然而然、自任其性、自得其樂……等個人情意。五臣注在遺辭用字上如此貼近詩歌的情趣，實深值玩味。溫汝能評「結廬在人境」一首，以爲：「興會獨絕，境在寰中，神遊象外，遠矣。」（《陶詩彙評》卷三）〔註86〕這固然是詩歌本身所展現的情味，然而五臣注於此卻能恰到好處地掌握其中的意蘊，並於注文中表現悠然的情韻風采，可見五臣注於解讀詩作時，對於流露出個人情意的比興思維確實有著不少的關懷，此亦可作爲五臣注獨特價值的一個明證。

　　上述所舉之例，多爲詩句表面看似描寫事物之象，並未直接透露情意，而五臣則對寄託於背後的情感作了解讀，這類情形於該注中實爲常態〔註87〕。另外還有一

---

〔註85〕即「自以發問」、「心自幽遠」、「此得行自縱逸」、「天性自任者」、「吾亦自入眞意」、「泛之於酒自飲」、「自傾壺而滿」、「自合其眞理」、「自超逸於東檐之下」等九處。

〔註86〕轉引自北京大學北京師範大學中文系、北京大學中文系文學史教研室編：《陶淵明資料彙編》（北京：中華書局，2004年1月），頁173。

〔註87〕詳細詩例請參見附錄二之（二）情感興發之解析。

種情形，則是詩人本身已明白地抒發了自己的情意，五臣卻能透過對詩中意象的觀察，恰當地揣摩詩人的心境，對詩中已明言情感處略添詞彙，從而對作者情感有更進一步的闡發。這樣的情形往往可以更深入展現詩作本身情感的強度。試觀沈約〈別范安成詩〉：

> 平生少年日，分手易前期。及爾同衰暮，非復別離時。
> 勿言一樽酒，明日難重持。
>> 良曰：勿以此一樽酒爲輕，生死無期，明日恐不得與之重持也。持，
>> 執也。
> 夢中不識路，何以慰相思？

「勿言一樽酒，明日難重持」二語頗爲白話，李善注僅引了蘇武詩曰：「我有一樽酒，將以贈遠人。」並未多做說明。由該詩「勿言一樽酒，明日難重持」的描繪中，我們依稀可見沈約「勸進老友再飲一樽酒」的具感景象，而「難重持」本身已展現詩人沉重之離情，似乎沒有再多作解釋的必要。然而劉良則著意點出「勸進一樽酒」之動作看似平凡，實則卻是對「死生無期，所以勿以此爲輕」之情的表徵。五臣「死生無期」、「恐不得」等串講，強化了沈約對酒輕而實則未輕的沉重感，再配合之後「恐」字的運用，使得全詩的別離之情更顯鬱結。引發詩中更深刻之興發感動，此乃五臣注中比興思維於個人情意面的深切表現之一。

再如曹丕〈燕歌行〉：

> 牽牛織女遙相望，爾獨何辜限河梁？
>> 銑曰：牽牛、織女，二星名。隔天河相望。婦人自恨與夫離絕，故問
>> 此星何辜復如此矣。牽牛星，河鼓星是也。

〈燕歌行〉者，乃述婦人秋夜思夫之作。「爾獨何辜」之言，似已明白表現出「牽牛織女遙相望」之情，五臣卻對牽牛、織女此「象」中所蘊含的「情意」作更近一步的闡發：張銑明點「自恨與夫離絕」，乃是婦人對「牽牛織女遙相望」此具象背後的情意寓託；而「何辜復如此」的用語，較「何辜」更爲強烈，對於主人翁的哀怨之情，具有強化的效用。總的來說，「自恨」者將兩星相對之形象背後所隱涵的無奈思情，做了恰如其分的揭示；而「何辜復如此」則是將心理層面的觸動作更深入的說明，不論上述何者，都可視爲是五臣注比興思維中對個人情感興發的揭露。

復以謝朓〈同謝諮議銅雀臺詩〉爲例：

> 繐幄飄井幹，樽酒若平生。鬱鬱西陵樹，詎聞歌吹聲。

芳襟染淚跡，嬋媛空復情。

玉座猶寂漠，況乃妾身輕！〔註88〕

　　　良曰：玉座，玉牀也；寂寞，虛無也。言君王玉座，尚自虛無若此，

　　　況羣妾身至輕微，何以為久長也。

「玉座」的形象，詩中但言「猶寂漠」，本已點出該具象背後所隱涵的孤獨之情，而劉良解「玉座」此意象為「尚自虛無若此」，生動地傳達了不過爾爾的無足輕重感，實進一步推闡詩句中「猶寂漠」之情，於此可見一斑。再者，言「至」輕無疑有將「輕」推往極端的效果，復與最後的「何以為久長」相對而視，更加突顯妾身之微，如此說明方式，無疑有強化詩中單言「輕」的效果。

　　一般而言，李善對於這類情感已昭然若揭的詩句，往往不多做解釋；而就詩句的初步認知而言，詩作本身也已透露明白的情意，似無再作注釋的必要。然而五臣注卻能留意此他人未曾留意處，於略添筆墨之際，使詩歌的興發感動得以進一步揭示，其比興思維中對於個人情感的重視，實明白可見。

　　對於詩中意象一一作觀察，可以發現五臣注確實在很多地方對於寄託於背後的情意都有恰當之揭示。而於此特別值得單獨提出做說明的，則是「花謝日落」的意象群。誠如之前所提，關於五臣注的比興思維，在政治寓託的闡述上，香草美人實為其中頗為明顯的意象群；至於情感興發的揭露部分，固然以個人的情懷為主，然此情懷，可以是離別之哀，亦能是相思之愁，這些都統攝於個體抒情底下，因此其意象群與政治寄託闡述的部分相比，就顯得龐雜許多。儘管如此，若單就情感興發這一部分觀之，以自然景物中的花謝日落喻時逝、衰老，從而深感悲傷者，則是其中相對突出的意象群〔註89〕，試觀以下諸例：

送君如昨日，簷前露已團。（江淹《雜體詩・古離別》）

　　　向曰：秋露下垂曰團。言 時節速變 。

杳杳日西頹，漫漫長路迫。登樓為誰思？臨江遲來客。（謝靈運〈南樓中望所遲客〉）

　　　銑曰：杳杳，遠皃。漫漫，長皃。迫，近也。 喻衰老 ，而長逝之路近

　　　也，故云登樓為誰思徂？臨江待客，以寫憂思。

浩蕩別親知，連翩戒征軸。再遠館娃宮，兩去河陽谷。（謝朓〈和王著作八公山〉）

---

〔註88〕案明州本：李善本「乃」作「迺」。

〔註89〕詳細詩例請參見附錄二之（二）情感興發之解析。

風煙四時犯，霜雨朝夜沐。

春秀良已凋，秋場庶能築。

　　翰曰：謂 年已衰老，故云春秀已凋 。

這裡所表現的，即是所謂「推移的悲哀」〔註90〕。此類別於比興思維情意面的興發感動中佔有一定的比例，若詳觀注文，可以發現造成此悲哀之因不盡然與無法功成名就有關，更多是在強調面對時光流逝時的那份哀情。五臣注對於寓託於此意象群背後的情意多所留意與說明，除了反映出中國詩歌傳統對此議題之關切外，亦可見到五臣注對比興思維中情感闡發的重視。

　　至於「美女佳人」的意象群，在第一章提到顧農先生對「五臣注過分附會政治」的批評裡，筆者已針對《古詩十九首》的部分作了一些討論。若觀察《文選》詩類整體，就會發現並非大部分有美女佳人意象的詩作，五臣注都偏向由政治高度作解，《楚辭》以來香草美人的傳統固然對五臣注有一定程度的影響，然而在看到這面影響的同時，亦不能忽略純粹以愛情解說男女情詩（亦即個人情意面）的部分，畢竟它在五臣注中還是佔有一定的比例。

　　舉例來看，像《古詩十九首》中的之八、之十六、之十七、曹植〈七哀詩〉、張協〈雜詩〉（「秋風涼夜起」）、曹植《雜詩》之三……等，都有其他論者以政治角度作解釋〔註91〕；相較而言，五臣注卻只是純然由人情面作解，儘管在其他部分詩作

---

〔註90〕即「人類意識到自己生存於時間之上而引起的悲哀」。語見吉川幸次郎：〈推移的悲哀（上）——古詩十九首的主題〉，《中外文學》6卷4期（1997年9月），頁25。

〔註91〕上述幾首詩其他注釋以政治寓託的情形如下：

| 詩　　名 | 他　注　之　解　釋 |
|---|---|
| 《古詩十九首》之八 | 張庚：此賢者不見用於世而託言女子之嫁不及時也。（《古詩十九首解》） |
| 《古詩十九首》之十六 | 劉履：此忠臣見棄，而其愛君憂國之心，不能自己，故託婦人思念其夫，而作是詩。（《選詩補注》） |
| 《古詩十九首》之十七 | 劉履：此君子憂世道之日衰，審出處之定分，以答或人之詞。（《選詩補注》） |
| 曹植〈七哀詩〉 | 劉履：比也，……子建與文帝母同骨肉，今乃浮沉異勢，不相親與，故特以孤妾自喻，而切切哀慮之也。其首言月光徘徊者，喻文帝恩澤流布之盛，以發下文獨不見及之意焉。（《選詩補注》卷二） |
| 張協〈雜詩〉 | 張玉穀：此閨怨詩也，作比體看亦得。（《古詩賞析》） |
| 曹植《雜詩》之三 | 李善：此六篇並託喻傷政急，朋友道絕，賢人為人竊勢。別京已後，在郾城思鄉而作。 |

中有過度運用知人論世的情形，然而此處卻未將詩人生平遭遇與詩歌作太多的結合，而僅止於平實地疏通文意。此外，像《古詩十九首》中之十八、之十九、劉鑠《擬古》二首、張華《情詩》兩首、江淹《雜體詩·張司空離情華》……等作品，均涉及美人思婦之意象，若欲套入儒教思維，亦具備可能性，然而這類詩作，五臣注亦僅由男女情愛的角度作解。由以上兩個部分觀之，可見五臣注並非只是一味地將男女情事提高至政治高度，亦有純然詮釋男女情思者。就「美女佳人」的意象群而言，五臣注對於寄託於此背後的相思情感、愛戀情懷也能有妥當的闡發。就詩旨的說明而言是如此，在詩作中的疏通文意上，亦能恰當展現傾向個人情感面向的比興思維。試觀張華《情詩》之二：

> 游目四野外，逍遙獨延佇。蘭蕙緣清渠，繁華蔭綠渚。
>
> 佳人不在茲，取此欲誰與？
>
> 巢居知風寒，穴處識陰雨。不曾遠別離，安知慕儔侶？
>
> 　　向曰：巢居，鳥也。穴處，蟲也。言蟲鳥豫知風雨，由其久處巢穴，
>
> 　　習性所知，喻人若不曾爲遠別，何知慕侶之憂甚邪！

五臣對該詩的解釋，重點在「憂甚」此二字的說明，思慕的心情其實是頗爲憂悶的，更何況在外界景物的映襯下，那樣的哀愁恐怕會是加倍的。最後呂向又以表反詰的「邪」字收尾〔註92〕，具有強化慨歎的效果。巢居（鳥）、穴處（蟲）等具象，實乃「人」所寓託之對象，該詩雖明言「慕儔侶」此情意的觸發，卻僅點到爲止，有賴五臣注「憂甚邪」的闡發，方使寄託於「慕儔侶」背後的個人情感得以進一步表露。詩中雖言及佳人，五臣卻未多作政教面之揣想，而純粹只是表現出個人情意面的比興思維。

再如劉鑠《擬古》之一：

> 寒鷺翔水曲，秋兔依山基。
>
> 　　濟曰：寒鷺，水鳥也。言寒鷺依水，秋兔依山，皆得其所，而人不歸。
>
> 芳年有華月，佳人無還期。日夕涼風起，對酒長相思。
>
> 　　良曰：芳年華月，喻盛時也。佳人，謂夫也。涼風起，謂漸及秋，
>
> 　　感時衰暮。

該詩旨在敘述女子思夫之悲苦，此處所擷，乃少婦觸景生情之句。五臣先是在寒鷺、秋兔的「得其所」中，明白點出與「人不歸」間的映照關係，呂延濟對由景興情的揭示是頗爲明顯的。再者，「涼風起」實爲時光自然流轉之描繪，五臣則恰當闡釋寓

---

〔註92〕相關用法，可參看楊樹達：《詞詮》（北京：中華書局，2004 年 7 月），頁 371。

託於此景背後「感時衰暮」的情懷，而未作政治高度的附會，注文中對於比興思維中個人情意面的揭示，是顯而易見的。

至於曹植〈七哀〉：

> 願爲西南風，長逝入君懷！
> 君懷良不開，賤妾當何依？
>
> 銑曰：言夫行十年，復恐志改，故云君懷不開，我當何所依據？

據呂向說法，此乃「子建爲漢末征役別離婦人哀歎」之作，妻言「願爲西南風，長逝入君懷」，卻擔心這不過是自己的一廂情願，夫離甚久，「復恐志改」，此言之說明既敘述了「君懷不開」的可能原因，亦闡述了「君懷良不開」此表象底下所暗含之焦慮之情——「復恐志改」。一如上例，此處除了平實而未加附會政治地解說思情，更恰當地闡釋暗含於「君懷不開」意象背後的比興情懷。

最後復以《古詩十九首》之十七爲例：

> 置書懷袖中，三歲字不滅。
>
> 向曰：言置於懷袖，久而不滅，敬重之至。
>
> 一心抱區區，懼君不識察。
>
> 銑曰：識，知也。敬重之心，常抱區區，懼夫之不知察也。

此亦婦人思夫之作，所擷取的這一段，乃婦人妥善保存丈夫書信之描繪。「置書懷袖，三歲字不滅」者，即是「婦人妥善保存丈夫書信」之具感意象，然而重點並不在具象本身，而是此「象」背後所寄託之「意」，五臣於此即明點婦人對夫之情非僅「敬重」而已，「至」字的使用雖然淺顯，卻有加強的效果。五臣注於此，實將意象中背後所興寄的個人情意，作了妥善的說明。

由以上諸例的說明中，可以觀察到五臣注對於「美女佳人」意象群的解釋，除了政治寄託面向來爲學者所重，個人情感興發面的部分亦佔有一定的比例，而不容忽略。在探討五臣注中比興思維的內涵，當兼顧此二者，方能使觀察更爲全面。

關於五臣注中的解說，對於意象背後情意的闡述，實可清楚見到該注對於比興思維中，個人情感興發面普遍關照的情形。五臣注中的這個部分，往往爲歷來研究者所忽略，實則這個部分佔有相當的比例，具有單獨考察的價值；也唯有對此加以探討，方得使五臣注之價值得到進一步的彰顯。

## （二）「情感興發」解析之典範——以陸機詩注爲例

在上一節的論述中，曾經以時代先後、個別作家或者是選詩類別，來察看五臣以政治寓託解詩的情形。若以相同方式觀察五臣注比興思維中個人情感興發面的表

現狀況，可以發現時代先後與選詩類別與此並沒有特別突出的關係，倒是在個別作家的觀察裡，五臣注中的比興思維，對於陸機詩作個人情感的揭示上明顯偏多，在《文選》收錄陸機五十二首詩作中，就有半數以上的詩作，五臣明顯於情感興發的揭示上下了功夫，故於此特別摘出陸機詩作討論。

就陸機本身的作品風格而言，鍾嶸以為其作「尚規矩，貴綺錯，有傷直致之奇。然其咀嚼英華，厭飫膏澤，文章之淵泉也」看似偏重形式，然而「三張、二陸、兩潘、一左，勃爾復興，踵武前王，風流未沫，亦文章之中興也」，若僅重視形式，豈得中興文章，為「太康之英」？另一方面，陸機則於〈文賦〉中提出「詩緣情而綺靡」，可見在注重形式之際，陸機亦頗強調詩作情感的展現。再者，「陸機的詩中，大量使用『感物』一詞，足見陸機對外在事物感應過程的關注」〔註93〕，而「『情』如何去『緣』，就必需把內心的感受，透過審美對象作一種結構的，秩序的表現，亦即是『感物』的過程及其表達」〔註94〕陸機詩中所表現的，常是一種由情到具體物象的展現，也就是以附物興託的方式表現「情」；而五臣之注解，則是逆向推求，由詩作本身所提供的秩序結構，也就是外在形式的部分，溯源詩人之情。

以下諸例，即可看出五臣注對意象背後比興寄託揭示之用心，而詩人之個人情懷即於此說明中次第展現。試觀〈贈從兄車騎〉：

孤獸思故藪，離鳥悲舊林。

　　向曰：孤獸離鳥，尚思故林藪，而況人乎！此士衡思歸之意。

翩翩遊宦子，辛苦誰為心。

琴弦谷水陽，婉孌昆山陰。

營魄懷茲土，精爽若飛沈。

寤寐靡安豫，願言思所欽。

感彼歸途艱，使我怨慕深。

　　翰曰：言感彼歸塗艱難，謂人事阻難，不遂所心，使我怨深也。

安得忘歸草，言樹背與襟。

　　向曰：望歸草謂忘憂草，言以其名忘憂，欲樹於前後以忘憂也。

斯言豈虛作，思鳥有悲音。〔註95〕

　　翰曰：謂此言不虛也，思侶之鳥且有悲聲，況人豈無之也？

該詩旨在描繪遊宦子思鄉之情。詩之首尾所述，乃自然界之孤獸、離鳥，由前後文

---

〔註93〕陳昌明：《緣情文學觀》（臺北：臺灣書店，1999年11月），頁116。

〔註94〕同前註，頁115。

〔註95〕案明州本：李善本「沈」作「沉」、「襟」作「衿」。

的脈絡觀之，即可見此意象乃詩人自身的投影，五臣「而況人乎」、「況人豈無之也」的注解，明顯是將自然景觀所興發的思歸之情給闡釋出來。再者，「感彼歸途艱」所言，並非實質空間上歸鄉之路遙，而是有「人事阻難」的象徵意蘊含其中。五臣之注解，於此乃是透過對詩中「孤獸」、「離鳥」、「歸途」等具象的留意，充分揭示蘊含於其背後之個人情懷。

在陸機詩作中，像這類揭示意象背後相思之情的注釋，尚可再舉兩例為證：

> 惆悵瞻飛駕，引領望歸旆。(〈贈顧交阯公真〉)
>
> 銑曰：言惆悵瞻公真之駕，引領望其歸旆，冀相見也。此士衡思之甚矣。旆亦旌屬。

> 攬衣有餘帶，循形不盈衿。(〈擬行行重行行〉)
>
> 良曰：帶長衿寬，言思君而消瘦。

> 去去遺情累，安處撫清琴。
>
> 濟曰：去去遺情累，謂棄所思之累，安居而撫琴，言自寬也。

〈贈顧交阯公真〉乃詩人對顧秘赴任表達贊許，卻又感傷於朋友間聚少離多之作；而〈擬行行重行行〉所言乃女子對丈夫的相思之情，此處所擷乃詩末對女子形象之描繪。五臣注在這兩首詩的解讀上，實有相近之處：不論是「引領而望」，或者是「衣有餘帶」，詩中所呈現的，都不過是一簡單的形象，然此形象背後，皆有所寄託，或者是「冀相見」，或者是「思君」。「安處撫清琴」的情形亦同，此具象背後所隱涵的，實為「自寬」之情懷。要之，這類個人情意的表達，都在五臣注對詩歌比興感發的揭示裡，有了頗為貼切的說明。

五臣注這般的闡釋情形，在陸機詩作中實不少見，再觀〈長歌行〉：

> 迨及歲未暮，長歌乘我閑。
>
> 濟曰：迨，屬也。歲未暮，喻將老也。言屬及我未老，以承閑暇之日，長歌定分以自慰也。

此為陸機慨歎時光易逝，而功名未就之作。上述所取，乃詩末二語。五臣明點「歲暮」喻「老」，並說明「長歌乘我閑」的形象背後，詩人的心理狀態其實非「閑」，實則寓託了無可奈何的「自慰」之情。如此詮釋方式，可謂充分地表露出比興思維之個人情懷面。〔註96〕

陸機詩作中，尚有一類情形，即詩作本身已明顯可見詩人之情，五臣卻能於注中進一步解說，從而加深詩作情感的強度：

---

〔註96〕詳細詩例請參見附錄二之（二）情感興發之解析。

故鄉一何曠，山川阻且難。沉思鍾萬里，躑躅獨吟歎。(〈擬涉江采芙蓉〉)

　　銑曰：曠，遠。鍾，注也。躑躅，不安貌。感此阻闊，注思萬里，情
　　之不安，獨爲吟歎。

寒暑相因襲，時逝忽如遺。三閭結飛轡，大耋悲落暉。(〈擬東城一何高〉)

　　良曰：襲，重也。言寒暑相重，時節之往，忽如積落也。三閭大夫，
　　謂屈原也。結飛轡，言將遠遊，以求長生。耋，老也，言大老之人，
　　嗟嘆日暮而惜其時。

離思固已矣，寤寐莫與言。劇哉行役人，慊慊恆苦寒。(〈苦寒行〉)〔註97〕

　　濟曰：莫，無。劇，甚也。慊慊，憂不足皃。言別離已久，遇此苦寒，
　　故寤寐增悲。

涼風繞曲房，寒蟬鳴高柳。踟躕感節物，我行永已久。(〈擬明月何皎皎〉)

　　良曰：涼風、寒蟬，七月時候也。踟躕志感此節物，而夫婿行久不歸，
　　悲之深矣。

原詩作中已可見「遊子」、「落暉」、「行役人」、「涼風」、「寒蟬」等意象，「吟歎」、「悲」、「慊慊」、「感」等詞彙，實可明白見到詩人之心緒，詩中五臣復以「情之不安」、「惜其時」、「增悲」、「悲之深」等詞彙釋之，將蘊涵於其背後那濃烈之情緒，進一步伸展開來，此亦爲五臣注中對於詩作裡比興情意揭示的表現。

　　此外，對於陸機擬古與樂府之作的觀察，將有助於釐清「五臣喜以政治附會作解」的成見。《文選》錄陸機《擬古》十二首，其中與美人、相思有關的計九首，分別是〈擬行行重行行〉、〈擬今日良宴會〉、〈擬迢迢牽牛星〉、〈擬涉江采芙蓉〉、〈擬青青河畔草〉、〈擬明月何皎皎〉、〈擬蘭若生朝陽〉、〈擬庭中有奇樹〉、〈擬西北有高樓〉，其中僅〈擬西北有高樓〉五臣以政治高度解讀；至於樂府十七首中只有〈日出東南隅行〉、〈塘上行〉兩首含佳人思婦的形象，五臣注卻未附會政治。從上述的統計觀之，陸機擬古與樂府中涉及美人思婦意象，而五臣附以政治抒懷者，比例頗低，大多是針對其相思之情加以闡釋。究其原因，陸機詩歌本身的傾向固然是可列入考慮的因素之一〔註98〕，然而五臣不將陸機本身「國亡主辱」、「冤

---

〔註97〕案明州本：李善本「矣」作「久」。

〔註98〕陸機的擬古詩，學者多認爲其襲用舊題原意，只是在文辭上稍作調整，採取「附物以切情」的方式展現。相關說法可見林文月：〈陸機的擬古詩〉，《中古文學論叢》(臺北：大安出版社，1989年6月)，頁123～158、黃坤堯：〈詩緣情而綺靡──陸機《擬古》的美學意義〉，收入香港中文大學中國語言文學系主編：《魏晉南北朝文學論集》

結亂朝」〔註99〕的政治遭遇與其詩作做結合〔註100〕，而重視文學於個體情意面向的闡發，可見五臣對於陸機「詩緣情而綺靡」的風格及其在文學史上首先提出此論的意義，當具有一定程度的認識；此外，對於陸機擬古與樂府之作中美女、相思情懷的闡釋，五臣多由個人情意作解，這對破除五臣注向來予人政治附會的刻板印象，亦具有一定的效用。

五臣注於陸機詩作中的解讀狀況，大致如上。要之，五臣注於比興思維的情意面的關照，確實不亞於政治寄託面。

關於比興情感面的說明，唐代以後還持續於文論中有所討論：宋人李仲蒙釋比興云：「索物以托情謂之比，情附物者也；觸物以起情謂之興，物動情者也。故物有剛柔緩急榮悴得失之不齊，則詩人之情亦各有所寓」〔註101〕清人喬億則言：「所謂性情者不必義關乎倫常，意深於美刺，但觸物起興，有真趣存焉耳。」〔註102〕比興與詩人情感間的關係於此有了更為貼切的說明。而由五臣注的具體觀察中，可以發現於淺顯卻饒富韻味的文意疏通裡，卻能將屬於個別詩作中的「真趣」傳達出來，比興情意面的詮釋於此能有很好的展現。然而唐前詩作並未達到如唐詩般具有「美

（臺北：文史哲出版社，1994 年 11 月），頁 623～643、廖蔚卿：《中古詩人研究》（臺北：里仁書局，2005 年 3 月），頁 51～53。

〔註99〕 明・張溥題辭，殷孟倫輯注：《漢魏六朝百三家集題辭・陸平原集》，頁 132。

〔註100〕《晉書・陸機傳》：「吳王晏出鎮淮南，以機為郎中令，遷尚書中兵郎，轉殿中郎。趙王倫輔政，引為相國參軍。豫誅賈謐功，賜爵關中侯。倫將篡位，以為中書郎。倫之誅也。齊王同以機職在中書，九錫文及禪詔疑機與焉，遂收機等九人付廷尉。賴成都王穎、吳王晏並救理之，得減死徙邊，遇赦而止。……初，宦人孟玖弟超並為穎所嬖寵。超領萬人為小都督，未戰，縱兵大掠。機錄其主者。超將鐵騎百餘人，直入機麾下奪之，顧謂機曰：『貉奴能作督不！』機司馬孫拯勸機殺之，機不能用。超宣言於曰：『陸機將反。』又還書與玖，言機持兩端，軍不速決。及戰，超不受機節度，輕兵獨進而沒。玖疑機殺之，遂譖機於穎，言其有異志。將軍王闡、郝昌、公師藩等皆玖所用，與牽秀等共證之。穎大怒，使秀密收機。其夕，機夢黑幰繞車，手決不開，天明而秀兵至。機釋戎服，著白帢，與秀相見，神色自若，謂秀曰：『自吳朝傾覆，吾兄弟宗族蒙國重恩，入侍帷幄，出剖符竹。成都命吾以重任，辭不獲已。今日受誅，豈非命也！』因與穎牋，詞甚悽惻。既而歎曰：『華亭鶴唳，豈可復聞乎！』遂遇害於軍中，時年四十三。」（唐・房玄齡等撰：《晉書・列傳第二十四・陸機》，卷 54，頁 1473～1480。）可見陸機本身於仕宦亦頗多坎坷，若欲以附會政治的方式作解，不無可能。然而五臣注卻選擇純粹闡發詩中相思之情，可見其對陸機作品中的「緣情」面，是未曾忽視的。

〔註101〕 見於〈致李叔易〉載李仲蒙語，收入宋・胡寅：《斐然集》（臺北：臺灣商務印書館，1969 年，四庫全書珍本影印文淵閣本），卷 18，頁 28～29。

〔註102〕 清・喬億《劍谿說詩》，收入郭紹虞編選、富壽蓀校點：《清詩話續編（上）》（上海：上海古籍出版社，1999 年 6 月），卷下，頁 1098。

感形象化的情景交融之美」〔註103〕，詮釋對象（即詩作本身）於此可說是很大程度地侷限了詮釋者的發展，因此五臣注也只能針對詩作中不同的情感做簡單的揭示。儘管已留意到意象背後的情感表達，但其所表現出來的比興思維，終究未能達到如皎然「詩情緣境發」〔註104〕此意境的高度，特於此稍作辨析。

# 第四節　比興思維的形式面

　　五臣注比興思維的內容具備「政治寄託」與「情感興發」雙重面向，實際情形大體如上述兩節所提。然而內涵的傳達，實有賴於外在形式的具體呈現。「比興」作為一種表現技巧，唐前的相關論述亦不少見：

　　　　鄭眾《太師注》：比者，比方于物也；興者，扡事于物也。〔註105〕

　　　　王逸《離騷經序》：《離騷》之文，依詩取興，引類譬諭。〔註106〕

　　　　孔安國：興，引譬連類。〔註107〕

　　　　束晢〈嫁娶時月〉：凡詩人之興，取義繁廣，或舉譬類，或稱所見，不必皆可以定候也。〔註108〕

　　　　《文心雕龍・比興》：興之託喻，婉而成章，稱名也小，取類也大。……比之為義，取類不常：或喻於聲，或方於貌，或擬於心，或譬於事。〔註109〕

　　　　《詩品・序》：文已盡而意有餘，興也；因物喻志，比也。〔註110〕

純粹就比興的表現技巧而言，上述條例說明了比興手法的展現當具備兩大要素：第一是「物的媒介性」，藉由詩中所呈現的意象，以託喻隱而未顯的情志。第二則是「取

---

〔註103〕柯慶明：〈試論漢詩、唐詩、宋詩的美感特質〉，《中國文學的美感》（臺北：麥田出版社，2000年1月），頁202。

〔註104〕語見皎然詩〈秋日遙和盧使君遊何山寺宿敷上人房論涅盤經義〉，收於清康熙四十五年敕編：《全唐詩・皎然一》（北京：中華書局，1985年1月），卷815，頁9175。

〔註105〕漢・鄭玄注，唐・賈公彥疏，趙伯雄整理，王文錦審定：《周禮注疏》，卷23，頁610。

〔註106〕洪興祖：《楚辭補注》，頁12。

〔註107〕語見魏・何晏注，宋・邢昺疏，朱漢民整理，張豈之審定：《論語注疏・陽貨》，卷17，頁237，「詩可以興」句下之注。

〔註108〕清・嚴可均編：《全上古三代秦漢三國六朝文・全晉文》，卷87，頁1966之1。

〔註109〕劉勰著，詹鍈義證：《文心雕龍・比興第三十六》，卷8，頁1344～1362。

〔註110〕鍾嶸撰，陳延傑注釋：《詩品注》，頁2。

類」，這裡所謂的「類」者，當具備「不同事物間相似性的關係」〔註111〕，如此事物間的寓託對應，方能存在一合理的聯繫。就意欲傳達美刺的詩作而言，常因溫柔敦厚的詩教要求，而在表現上顯得含蓄婉轉；至於日漸重視修辭技巧的六朝詩作，往往會將情感寄託於幾經凝鍊的意象中。不論是政治之「志」，或者是個人之「情」，就詮釋者而言，會是疏通文意時揭示的重點所在，而五臣注也確實在這些部分多加著墨，關於這點，由前兩節的論述中已可明白察覺。而這樣的內涵，實有賴比興技巧的運用，五臣注如何揭示詩作中的比興技巧，將是本節的焦點所在。唯需於此稍加說明的是：文學作品的內涵與形式本難輕易劃分，為了方便說明，以及突顯五臣注對於比興手法詮釋的用心，故於此特立一節。實則像這般藝術技巧的運用，若回頭觀察本章二、三兩節所舉之例，將會發現有不少詩作均可作為本節立論的例證。

接下來對於五臣注中揭示詩作比興手法的說明，凡合乎「以此喻彼」的形式者，都可作為本節論述的例證。此處關於「以此喻彼」和比興手法的關係，將以張志公、周甸岷先生的說法為準：

> 「比」是修辭學重要內容之一。國外研究修辭學較早，我國的修辭學是引進國外的。修辭學把比喻分得很細，諸如明喻、暗喻、借喻、諷喻等。其實它們雖各有別，但其基本特徵都是「以此喻彼」。不僅比喻如此，修辭學上其他辭格如比擬、借代、誇張、婉轉、警策、象徵之類，也都是「以此喻彼」的形式，所以這些辭格基本上也可算作是「比」。辭章學不主張把比喻分得很細，只要是「以此喻彼」的形式，包括典故、掌故的運用等，都屬於「比」的研究範圍。所以辭章學所說的「比」，更接近於傳統「比、興」的概念。〔註112〕

由此可見比喻、典故、諷喻、象徵、婉轉……等修辭技巧，皆屬比興思維中形式之範疇。須稍作說明的是，即便五臣注中有時並未明點出像上述象徵、婉轉……等現代修辭學的術語，然而由注文與詩句的對照中，確實展現詩作對這類手法之運用，那麼亦可納入本文之討論範圍。底下即次第說明五臣注對比興技巧的詮釋情形。試觀劉琨的〈答盧諶〉：

> 有鳥翻飛，不遑休息，匪桐不棲，匪竹不食。

> 銑曰：有鳥，喻諶也，言昔不暇休息於此。桐、竹，喻賢明之君也。
> 棲食，喻食祿也。

---

〔註111〕顏崑陽：〈《文心雕龍》「比興」觀念析論〉，頁382。
〔註112〕張志公、周甸岷：〈說「比、興」〉，收於中國修辭學會華東分會編，《修辭學研究》（上海：華東師範大學出版社，1983年1月），頁45。

　　永戢束羽，翰撫西翼，我之敬之，廢歡輟職。

　　音以賞奏，味以殊珍，文以明言，言以暢神。

　　之子之往，四美不臻，澄醪覆觴，絲竹生塵。

全詩分述詩人於戰火中的悲慘遭遇、詩人對盧諶德行之歌頌，以及勉勵盧當盡心效忠新主三部分。此處所擷之言，乃劉琨對盧諶德行之歌頌。從前後詩句的脈絡中，即可發現此「鳥」實比喻盧諶，復承此敘述引出段匹磾為賢君，劉琨為新主的效力，實乃相得益彰。五臣在這裡恰當地點出了人（盧諶、賢君）與詩中物象（鳥、桐、竹）間的對應關係，「喻」字對於該詩中比興藝術手法的運用，有頗為妥貼的說明。

　　再如應璩〈百一詩〉：

　　**宋人遇周客，慚愧靡所如。**

　　　　良曰：宋有愚人得燕石於梧臺之東，以為大寶而藏之，周客聞而觀焉，掩口盧胡而笑：「此燕石也，與瓦礫不殊。」言 周客之宋人非實而觀之，有人知我無德而問之，其於愧也，不亦多矣！皆諷朝廷之士，有其位無其才，能不愧乎？

　　　　善曰：言 己妄竊崇班，心常懷恥，類宋人之遇周客，慚愧而無所如。《闕子》曰：「宋之愚人，得燕石於梧臺之側，藏之以為大寶。周客聞而觀焉。主人齋七日，端冕玄服以發寶，革匱十重，巾十襲，客見俛而掩口，盧胡而笑曰：『此特燕石也，其與瓦甓不殊。』主人大怒曰：『商賈之言，醫匠之心。』藏之愈固，守之彌謹。」杜預《左氏傳》曰：「如，從也。」

〈百一詩〉乃詩人自我解嘲之作，全詩採用主客詰問的方式，最後主對客之問難無法回應，只得於慚愧中作收，此處所擷，乃詩末的部分。李善與劉良都作了疏通文意的工作，對於典故與詩作間的結合，皆有串講之功〔註113〕；所不同者，在於劉良多出了一段對朝廷之士嘲諷的說明，這與百一體「百分有一補於時政」的體例恰可

〔註113〕然而不容否認的是，像這樣於典故引用之際又有文意串講的，在李善注中實不常見。這裡可以附帶說明的，是關於善注與五臣注在援引典故上的差異。一般來講，五臣注引用典故時，只會擷取與該詩相關的一段，這樣可使焦點更為集中，再加上通常也會對該典故稍作說明，因此在文意的揭示上會相對明確。而善注採取的方式，往往是將該典故整段錄出，而未作串講。本例於李善注中實非常態：原典中宋人遇周客，並無慚愧之意，而是大怒；此詩已將這部分作了轉化，而李善注於典故之前又另作說明，因此在文意的理解上，不致於有太大的問題。然而在大部分詩歌的注釋中，李善採取將典故整段摘出的方式，已有焦點模糊、未留意典故內涵轉換之虞，再加上多數情況下李善並未另作文意疏通，如何「不以文害意」，善注顯然是將判斷的空間留給讀者。

配合，同時也說明了全詩對諷刺修辭之運用。另一方面，「不亦多矣」、「能不愧乎」都以反語的形式呈現，在表達詩人的憤憤之情上，頗為貼切，此亦可視為是對諷刺修辭的加強闡述。

復以曹植《雜詩》之二為例：

> 轉蓬離本根，飄颻隨長風。何意迴飆舉，吹我入雲中。
> 高高上無極，天路安可窮。
> 類此遊客子，捐軀遠從戎。毛褐不掩形，薇藿常不充。
>
> > 良曰：蓬以客游遠從戎事，心之警亂不定也。
> > 翰曰：毛，皮裘也。褐，短衣也。薇藿，草菜之食也。而此衣不掩覆我形，此食不充飽我腹，謂情理迫窄如此也，非植真然，蓋以刺時。
>
> 去去莫復道，沉憂令人老。〔註114〕

該詩中毛褐、薇藿所呈現的不純然只是破落的形象，「心之警亂不定」、「情理迫窄如此」等情緒上困窘的注解，使得全詩所意欲表現的倉皇心境得以揭露。毛褐、薇藿等具象實具備象徵的意涵，而對此「象徵」意涵之揭示，則有賴五臣注。再者，李周翰對「刺時」的注解，亦可見五臣對該詩中「諷刺」此比興技巧之說明。

再如張協《雜詩·昔我資章甫》：

> 窮年非所用，此貨將安設。
>
> > 向曰：冠不用於越，將何所設之？此疾時君不用賢之甚也。

詩中借《莊子·消遙遊》中的故事以喻君不用賢，就五臣注的詮釋用語觀之，「疾」字的點出，已可見五臣注對於該詩諷喻手法的揭示，加以「甚」者此帶有極端之意的說明，於詩中情感上的不平有烘托之功，這對諷喻手法的闡述有加強的效果。另一方面，就注文的內容觀之，所「疾」之內涵（時君不用賢）則恰當說明了詩中「貨不得貿」這層寓託之意，此亦五臣注中對於比興手法揭示之表現。

最後再以謝朓〈和王主簿怨情〉為例：

> 掖庭聘絕國，長門失歡宴。相逢詠蘼蕪，辭寵悲班扇。
> 花叢亂數蝶，風簾入雙鷰。
>
> > 銑曰：蝶鷰，皆比小人在位也。婦人之意則數蝶雙鷰皆有耦，而我獨失儔匹，喻小人尚見在位，而我獨見弃置也。
>
> 徒使春帶賖，坐惜紅粧變。
>
> > 濟曰：徒懷憂憤，使衣帶已緩，年逝顏衰，坐自惜也，何時復用於時

---

〔註114〕案明州本：李善本「迴」作「迴」、「可」作「何」。

也。

　　**平生一顧重，宿昔千金賤。故人心尚爾，故心人不見。**〔註115〕
全詩從王昭君的遠嫁、陳皇后的失寵，到班婕妤的見棄，緊接而來的「花叢亂數蝶，
風簾入雙燕」，當有所寄託，五臣注即明點「比喻」的修辭；另一方面，景中所含孤
寂之情，張銑亦於此作了明白的註解：「徒懷憂憤」的說明，實呈顯出詩作「春帶賒」
背後所寓托的實際情懷〔註116〕，此亦可視爲是五臣注對於詩作中所運用的比興技巧
之指涉。

　　上引諸例，於內涵上多與政治寄託有關，至於在意象背後的個人情感說明上，
五臣注亦多所用心，著力揭示景物背後或婉轉、或象徵的情意，這部分所見之比興
修辭，看似不甚明顯，然而若一一對照詩文與注文，亦能清晰見到五臣對隱含於其
中的修辭之說明。試觀曹植〈贈王粲〉：

　　**我願執此鳥，惜哉無輕舟。**

　　　向曰：求匹儔，謂思王粲。無輕舟，言與粲阻越，如川廣無舟，歎息
　　　不可濟也。

　　　善曰：言願執鳥而無輕舟，以喻己之思粲而無良會也。賈逵《國語》
　　　注曰：「惜，痛也。」《戰國策》，蘇代曰：「水浮輕舟。」

在曹植〈贈王粲〉中，善與五臣兩注的解釋方向是頗爲一致的，然而兩者在文字上
的差異，卻使慨歎情意的引發，有強弱的不同：五臣點出「阻越」，所突顯的乃是雙
方之間的阻礙，「川廣」可見彼此距離之遙遠，加深「無輕舟」之無奈，詩人心境之
愁於此得以貼切傳達。呂向不只是點出比喻的修辭，感嘆的辭格亦於「阻越」、「川
廣」的說明中，順勢帶出。這其中對於比興手法的闡釋，是頗爲鮮明的。

　　再如袁淑〈效古〉：

　　**夕寐北河陰，夢還甘泉宮。**

　　　翰曰：北河，謂戎地之河陰也。言夕臥彼，夢還甘泉宮，歸見君也。

〈效古〉中的甘泉宮，表面不過是一棟建築，李周翰明點「夢還甘泉宮」，是爲了要
「歸見君」，道出這其中重要的感情因素：甘泉宮對詩人而言，並非客觀外物，實爲

---

〔註115〕案明州本：李善本「蘼」作「糜」、「班」作「圑」、「雙鶯」作「雙燕」、「平生」作
　　　　「生平」、「心人」作「人心」。

〔註116〕然而若就一一對應的合理性而言，蝶鶯固然可由詩作中推出成雙成對的象徵，是否
　　　　「皆比小人在位」，則有所保留。此處所要闡明的，是五臣注對於比興此文學技巧
　　　　的揭示情形，也就是觀察五臣作爲詮釋者，具體說明藝術技巧的狀況，至於詩作是
　　　　否必然含有政治思維，則又是另一個問題。

主觀情意之象徵。五臣注乍看之下只是對文意稍加串講，卻在疏通文意的同時，暗暗地指涉出詩中所採用的比興技巧。

像這類的情形於五臣注中可說是俯拾即是，底下復舉三例說明，以概其餘：

**青苔日夜黃，芳蕪成宿楚。**（江淹《雜體詩・張黃門苦雨協》）

良曰：苔，草梢也。蕪，藥也。宿楚，叢木也。言青苔漸黃，藥成叢木，歎歲月將盡。

**握蘭勤徒結，折麻心莫展。**（謝靈運〈從斤竹澗越嶺溪行〉）

濟曰：蘭、麻，皆芳草，可以投贈者。言事君勤苦，空結於懷，相知之心無由申展。

**山中有桂樹，歲暮可言歸。**（沈約〈直學省愁臥〉）

銑曰：桂樹芳香而貞堅，故君子尚之，年將衰老，可以歸休。

善曰：山中有桂樹，即攀桂枝而聊淹留也。《韓詩》曰：「蟋蟀在堂，歲聿其莫。」薛君曰：莫，晚也。言君之年歲已晚也。

江淹之作，表面所見乃時序之變化，劉良則點出「歲月將盡」的象徵意，而此處的表現，豈只是平鋪直敘！「歎」字用詞甚簡，感物之情卻也因而表露無遺，這對說明該詩「象徵」之修辭，實有強化之功。至若謝客之作，「勤苦」之明言可見握蘭、折麻等舉動中所蘊含之鬱結情懷，賞心人之難求可見一斑。五臣注於此似未直接說明詩作中所採用的修辭，然而詩句與注文間的兩相對照中，五臣注實隱隱然點出詩人對寓託手法之運用。至於〈直學省愁臥〉，五臣注突顯了桂樹的精神意涵是「芳香而貞堅」，隱然可見詩人歸隱得以有一個安穩的寄託，相對於善注，桂樹之象徵寓意是更為明白的。上述三例，五臣注雖未運用「喻」或「比」等字眼，然而在其串講中，實隱然可見其對詩中所運用的比興技巧之說明。

《文心雕龍・神思》提到：「神用象通，情變所孕。物以貌求，心以理應。刻鏤聲律，萌芽比興。」〔註117〕所言雖然是作家對於藝術形象的構思與成形，然而若以詮釋者的角度觀之，如何破解作品中一個個的符碼，則是其關注的焦點。在由詩歌文字之「象」往情思的逆推中，勢必要對文藝技巧的部分有所說明，五臣注的情形即是如此。再者，需於此補充說明的，則是第二章提到五臣詮釋特點中「藝術手法的展現」，恰可與此映照：詮釋特點中所言，乃五臣注的普遍狀況；而這裡所提到的文學技巧，則是將焦點集中在比興手法的揭示上，以現代修辭學的用語來看，譬喻、

---

〔註117〕劉勰著，詹鍈義證：《文心雕龍義證・神思第二十六》，卷6，頁1007。

諷喻、假言、感嘆、象徵、寓託……等，都與比興技巧有所重疊。故第二章中所舉的部分例子，亦可置此，爲五臣注在比興手法的揭示上作一補充。

# 第五節　小　結

五臣注中的比興思維包含政治寄託與情感興發雙重面向，具體內涵已於二、三節中分述。然而在《文選》詩類的觀察中，尚有一類情形，即在同一首詩的同一處注解中，五臣標示了雙重面向，亦即對該詩的詮解，五臣以爲此二面向的任一說明都是可以被接納的。試觀試觀〈飲馬長城窟行〉：

> 枯桑知天風，海水知天寒。入門各自媚，誰肯相爲言。
>
> 　翰曰：知謂豈知也。枯桑無枝葉，則不知天風；海水不凝凍，則不知天寒。喻婦人在家，不知夫之信息，雖有親戚之家，皆入門而自愛，誰肯相爲訪問而言者乎？ 亦喻朝廷食祿之士，各自保己以爲娛游，不能薦於賢才。

關於該詩主旨，張銑已於題旨處點明「言天下征役，軍戎未止，婦人思夫，故作是行」此處所引，乃婦人獨自在家，伶仃一人的孤單景象。五臣注於此之說明，除了點出婦人的孤寂之情外，尚以「亦喻」帶出政治性的解讀。類似這樣的情形，亦出現在王徽之〈雜詩〉中：

> 詎憶無衣苦，粗知狐白溫。〔註118〕
>
> 　向曰：夫不憶無衣之苦，但知自服狐白之裘而爲溫也。亦喻君之自溫，而不知下人之寒苦也。狐白，謂狐腋之白毛以爲裘也。

該詩亦爲女子思夫之作，五臣在個人情愛面的說明後，同以「亦喻」說明此詩以政治面解讀的情形。像這一類的狀況在五臣注中數量並不甚多，然而其兼顧比興思維政治面與情意面的注解方式，卻是很有意思的。這一方面顯示出在五臣注的比興思維裡，政治與情意確實是其投入大量心力關注的兩個主要面向；另一方面，以婦人相思之情的說明爲主，其次才以「亦喻」帶出政治寄託的面向，可見政治解讀的部分雖佔有一席之地，卻未到十分強烈的地步。前輩學者在說明五臣注時，常會突顯其以政治高度釋詩的性質，若持平而論，五臣注整體政治寓托的意味雖有，卻不致於壓倒情意面，上述例子，亦可作爲明證。

　另一方面，這裡需要稍加補充辨析的，是關於政治寄託與情感興發面在善注與

---

〔註118〕案明州本：李善本「粗」作「但」。

五臣注間表現的差異問題。善注在注解的內涵上並非沒有此雙重面向，然礙於其體例所限，並未能有明白的表現。串講的內涵多為注家本身之語，此乃比較容易觀察注家本身是否具備情感興發面或政治寄託面之處，然而串講在善注中並不多見；再加上其徵引式的體例，將焦點擺在辭語的溯源上，所以在具體注釋的部分，此雙重面向實不明顯。而五臣注的具體內涵，含有雙面性質，相較於李善注比較容易觀察出來，是因為他選擇了一個非嚴謹經學式的體例，亦即串講式。串講的內容固然還是要以作品本身為主要考量，然而相較於徵引式的體例，注家可以發揮的彈性空間會大一些。

　　不論是就內涵或者是形式而言，關於五臣注中比興思維的考察，大致已如上所述。於此略作補充的，則是蔡英俊先生論述比興發展於時間流脈中的情形。蔡先生以為：「齊梁到中唐這一個歷史階段，正是『比興』的兩層意義將分而未分的關鍵所在」〔註119〕蔡氏所論，乃就文學批評史的角度觀之。而詮釋作為批評的一環，五臣注出現的時間點恰好就在齊梁到中唐這個歷史階段中，該階段中「『比興』的兩層意義將分而未分」，恰與五臣注比興思維的表現情形若合符節。那麼造成五臣注同時包含比興兩層意義的原因究竟為何？若將五臣所處之時代背景納入考量，或許有助於原因之探究，而此將是下一章關注的焦點。

---

〔註119〕 所謂的兩層意義內涵如下：「就諷諭寄託一層看，『比興』是從詩歌與政治、社會的關係來考慮詩人的創作意圖與詩歌的效用；而就興會感發一層看，『比興』是就詩歌與情感表現、作者與讀者的美感經驗的關係來衡量詩歌的藝術效果與美學價值。」正文與注文所引見蔡英俊：《比興、物色與情景交融》（臺北：大安出版社，1986年5月），頁155～156。

# 第四章　五臣注中比興思維產生背景的觀察

## 第一節　前　言

　　由第三章比興思維的考察中，已可見到五臣注的雙面性實有歷史積澱存在其中。然而單是如此，尚不足以說明何以五臣注中的比興思維會有雙面性的表現，該注產生的時代背景，也應是我們探討的對象之一。對於前代遺留下來的作品，不論是文學創作、文學理論，或者是文學注釋，欲有所理解，除了文本本身所提供的線索外，若能對「異境意境」〔註1〕有較為深入的了解，再回頭觀察文本，那麼必能對文本多一份同情的理解。而這份同情的理解對於明白五臣注何以會產生雙面性的比興思維應是有所助益的。

　　關於這部分，可由唐初整體的文學風氣談起。袁濟喜先生有如下之說明：

　　　　唐代詩學對「興」的發展，是與隋唐以來封建大一統帝國建立後，統治者對審美文化以及整個意識形態的再建息息相關的。六朝時代「緣情綺靡」的詩學觀，被政教與審美並重的文學觀念所替代。秦漢時代的「詩教」與「樂教」重新為唐代統治者所提倡。……初唐年代的統治者對六朝文學中的「情采」觀與傳統的「詩教」觀作了融合，這一點也是很明顯的。〔註2〕

唐代作為一個統一而新興的朝代，如何對於造成亡國的南朝浮靡文風有所警戒，復能融涉前代文學的長處，這些都是統治者對文化與意識形態再建時所必須留意的問

---

〔註 1〕　「所謂的『異境意境』，就是指不同歷史環境、地理環境、社會環境和文化環境中的讀者，共同面對一首詩境時所形成的各自心目中的『意境』。」古風：《意境探微》（南昌：百花洲文藝出版社，2001 年 12 月），頁 238。
〔註 2〕　袁濟喜：《興：藝術生命的激活》，頁 63。

題。初唐時期的文學思維主要包含「情采」觀與「詩教」觀兩部分，這一方面是對前朝文學反思與吸取後所展現的成果，另一方面亦呈現出大唐兼容並蓄的文化特質。

　　大環境氛圍是如此，不只詩學的發展受其影響，作為文學注本的五臣注，何以會呈現出比興思維的雙面性，這一方面固然有漢代詩教、六朝情采等前代歷史積澱存在其中，另一方面則誠如袁氏所言，與「審美文化以及整個意識形態的再建息息相關」。因此關於五臣注比興思維產生的時代背景，本章擬以唐代建國後的一百年為限〔註3〕，具體觀察幾位代表性的人物，實際了解此階段中文學風氣與儒學經學的發展狀況〔註4〕，從而探討該風氣對五臣注比興思維雙面性產生的可能影響。

　　另一方面，科舉制度雖於隋代建立，然而以《昭明文選》、《五經正義》作為教科書，卻又是唐初這個階段逐步發展、建立而成。進士科雖有漸步重文的傾向，但是經學的影響卻仍有好長一段時期存在其中〔註5〕。也就是說，在進士科中，亦涵有經文兼備的雙重性質。《昭明文選》作為進士科重要的參考書籍，而五臣注又是其重要注本，由是觀之，五臣注為什麼會具備「政治寄託」以及重視詩作中「情感興發」此雙重性質，並能留心於比興手法的說明，這與科舉取士的導向很難說毫無關聯。底下將依序說明唐代前期的經學風氣、文學風氣以及科舉盛行之狀況，期能對五臣注何以具備雙面性之內涵有較為深入的探討。

〔註3〕　本章所要討論的重點既然是五臣注比興思維產生的時代背景，那麼五臣在撰寫注文的過程中，整體時代氛圍的情形如何，理當是觀察的重心所在。唯需於此稍加說明的，是關於時間段落的擷取。五臣獻注時間點為玄宗開元六年（718），注釋內容於獻注之際既已寫定，時代風尚對五臣注的影響至多不超過此，故以其獻注的時間點作為下限。另一方面，唐代作為一個新興的王朝，對於六朝文風、學風承變之際，必然會展露出屬於自己的獨特風格；而五臣同為入唐以後的學者，其所處年代至多不會早於唐代建國，然而若欲以五臣開始撰寫注文之際做為觀察的時間上限，一來並無確切的資料可供參考，二來如此切割又會將唐代初期這個階段分得太過零碎，實際上時代文風並非三五年內就會有巨大變革，這樣切割並不具太大的意義。故此處權以唐代建國做為觀察之上限，既可明確察覺此階段異於前代之風範，亦能窺見唐音對五臣注撰寫之可能影響。此乃本章為什麼以唐代建國（高祖武德元年，即618）至五臣獻注（718）為時間斷限之理由。

〔註4〕　關於這部分的敘述方式，擬分經學風氣與文學風氣兩部分作探討，主要是為了呈現此二面向於初唐時期，確實都佔有一定的份量，分別探討可以看出各自的發展狀況。然而若將此二者合併觀之，將可發現：身為經學風氣提倡者的太宗與魏徵，其實並未反對情采；而初唐四傑雖重緣情辭采，卻於部分文論中存有儒家雅正之思想。要之，分述文學與經學風氣兩部分，實為明顯呈現兩者各自的內涵與發展脈絡，而太宗、魏徵、初唐四傑等人所展現的情采、儒教兼具的雙重性質（不可否認地，上述諸人於情采、儒教的表現比重上自然有輕重之別），確實是唐初文化風氣雙重性的表徵。

〔註5〕　至少在天寶初年「作詩贖帖」之前都是如此。詳細論述參見本章第四節。

## 第二節　唐代前期之經學風氣

經過南北朝的分裂之後，經學的發展總算因唐代《五經正義》的編纂而得以統一。然而孔穎達領銜之《五經正義》，嚴格說來只是彙編前人經學之成果，本身並沒有多大的開創性；經學的說法定於一尊，自然難以出現像漢代后蒼《禮》、田氏《易》這類較具原創性的說法。也就是說，唐人並沒有太多經學類專門而自成一家的著作，皮錫瑞言「惟唐不重經術」〔註6〕者，大致即是針對這樣的情形而發。儘管如此，光是由執政者積極統一經學這一點觀之，足見經學在唐代並非不受重視。唐代尊儒崇經的情形，可從太宗時代談起。

太宗於〈帝京篇序〉云：

> 予追蹤百王之末，馳心千載之下，慷慨懷古，想彼哲人，庶以堯、舜之風，蕩秦、漢之弊，用咸英之曲，變爛熳之音，求之人情，不爲難矣。故觀文教於六經，閱武功於七德，臺榭取其避燥溼，金石尚其諧神人。皆節之於中和，不係之於淫放。……釋實求華，以人從欲，亂於大道，君子恥之。〔註7〕

鑑於前代之亡，太宗以爲欲免窮奢極麗之弊，最好的方法就是回歸儒教，提倡六經，實行中庸之道，如此一來方能走向正途。太宗重視儒家文教的言論，尚可見於《貞觀政要》，或曰「雅好儒術」〔註8〕，或者明言「朕今所好者，惟在堯、舜之道，周、孔之教，以爲如鳥有翼，如魚依水，失之必死，不可暫無耳」〔註9〕要之，鑑於前朝之滅亡，以儒術作爲安邦定國之道，爲太宗對經學的大體看法。

不惟太宗本身有這樣的觀念，其得意之輔弼大臣魏徵亦持相同的看法。他在《隋書·儒林傳》的序言中，即透露出這樣的思維：

> 儒之爲教大矣，其利物博矣！篤父子，正君臣，尚忠節，重仁義，貴廉讓，賤貪鄙，開政化之本源，鑿生民之耳目，百王損益，一以貫之。雖世或污隆，而斯文不墜，經邦致治，非一時也。涉其流者，無祿而富；懷其道者，無位而尊。〔註10〕

由「開政化之本源」、「經邦致治」等語，即知儒教於此具有頗爲崇高的位置，單就

---

〔註6〕 皮錫瑞：《經學歷史》（臺北：藝文印書館，2000年11月），頁228。
〔註7〕 《全唐詩·太宗皇帝》，卷1，頁1。
〔註8〕 唐·吳兢編集、姜濤點校：《貞觀政要·政體第二》（濟南：齊魯書社，2000年5月），卷1，頁27。
〔註9〕 同前註，卷6，頁205。
〔註10〕 唐·魏徵等撰：《隋書·列傳第四十·儒林》（北京：中華書局，2002年12月），卷75，頁1705。

此段論述觀之，幾乎是漢代「通經致用」概念之翻版，欲以教化來維繫倫理綱常，其指導政治的意圖是十分明顯的。

上述乃魏徵對儒教之具體看法，那麼其人在創作時，是否亦表現出儒教思維的傾向？魏徵今存於《全唐詩》中的作品計有三十五首，其中《五郊樂章》、《享太廟樂章》、〈奉和正日臨朝應詔〉、〈賦西漢〉等頌美之作即佔了三十三首。這些作品單由詩題觀察，即可見到其歌功頌德的既定功能，這其中蘊含雅正的內涵，儒教觀在其間的滲透是很明顯的。至於〈述懷〉者所言乃慷慨從戎之志，〈暮秋言懷〉亦不忘於詩末道其輔弼重臣的責任感（「歲芳坐淪歇，感此式微歌」）。單由今日所存的詩作觀之，魏徵確實頗看重儒教雅正的理想。

以上是略就文學主張以及詩作的部分論之。至於《舊唐書·儒學傳》的記載，則可視爲是對太宗一朝重視儒教的情形之具體說明：

> 貞觀二年，停以周公爲先聖，始立孔子廟堂於國學，以宣父爲先聖，顏子爲先師。大徵天下儒士，以爲學官。（太宗）數幸國學，令祭酒、博士講論，畢，賜以束帛。學生能通一大經已上，咸得署吏。又於國學增築學舍一千二百間，太學、四門博士亦增置生員。……有能通經者，聽之貢舉。是時四方儒士，多抱負典籍，雲會京師。……鼓篋而升講筵者，八千餘人，濟濟洋洋焉，儒學之盛，古昔未之有也。〔註11〕

由這段資料可以發現：太宗不僅大力地鼓吹祭酒、博士講論經學，復廣修學舍，給予儒士良好的習經環境，並且實質地提供儒生利祿之途。如此多重提倡，太宗朝儒學之盛可想而知。

而這般尊經崇儒的風氣，待《五經正義》的出現，可說是達到了唐代經學的高峰。據《資治通鑑》記載，貞觀十四年（640）時，「上（太宗）以師說多門，章句繁雜，命孔穎達與諸儒撰定《五經》疏，謂之《正義》，令學者習之。」〔註12〕此乃《五經正義》編纂之因由。此後因孔穎達「未就而卒」〔註13〕，復詔長孫無忌等人刊正〔註14〕，終於在「（永徽四年，653）三月壬子朔，頒孔穎達《五經正義》於

---

〔註11〕 後晉·劉昫等撰：《舊唐書·列傳第一百三十九上·儒學上》（北京：中華書局，2002年12月），卷189上，頁4941。

〔註12〕 宋·司馬光撰，元·胡三省音註，「標點資治通鑑小組」校點：《資治通鑑·唐紀十一·太宗貞觀十四年》（北京：中華書局，1976年），卷195，頁6153。

〔註13〕 「貞觀十二（638）年，國子祭酒孔穎達，撰《五經義疏》一百七十卷，名曰《義贊》，有詔改爲《五經正義》。太學博士馬嘉運每掎摭之，有詔更令詳定，未就而卒。」語見宋·王溥：《唐會要》（臺北：世界書局，1968年11月），卷76，頁1405。

〔註14〕 「永徽二年（651）三月十四日，詔太尉趙國公長孫無忌、及中書門下、及國子三館博士、宏文學士。故國子祭酒孔穎達所撰《五經正義》事有遺謬，仰即刊正，至四

天下，每年明經令依此考試」〔註15〕科舉中經學考試之內涵，遂於《五經正義》頒
布後而定於一尊。

在李善上呈《文選注》（高宗顯慶三年，658）之前，經學於社會上受重視的情形
已如上述。其後一直到五臣獻注的這一段時期裡，經學因《五經正義》的完成而定於
一尊，終唐一代之常科——明經與進士，皆以此為準則。在這樣的大環境中，五臣作
注的對象雖然是文學作品，恐怕也很難全然不受整體經學風氣的影響〔註16〕。甲斐勝
二先生所言或可作為此立論之參考：

> 以經典為主的學習，使在學《文選》時，對《文選》裡作品的解釋自
> 然就受到經典解釋法的影響。……如果這樣觀點沒錯，其（五臣）解釋法，
> 成為「強調文學政教功利作用」也就是很自然的吧。〔註17〕

援引甲斐先生之語，主要是為了說明儒家經典與五臣政教思維間的關係。儒家經典
的主要思致，往往會以有裨政治為主要考量，因此美刺教化成為經文、經注中常見
的內容。五臣注中比興思維之政治寄託面，即與經文、經注中美刺教化的內涵有相
同之精神。五臣注所以如此，儒家經典從先秦以來縣縣不絕的影響、唐代儒教被統
治者視為是安邦定國之正統，以及科舉之帖經，都是造成該注中夾雜政治寄託比興
思維的可能因素。在「上承此流脈」、復受「時代氛圍薰陶」兩者的交互作用下，我
們很難說身為文士的五臣能全然不受影響〔註18〕。「回到五臣的時空背景」加以觀
察，不失為是一個探求原因的可行方式。

## 第三節　唐代前期之文學風氣

唐代前期經學風氣的情形大致如上所述。那麼這個階段的文學風氣，又是呈現

---

年（658）三月一日，太尉無忌、左僕射張行成、侍中高季輔，及國子監官，先受詔
修改《五經正義》，至是功畢，進之，詔頒於天下，每年明經，依此考試。」語見宋‧
王溥：《唐會要》，卷76，頁1405。

〔註15〕後晉‧劉昫等撰：《舊唐書‧本紀第四‧高宗上》，卷4，頁71。

〔註16〕關於進士科帖經與五臣注政教比興思維間的關係，留待第四節，再做更為詳細的討
論。

〔註17〕甲斐勝二：〈論五臣注《文選》的注釋態度〉，頁404。

〔註18〕「（呂向）玄宗開元十年，召入翰林，兼集賢院教理，侍太子及諸王為文章。時帝歲
遣使采擇天下姝好，內之後宮，號『花鳥使』，向因奏〈美人賦〉以諷，帝善之，擢
左拾遺。天子數校獵渭川，向又獻詩規諷，進左補闕。帝自為文，勒石西嶽，詔向
為鑴勒使。」（宋‧歐陽修、宋祁撰：《新唐書‧文藝中‧列傳第一百二十七》，卷
202，頁5758。）從上述《新唐書》的記載觀之，可見呂向作品本身亦含有儒教思
維的情形。

著什麼樣的面貌？六朝詩文從建安風骨、緣情綺靡，一路發展到傷於輕艷的宮體，慷慨激昂的詩情不再，取而代之的是「簟文生玉腕，香汗浸紅紗」（蕭綱〈詠內人晝眠〉）、「小婦趙人能鼓瑟，侍婢初筓解鄭聲。庭前柳絮飛已合，必應紅妝起見迎。」（蕭綱〈從軍行〉）……等柔情綺艷之作。到了初唐時期，同樣具備宮廷性質的作品，似乎就成了承襲南朝浮艷詩風的代表。然而初唐宮廷詩是否只是一味地延襲南朝末之餘風？聶永華先生提出了不同的看法：

> 人們責難初唐宮廷詩，主要是認爲它沿襲了南朝宮體詩，「止乎袵席之間」、「思極閨闈之內」的淫褻詩風。……混淆了「宮體詩」與「宮廷詩」這兩個既有重疊又有區別的概念，同時也忽視了由浮艷的南朝「宮體詩」向初唐雅正的宮廷詩轉變的事實。……據筆者的統計，在現存初唐宮廷詩中，帶有「專以在昏淫的沉迷中作踐文字爲務」的「宮體詩」意味的詩作不足百首，「心中懷著鬼胎」而有色情暗示的更至多不過十數首……因此說初唐宮廷詩性情有待充實尚可，而認爲其沿襲了格調淫靡的宮體詩風乃至「詩之極衰」，顯然是並無充分依據的偏頗之論。〔註19〕

聶先生以爲從南朝宮體詩到初唐宮廷詩，對於文辭之講究雖然相同，然而在內涵格調上卻有「浮艷」與「雅正」的差別，格調淫靡的初唐宮廷詩亦未如想像中多。在魏徵、陳子昂等人的眼中，宮體詩乃最具萎靡性質之作品，這部分在初唐時雖未能完全洗盡，卻能夠鑑於前代之亡，或者是不滿於文學之風骨盡失，而能夠有所轉變，其重大的意義在於：唐代文風實已異於南朝之浮靡詩風，而有了根本性的調整。這種內涵上的調整，其中一個原因與重拾對儒教的重視不無關係。另一方面，唐代初期在見到宮體萎靡心生警惕的同時，尚能不因噎廢食，對「情」一概排斥，而能上溯至六朝緣情說，故能有不少抒發個人情感，卻不失雅正之作；再者，更能於六朝格律發展的基礎上，使詩歌形式更爲成熟圓融，本節即欲針對此種重視個人情感與藝術手法的文風加以論述。

關於唐代前期文學風氣未棄情采的部分，底下欲以唐太宗、魏徵、初唐四傑、陳子昂等人做爲說明：太宗與魏徵因鑑於前代之亡，而抱持著高度的自覺意識，欲以儒教來重整文風，這在上一節中已做過說明。儘管如此，卻未排斥六朝以來逐步發展的藝術手法以及正向的個人情感；相較於太宗、魏徵，四傑與陳子昂等人於文學上有更進一步的發展，他們雖曾出入宮廷，有若干宮廷詩作，更有不少宮廷之外

---

〔註19〕聶先生所言，主要是針對游國恩《中國文學史》、劉大杰《中國文學發展史》諸書對宮體詩的批評而發。詳見聶永華：《初唐宮廷詩風流變考論》（北京：中國社會科學出版社，2002年8月），頁11～12。

的作品，在充分表現改革文風的決心之際，卻又能巧妙融合前代情采的理論，從而爲盛唐詩歌的高度發展奠定基礎。

首先來看看唐太宗對文學的看法。誠如上述，太宗作爲鞏固唐代國基的前期君王，對於南朝萎靡文風不得不有所警戒，而有類似〈帝京篇序〉的創作，標明對儒家詩教的重拾。然而太宗對儒教之重視，並非一味地回歸漢儒傳統，而是能於儒教的政治考量外，仍留意六朝以來情采之蓬勃發展。關於這一點，太宗在《晉書・陸機傳論》中對陸氏兄弟的評論，可以視爲是其未棄情采的說明：

> 觀夫陸機、陸雲，實荊衡之杞梓，挺珪璋於秀實，馳英華於早年，風鑒澄爽，神情俊邁。文藻宏麗，獨步當時；言論慷慨，冠乎終古。高詞迴映，如朗月之懸光；疊意迴舒，若重巖之積秀。千條析理，則電坼霜開；一緒連文，則珠流璧合。其詞深而雅，其意博而顯，故足遠超枚馬，高躡王劉，百代文宗，一人而已。〔註20〕

單是由太宗親自爲陸氏作論觀之，即可見太宗對其人之重視，而陸氏兄弟足爲後人稱道者無他，主要即在其文學之成就。太宗的這段論述，可以明顯看出陸氏之作，主要有兩處成就其所以爲「百代文宗」：首先是文辭的部分，由「文藻宏麗」、「高詞迴映」、「一緒連文」等評論觀之，可見太宗對於辭藻的雕琢並未鄙棄，而是由衷欣賞這類雅麗的文采。其次，則是對於慷慨、含意博深內涵的重視，從「言論慷慨」、「意博而顯」、「千條析理」等描繪視之，即可明白。姑且不論太宗對陸氏的讚美是否過分誇大，然而可以確定的是，太宗並未排斥文學作品之富涵文采，其亟欲改革的，是導致縱欲的淫艷文學，也就是〈帝京篇序〉中所提到亂於大道的「從欲」思想。由此觀之，文學的發展很難不受前代積澱的影響，在革除弊端的同時，太宗對於六朝文學自覺的成果，仍有相當程度的沿襲。

至於魏徵對於文學的看法，可以《隋書・文學傳》中的論述作說明：

> 江左宮商發越，貴於清綺，河朔詞義貞剛，重乎氣質。氣質則理勝其詞，清綺則文過其意，理深者便於時用，文華者宜於詠歌，此其南北詞人得失之大較也。若能掇彼清音，簡茲累句，各去所短，合其兩長，則文質斌斌，盡善盡美矣。梁自大同之後，雅道淪缺，漸乖典則，爭馳新巧。簡文、湘東，啓其淫放，徐陵、庾信，分路揚鑣。其意淺而繁，其文匿而彩，詞尚輕險，情多哀思。格以延陵之聽，蓋亦亡國之音乎！周氏吞併梁、荊，此風扇於關右，狂簡斐然成俗，流宕忘反，無所取裁。……煬帝初習藝文，

---

〔註20〕唐・房玄齡等撰：《晉書・列傳第二十四・陸雲》，卷54，頁1487。《晉書》中宣帝（司馬懿）、武帝（司馬炎）二紀及陸機、王羲兩傳等四篇史論，爲唐太宗所撰。

有非輕側之論，暨乎即位，一變其風。其〈與越公書〉、〈建東都詔〉、〈冬
至受朝詩〉及〈擬飲馬長城窟〉，並存雅體，歸於典制。雖意在驕淫，而
詞無浮蕩，故當時綴文之士，遂得依而取正焉。所謂能言者未必能行，蓋
亦君子不以人廢言也。〔註21〕

這段引文可以分兩個部分加以論析。首先是「江左宮商發越……則文質斌斌，盡善
盡美矣。」該段道出理想的文學風氣，當是融合南北詞人的長處，達到文質彬彬，
可見對於「文」的部分魏徵並未忽略。其次，魏徵以為大同之後的文學風尚，不顧
「雅道」而只求「新巧」，造成詞輕意淺，終為亡國之音，此乃值得批評處。至於論
及隋煬帝時的文風，特別提到煬帝即位後「一變其風」，所變者乃革去「輕側之論」，
使「詞無浮蕩」，恰與上一段提及「亡國之音」的論述可相互映照，可見魏徵本身並
不反對辭采，然而若有浮艷之意存在其中，才是不容接受的。不可否認地，魏徵確
實頗為注重雅正的風格，卻不因此而走質木無文的極端，在他的眼中，只要是以雅
道為基礎，即不排斥文采的追求。像這一類的情形，從魏徵對江淹、沈約〔註22〕、
王褒、庾信〔註23〕等前代文人的評語，亦足見其未廢文采，也唯有內容形式兼顧，
方合「文質彬彬」之理想。

對於唐太宗、魏徵等人的文學觀念，羅宗強先生即以為：

（唐太宗與魏徵等人）反對淫麗文風，是反對用文學於縱欲，只是在
這個界限之內，他們才十分重視淫麗文風的為害。重視文學的藝術特徵，
是重視它的感情特點，重視它已經發展起來的包括聲律、辭采等表現手
段。〔註24〕

可見在太宗一代，對於不往淫麗風氣發展的文學藝術，仍有相當程度的重視，許連
軍先生亦提出類似的看法：「他們反對的是與縱欲生活相聯繫的綺艷文學，而不是反
對文學本身的藝術特點。」〔註25〕足見唐代初期對於六朝逐步建立的文學技巧以及
個人情感的重視，並未因儒教倫理道德觀念的回歸而加以摒棄。

〔註21〕唐·魏徵等撰：《隋書·列傳第四十一》，卷76，頁1730。
〔註22〕《隋書·列傳第四十一·文學傳序》（卷76，頁1730）肯定江淹、沈約、任昉等人：
「縟綵鬱於雲霞，逸響振於金石，英華秀發，波瀾浩蕩，筆有餘力，詞無竭源。」
〔註23〕《周書·王褒庾信傳論》：「其調也尚遠，其旨也在深，其理也貴當，其辭也欲巧。
然後瑩金璧，播芝蘭，文質因其宜，繁約適其變，權衡輕重，斟酌古今，和而能壯，
麗而能典，煥乎若五色之成章，紛乎猶八音之繁會。」語見唐·令狐德棻等撰：《周
書·列傳第三十三·王褒庾信》（北京：中華書局，1997年3月），卷41，頁745。
〔註24〕羅宗強：〈唐代文學思想發展中的幾個理論問題〉，《因緣集——羅宗強自選集》（天
津：南開大學出版社，2004年10月），頁193。
〔註25〕陳伯海等著：《唐詩學史稿》（石家莊：河北人民出版社，2004年5月），頁47。

相較於太宗與魏徵等人，或許因爲與宮廷間有更大的距離，初唐四傑於情意、文采上的革新，相對而言是更具備活力與拓展性的。這四人固然有個別差異，然而此處重點在觀察唐代前期文風的整體趨勢，因此對初唐四傑的探討，亦採取整體性的關照方式，至於四人個別獨特處，將不在此一一細論。

關於唐代前期的文風，楊炯在《王勃集‧序》中提出以下的看法：

> 嘗以龍朔初載，文場變體，爭搆纖微，競爲雕刻。糅之金玉龍鳳，辭之朱紫青黃，影帶以徇其功，假對以稱其美，骨氣都盡，剛健不聞。思革其弊，用光志業。……動搖文律，宮商有奔命之勞；沃蕩詞源，河海無息肩之地。以茲偉鑒，取其雄伯，壯而不虛，剛而能潤，雕而不碎，按而彌堅。大則用之以時，小則施之有序。徒縱橫以取勢，非鼓怒以爲資，長風一振，眾萌自偃。遂使繁綜淺術，無藩籬之固；紛繪小才，失金湯之險。積年綺碎，一朝清廓，翰苑豁如，詞林增峻。〔註26〕

這段話可以區分爲兩個部分觀之，第一部分爲「嘗以龍朔初載……思革其弊，用光志業。」所謂「文場變體」者，指的是龍朔年間的上官體，楊炯對於「爭搆纖微」、「假對以稱其美」等傾盡心力於形式雕琢，而不見剛健骨氣的文風，明白表示不能認同。至於第二部分，則是「動搖文律」以降，此乃楊炯對於王勃作品的評論，由此亦可看出楊炯對於作品優劣與否的衡量標準：聲律、詞采等藝術修辭，若能「雕而不碎」，其實並無需排斥，重點在於作品當具備內涵，或者開闊，或者清新。要之，文采需有情感融涉其中，如此才能稱得上是佳作。

對於文學風氣有如此期許，很大的原因是來自對於六朝文風之反思，試觀以下三段論述：

> 夫文章之道，自古稱難。聖人以開物成務，君子以立言見志。遺雅背訓，孟子不爲。……自微言既絕，斯文不振……雖沈謝爭驁，適足兆齊梁之危；徐庾並馳，不能止周陳之禍。〔註27〕（王勃〈上吏部裴侍郎啓〉）

> 弘茲雅奏，抑彼淫哇；澄五際之原，救四始之弊。〔註28〕（駱賓王〈和閨情詩啓〉）

> 曹子建皓首爲期，離合俱傷；陸平叔終身流恨，超然若此。適可操刀，

---

〔註26〕周紹良總主編：《全唐文新編‧楊炯二》（長春：吉林文史出版社，2000年12月），卷191，頁2195～2196。

〔註27〕同前註，《全唐文新編‧王勃四》，卷180，頁2087。

〔註28〕宋‧李昉等奉敕編：《文苑英華》（臺北：大化書局，1990年，據明閩本重編影印），卷656，頁1537。

自茲已降，徒勞舉斧。八病爰起，沈隱侯永作拘因；四聲未分，梁武帝長
為聲俗。後生莫曉，更恨文律煩苛，知音者稀。常恐詞林交喪，雅頌不作，
則後死者焉得而聞乎！〔註29〕（盧照鄰〈南陽公集序〉）

王、駱、盧等人的論述，可以明顯看出對於六朝，特別是南朝作品所提出的批評。
概括來說，淫哇驕奢、徒具文律等藝術形式的作品，實乃「詞林交喪」、「遺雅背訓」
的表徵，面對此但見形式，而無內涵可言的情形，當以「弘茲雅奏」，重振微言作為
因應之道。

　　初唐四傑在文學主張中，將文學的理想提至雅頌的高度，似乎其對於文學作品
的要求，必須是符合儒家詩教，有裨於政治教化；然而若具體觀察四傑之詩作，卻
不盡然符合這樣的標準，倒是題材、面向相對於宮體詩作寬闊許多，於感情的表現
上往往具備奮發的生命力，這其中隱然可見四傑力圖以表現個人真摯情意的方式來
洗盡南朝之鉛華，這一點就初唐文風的建立是有積極意義的。

　　試觀王勃之〈滕王閣〉：

滕王高閣臨江渚，佩玉鳴鸞罷歌舞。畫棟朝飛南浦雲，珠簾暮捲西山
雨。閒雲潭影日悠悠，物換星移幾度秋。閣中帝子今何在，檻外長江空自
流。〔註30〕

乍看之下該詩前半段予人歌舞昇平的華麗意象，似乎殘留著宮體詩之氣息，然而
由「珠簾」此人文表徵巧妙地滑向「西山雨」的自然景觀，順勢帶出「閒雲潭影
日悠悠」，復於此清雅的景致中導向時間的流逝，相映於空間上不變的長江橫流，
一股淡淡的無奈情懷即於此展現；就內涵而言，此明顯已非宮體浮豔之格調。至
於形式方面，該詩在對偶的運用、鍊字的留意上亦顯得圓潤流轉，隱隱然可以窺
見南朝文風的影響，卻能於承轉中透露出自然清新的氣息，唐代恢弘開闊的氣象
實於此悄然奠基。

　　至於盧照鄰的〈長安古意〉：「長安大道連狹斜，青牛白馬七香車。玉輦縱橫過
主第，金鞭絡繹向侯家。龍銜寶蓋承朝日，鳳吐流蘇帶晚霞。」〔註31〕由此描繪中
可見長安京城之繁華，對於奢麗的極盡描繪，恐有陷入浮泛之虞。然而詩人卻能於
其中轉出「別有豪華稱將相，轉日回天不相讓」的豪氣干雲，復於「昔時金階白玉
堂，即今惟見青松在」的物換星移中，帶出滄海桑田之慨，末以「獨有南山桂花發，
飛來飛去襲人裾」作結，看似什麼都沒說，卻蘊含了無限悵惘之情，而予人餘韻綿

---

〔註29〕周紹良總主編：《全唐文新編・盧照鄰一》，卷166，頁1930～1931。
〔註30〕《全唐詩・王勃一》，卷55，頁673。
〔註31〕《全唐詩・盧照鄰一》，卷41，頁518～519。

繞之感。整體而言，〈長安古意〉不論於內涵的情意傳達，或者是形式的精鍊，都有
值得稱許之表現。

　　四傑類似這樣的作品實不勝枚舉，像是駱賓王〈詠塵灰〉、〈秋螢〉、〈秋雁〉、〈秋
蟬〉……等詠物之作，較宮體詩描繪佳人之作多了更多的興發感動；而盧照鄰〈初夏
日幽莊〉、〈春晚山莊率題二首〉，則呈現出淡雅之情；再如楊炯〈從軍行〉，則是明確
表達出邊塞豪情。駱祥發先生曾針對初唐四傑作深入的研究，他以為駱賓王之作「一
路歌唱總是情」，盧照鄰「為命運而悲號」莫不是緣情而發，王勃則是「詩隨心發，
辭麗情眞」，楊炯雖掙扎於宮廷詩的圈子裡，卻還有不少「眞切抒情」之作〔註32〕。
要之，初唐四傑的作品，在內涵上是頗重視個人情感之表達。

　　至於文藝形式上，《詩藪》評盧、駱的七言歌行：「一變而精華瀏亮，抑揚起伏，
悉協宮商，開合轉換，咸中肯綮。」〔註33〕而章培恒、駱玉明先生則以為「王、楊
較之盧、駱，詩歌語言更趨明淨凝煉，由工密趨於流宕，六朝以來繁縟綺藻的流調
已得到進一步的洗削。」〔註34〕可見致力於情感興發之際，四傑亦著意於文學技巧
的流暢圓融，雖是「時帶六朝錦色」〔註35〕，卻能恰當結合形式與情感，而非徒具
表象之華麗。

　　唐代前期的詩歌變革，陳子昂則是其中不能忽略的關鍵人物。其對文學的重要
觀點，主要表現在〈與東方左史虬修竹篇·序〉中：

　　　　文章道弊，五百年矣！漢魏風骨，晉宋莫傳，然而文獻有可徵者。僕
　　　嘗暇時觀齊梁間詩，彩麗競繁，而興寄都絕，每以永歎，思古人，常恐邅
　　　逶頹靡，風雅不作，以耿耿也。一昨於解三處，見明公〈詠孤桐篇〉，骨
　　　氣端翔，音情頓挫，光英朗練，有金石聲，遂用洗心飾視，發揮幽鬱。不
　　　圖正始之音，復觀於茲，可使建安作者，相視而笑。〔註36〕

在陳子昂眼中，「風骨」乃其評斷作品優劣的一個重要指標，作品必須能夠「發揮
幽鬱」，有所興發寄託，方合於所謂的文章之道。符合此標準者，除了建安、正始
之作，〈詠孤桐篇〉也因具備「骨氣」，故得到陳氏頗高的評價。事實上，〈與東方
左史虬修竹篇〉的內涵正是秉持著此概念之創作，「春木有榮歇，此節無凋零。始

---

〔註32〕駱祥發：《初唐四傑研究》（北京：東方出版社，1993年9月）。
〔註33〕明·胡應麟：《詩藪·內編·古體下 七言》（上海：上海古籍出版社，1979年11月），
　　　卷3，頁46。
〔註34〕章培恒、駱玉明：《中國文學史 中》（上海：復旦大學出版社，2003年7月），頁33。
〔註35〕明·陸時雍：《詩鏡總論》，收入丁福保輯《歷代詩話續編 下》（北京：中華書局，
　　　2001年8月），頁1411。
〔註36〕清康熙四十五年敕編：《全唐詩·陳子昂一》，卷83，頁895～896。

願與金石，終古保堅貞」所詠者乃修竹，卻明顯可以看見詩人本身的氣節。齊梁
詩作正因徒具彩麗，「透迤頹靡」，而遭到後人多方的批評。陳氏高倡風骨、興寄，
就消極面而言，有擺脫齊梁浮靡詩風的意思存在其中；就積極面而論，強調詩作
當言之有物、具備氣韻，這對唐代建立屬於該時代特有的詩風，當有正向影響。

在理論與實際創作之間，陳氏身上有著同調的表現，茲以《感遇》爲例：

> 蘭若生春夏，芊蔚何青青！幽獨空林色，朱蕤冒紫莖。

> 遲遲白日晚，嫋嫋秋風生。歲華盡搖落，芳意竟何成？（之二）〔註37〕

> 微霜知歲晏，斧柯始青青。況乃金天夕，浩露沾群英。

> 登山望宇宙，白日已西暝。雲海方蕩漾，孤鱗安得寧。（之廿二）〔註38〕

《感遇‧之二》表面言蘭若，實則有詩人自身的投影存在其中。虛度時光終致無
所成就，正如幽獨之香草，在遭受冷落之際，除了空嘆年歲將盡，又能做什麼期
待？至於下一首詩，所繪雖爲日落之景，卻在「登山望宇宙」中，展現出浩蕩的
氣勢。《感遇》這一組詩，單由詩題觀察，即可知其多「興寄」之作，由上述二例，
亦可見陳氏之詩，頗爲注重眞摯情懷的吐露，而其個人的獨特風韻，也因此得以
展現。

《新唐書‧陳子昂傳》以爲：「唐興，文章承徐、庾餘風，天下祖尚，子昂始變
雅正」〔註39〕所言固然不錯，卻有可以再稍作商討處：「唐興，文章承徐、庾餘風」
此乃對初唐時期文風的粗略概括，然而若由太宗這樣一路觀察下來，其積極展現出
不同於徐、庾詩風者，亦當爲值得留意之面向。陳子昂於文學史中之特殊貢獻固然
有其不容否認的價值，然而四傑等人於此之前的筆路藍縷，卻是我們觀察這一段文
風所應一併留意的。

從太宗、魏徵、四傑、陳子昂一路觀察下來，儘管在受到宮體詩影響之深淺、
擺脫宮體詩所採取的因應方式上或有所差異〔註40〕，然而誠如羅宗強先生所言，
在初唐這個階段，「從感情到詞采，都對南朝文學加以淨化。是淨化、汲收和發展，

---

〔註37〕同前註，頁 890。
〔註38〕同前註，頁 893。
〔註39〕宋‧歐陽修，宋祁撰：《新唐書，列傳第三十二，陳子昂》，卷 107，頁 4078。
〔註40〕雖然於上文的論述中，太宗與魏徵並未忽略情采的部分，然而其「矯治」宮體詩的
方式，主要還是以詩教的提倡爲主。至於四傑，或倡儒家風雅，或贊建安詩歌，以
此作爲革新文風的工具。而陳子昂的部分，則如宇文所安所言：「建安及魏詩歌的模
式後來成爲唐代詩歌擺脫宮廷詩束縛的主要工具之一。」（《初唐詩》（北京：三聯書
店，2004 年 12 月），頁 24～25。）暫不論各自的成效如何，於革除宮體詩陋習的用
心卻是一致的。

是揚棄，而不是否定一切。」〔註41〕也就因爲能於傳承中有所變革，方能成就詩國之高潮。

　　此外，從唐代初期詩歌總集〔註42〕與類書〔註43〕的大量編纂，都可窺見該時期文學盛行的狀況。五臣注出現有一個很重要的原因，固然在某種程度上是有鑑於李善注於疏通文意上之不足，然而在其從事注釋工作期間的文壇傾向，甚至是從事注釋工作稍早之前整體的文學風氣，都應是探討五臣注特色可以納入考慮之因素。從太宗、魏徵之未棄情采，初唐四傑對於個人抒情的重視、藝術手法之更趨圓熟，到陳子昂高舉興寄的旗幟，重視文采、著意情感表達的文學氛圍實昭然可見。這對五臣注中比興情意面的揭露以及藝術技巧的說明，雖然不見得有直接的關係，然而處於時代風尚的強烈潮流中，五臣注很難不受這個大環境影響。這也是本文何以不憚其煩地說明唐代前期文學風潮的主要原因。

## 第四節　唐代科舉取材標準之雙重性

　　關於科舉的施行，終唐一朝只有明經、進士兩者爲常科，其中又以進士科錄取人數少，應試科目又具備較大的難度〔註44〕，一旦考取，更能展現考生的實力，因此遠較明經科受到重視。《新唐書・選舉志》即明言：「大抵眾科之目，進士尤爲貴，其得人亦最盛焉。」〔註45〕關於進士科具體的考試科目，以及何時訂定這些考科的詳細情形，以下有兩筆資料可供參考：

　　　　貞觀八年（634），詔加進士試讀經史一部。調露二年（680），考功員
　　　外郎劉思立始奏二科，並加帖經，其後又加《老子》、《孝經》，使兼通之。
　　　永隆二年（681），詔明經帖十得六，進士試文兩篇，通文律者，然後試策。
　　　（《通典卷十五・選舉三・歷代制下》之「大唐」條）〔註46〕

〔註41〕羅宗強：〈唐代文學思想發展中的幾個理論問題〉，頁 197。
〔註42〕根據《新唐書・藝文志》（卷 60，頁 1621～1622。）的記載，例如《文館辭林》、《麗正文苑》、《芳林要覽》、《續古今詩苑英華》、《古今類聚詩苑》、《古今詩類聚》、《歌錄集》、《珠英學士集》……等，都是這一階段中出現之詩歌總集。
〔註43〕例如《文思博要》、《北堂書鈔》……等，即是出現於唐代前期的類書。
〔註44〕明經科只是單純地背誦經傳，較缺乏靈活度。相較之下，進士科中像是試雜文，較能展現個人之才華、看法，欲有出色之表現，顯然是比較困難的。
〔註45〕宋・歐陽修，宋祁撰：《新唐書，志第三十四，選舉志上》，卷 44，頁 1166。
〔註46〕唐・杜佑撰：《通典卷十五・選舉三》，收於《欽定四庫全書薈要卷九千一百三十三・史部》（臺北：世界書局，1986 年），第 138 冊，頁 224 之 164。

　　調露二年（680）四月，劉思立除考功員外郎。先時，進士但試策而已，

　　思立以其庸淺，奏請帖經，及試雜文，自後，因以爲常式。〔註47〕

這裡有兩點值得加以說明：首先，是關於進士科中具體的應考科目。調露二年之後，即以策、經、雜文三項爲常式。進士科向來予人特重文辭的概念，而考試科目中又以「雜文」與文辭的關係最爲密切，學者們論述進士科時也往往以此爲焦點。然而《通典》與《唐會要》的記載，卻提醒我們：特重文辭固然是進士科在唐代一個重要的發展趨勢，但不意味著準備進士科的考生只專攻雜文一項，對於經、策亦須有一定程度的了解〔註48〕。也就是說，考生必須策、經、雜文三科同時兼顧。三個科目看似獨立而不相關，實則若以考生本身爲主體作考量，既然要同時準備這三個科目，三者之間恐怕不能夠截然劃分。舉例而言，背誦之經文內容或許可用於時務策中；雜文對於辭彩的重視，亦有運用於策之可能；進士科所考「經」的部分，雖然僅是死板的「帖經」〔註49〕，甚至可以不須理解只要背誦，然而經學對考生潛移默化的結果，雜文創作中或有出現經學思維的可能。這麼說來，對於必須同時準備三個科目的考生而言，其整體思考方式恐怕是很難將此三者明白劃分的。這一點若由學校教育方面觀之，亦可作爲以上看法之輔證：「隋唐時期不論官學與私學都是以傳授儒家的經典爲主，但亦有傳授諸子學以及《文選》學的。」〔註50〕考試內涵既要求策、經、雜文三者同時兼顧，讀書人同時學習儒家經典與《文選》學者，當具備一定的比例才是。

　　以上乃就學子準備科考的角度而言。那麼，官方對於這些科目的要求又有什麼樣的傾向？先就「策」的部分論之，從《封氏聞見記》〔註51〕所記載的資料可以看出，試策對於文辭的部分，實有一定程度的重視：

　　貞觀二十年（646），王師旦爲員外郎，冀州進士張昌齡、王瑾並文詞

〔註47〕宋·王溥著：《唐會要·貢舉中·進士》，卷76，頁1379。

〔註48〕《封氏聞見記》貢舉條：「舉司多有聱牙孤絕倒拔筑注之目。文士多于經不精，至有白首舉場者，故進士以帖經爲大厄。天寶初，達奚珣、李嚴相次知貢舉，進士文名高而帖落者，時謂試詩放過，謂之贖帖。」（唐·封演撰，李成甲校點：《封氏聞見記》（瀋陽：遼寧教育出版社，1998年3月，據清乾隆盧見刊刻點校），卷3，頁9。）後來天寶初年雖然發展出「作詩贖帖」的折衷方案，經與文之間明顯有消長的情形，然而至少在天寶元年（742）以前，進士仍爲帖經、雜文並試。既然本節的重點在探討五臣注何以會表現出詩教（經學）與情意（文學）交雜的比興思維，因此對於五臣獻注之後，進士科中文學的部分如何在科考中佔有的關鍵地位，暫且置之不論。

〔註49〕《通典·選舉三》：「帖經者，以所習經掩其兩端，中間開唯一行，裁紙爲帖，凡帖三字，隨時增損，可否不一，或得四得五得六爲通」（頁224之164。）

〔註50〕徐連達：《唐朝文化史》（上海：復旦大學出版社，2004年6月），頁278。

〔註51〕唐·封演撰，李成甲校點：《封氏聞見記·貢舉》，卷3，頁8。

俊楚，聲振京邑，師旦考其文策爲下等，舉朝不知所以。及奏等，太宗怪
無昌齡等名，問師旦。師旦曰：「此輩誠有詞華，然其體輕薄，文章浮艷，
必不成令器。臣擢之，恐後生仿效，有變陛下風俗。」上深然之。

此段論述乍看之下似乎頗重「策」之內涵，然而若由進士落第，「舉朝不知所以」、
「太宗怪無昌齡等名」等反應觀之，可見在那個時期中，「詞華」似乎是評量「策」
優劣與否一個頗爲重要的標準。此外，《文苑英華》卷四九九、五〇二記載了貞觀
元年（627）進士科的兩道策問，這年進士及第者有上官儀，由其今日保留下來的
作品觀之〔註52〕，其中堆砌詞藻的狀況是很明顯的。整體科考或有追求辭華之傾
向，這樣的情形並非特例，根據傅璇琮先生的觀察：「從唐開國起，有六十年的光
景，進士考試是只考策文的。……唐初進士科試策文，注重的還不過是文辭的工
麗和精巧。」〔註53〕俞鋼先生亦以爲在永隆年間以前，時務策明顯有「追求華麗
辭藻的文學傾向」〔註54〕。可見試策的目的雖是爲了考察學子對於時務的看法，
卻已摻入對文辭的重視，就策本身而言，已不光是考核時務的部分而已。

　　同樣地，儒家經典對於雜文，亦存有某種程度的影響。宋人葉夢得曾言：「唐禮
部試，詩賦題不皆有所出，或自以意爲之」〔註55〕，傅璇琮先生即以爲「這所謂『不
皆有所出』的『出』，即是指儒家的經書」〔註56〕傅先生將「出」的具體內涵限定
爲儒家經書，或可將範圍放寬爲前代典籍，然而若據《文苑英華》、《唐代墓志匯
編》……等資料的記載觀之〔註57〕，唐代詩賦的命題確實還有一定的比例是出自儒
家經書者，而這些部分多與政治寄託、美刺教化有所關聯。這麼看來，雜文的考試
確實還是有經儒的思想夾雜其中。

　　綜合考生本身在準備考科時須同時兼顧三者，再配合進士科的具體要求與考題

---

〔註52〕貞觀元年（627）保留至今的策題之一爲〈求賢〉，上官儀應對的內涵如下：「鳳德方
　　　　亨，必資英輔；龍光未聘，實俟明君。既藏器以須時，亦虛襟而待物，莫不理符靈
　　　　應，道叶冥通，類霜降而鍾鳴，同雲蒸而礎潤。」（收於宋·李昉等奉敕編：《文苑
　　　　英華》（臺北：華文書局，1965年），卷502，頁3084。）上引乃「對」之開頭數語，
　　　　卻已足見其駢麗之形式。
〔註53〕傅璇琮：《唐代科舉與文學》（西安：陝西人民出版社，2003年5月），頁406。
〔註54〕俞鋼：《唐代文言小說與科舉制度》（上海：上海古籍出版社，2004年7月），頁91。
〔註55〕宋·葉夢得撰，宇文紹奕考異：《石林燕語》（北京：中華書局，1997年12月），卷
　　　　8，頁113。
〔註56〕傅璇琮：《唐代科舉與文學》，頁179。
〔註57〕根據傅璇琮先生的考證，〈朝野多歡□〉、〈君臣同德賦〉爲唐代詩賦試題之最早記載。
　　　　上述二題，可以發現「朝野多歡娛」所言，乃朝廷與民間同歡，表現出在上位者與
　　　　居下位者之間的和諧情形。至於「君臣同德」，更是明顯有政治教化的意味涵蓋其中。
　　　　因此就該二題觀察，實可於詩賦題中感受到儒家政治教化的意味。

趨勢，五臣注在善注完成不到六十年，即以全然不同的體例重注《文選》，而《文選》又是進士科的重要參考書籍，那麼上述這些情形對五臣注恐難毫無影響。五臣注比興思維何以會出現政治寄託面、對於作品的文采修辭何以多所揭示，像上述這些時代因素當有納入考量的必要。

在本小節一開頭所引用《通典》與《唐會要》兩筆資料，尚有一點值得注意，就是進士科以時務策、帖經、雜文為常式的時間點——調露二年（680）〔註58〕。李善獻注是在高宗顯慶三年（658），五臣則是於玄宗開元六年（718）。在李善與五臣獻注的這段期間裡，進士科考有何決策性的變化，或可作為造就善注與五臣注間差異的參考因素。文學受到重視的程度因試雜文而有進一步的拓展，雜文中對於格律韻腳有一定的規範，復重視辭采，而試雜文的時間點正好出現在李善獻注之後、五臣獻注之前（680）；至於經學發展的部分：李善所處的時代氛圍，經學風氣持續瀰漫〔註59〕，而五臣注撰寫的時代背景，帖經既為調露二年（680）後的常式之一，儒家經典的學習也一直縣延不絕，其內涵多以有裨政治、提倡教化為主，所以時代風氣自然還是雜有經學的成分。這麼看來，五臣注較善注對作品修辭有大量揭示、並在比興中夾雜政治寄託的思維，或許與進士科詩賦取士又以帖經為常式的科考決策所發生的時間點（680），是介於兩者獻注之間有所關聯。

以下將針對進士科中文學與經學的部分個別作觀察，探討其與五臣注間之可能關係。

## 一、文采辭章之重視

承上所述，進士科決定試雜文，乃唐代看重文學的一個指標。然而雜文的具體內涵並非一開始就專試詩賦，而是有一漸進的發展過程。據《唐五代文學編年史》的考證，「約本年春（唐高宗調露元年，即西元679年），梁嶼及第，試雜文〈朝野多歡□〉、〈君臣同德賦〉。此為唐代詩賦試題之最早記載」〔註60〕所考如下：

> 《唐代墓誌匯編》開元三六三《梁嶼墓誌》：「明《穀梁傳》，入太學。
> 逮乎冠稔，博通經史，諸所著述，眾把清奇。制試雜文〈朝野多歡□〉〈君
> 臣同德賦〉及第，編在史館。」據誌，梁嶼開元二十年卒，年七十三，本

---

〔註58〕按：調露二年即永隆元年。
〔註59〕太宗一代如何尊經崇儒，已於本章之第二節中有詳細的說明。另一方面，《五經正義》由貞觀十四年（640）奉命編纂到永徽四年（653）書成，與李善獻注（658）前之纂寫時段是頗為接近的。
〔註60〕陶敏、傅璇琮：《唐五代文學編年史 初盛唐卷》（瀋陽：遼海出版社，1998年12月），頁256。

年二十歲。此爲唐代詩賦試題之最早記載。《文選》張協〈詠史〉：「昔在兩京時，朝野多歡娛。」此即以《文選》中句爲題。按《登科記考》云本年不貢舉。墓誌所載試雜文之年不一定即在二十歲，或在本年後數年間。〔註61〕

另一方面，孟二冬先生在《登科記考》中的補正也提到，梁嶼於高宗調露元年（679）「應制及第」〔註62〕，「舉進士及第在永隆二年（681）」〔註63〕，此與《唐五代文學編年史》的考證大體一致。要之，在高宗調露年間已有詩賦試題之記載。

然而並非在初試雜文之際，即以詩賦爲其固定的測試題材。據《唐摭言》的記載：「至神龍元年（705）方行三場試，故常列詩賦題目於榜中矣」〔註64〕至於「雜文之專用詩、賦，當在天寶之季」〔註65〕由此可見，從始試雜文（680）到五臣獻注（718）這段期間，詩賦雖然不是在一開始就專用於雜文，卻可明顯見到其重要性逐步加深的狀況。

唐代取士對情采辭章之重視，傅璇琮先生已有所歸納：「在武后時，進士試雖還不是以詩賦爲主，但對於進士的選拔，文辭已經占有很重要的地位，文辭不佳，即使門第高，也不予錄取。」〔註66〕進士試未以詩賦爲主即已頗重文辭，那麼以詩賦爲主之後，更可見對文辭之重視。

另一方面，留意唐朝的制科名目的實際狀態，亦可見情采辭章日受重視的情形。據《登科記考》〔註67〕中的記載，從唐代開國（618）到五臣獻注（718）這段期間，制科名目與情采辭章相關的具體名稱與出現的時間點如下：遊情文藻，下筆成章科（650）、詞殫文律科（676）、文學優贍科（676）、下筆成章科（677）、詞標文苑科（684、688、690）、蓄文藻之思科（690）、文藝優長科（696、709）、手筆俊拔科（705、714）、文以經國科（711）、文可以經邦科（712）、藻思清華科（712）、手筆俊拔，超越流輩科（712、713）、文藻宏麗科（714）、博學宏詞科（717）、文史兼優科（717）。

---

〔註61〕同前註，頁256。
〔註62〕清·徐松撰，孟二冬補正：《登科記考補正》（北京：北京燕山出版社，2003年7月），頁82。
〔註63〕同前註，頁86。
〔註64〕五代·王定保撰，姜漢椿校注：《唐摭言校注》（上海：上海社會科學院出版社，2003年1月），頁20。
〔註65〕清·徐松撰，孟二冬補正：《登科記考補正》，頁85。
〔註66〕傅璇琮：《唐代科舉與文學》，頁419。
〔註67〕清·徐松撰，孟二冬補正：《登科記考補正》，頁1～223。除了遊情文藻、下筆成章科（650）、詞標文苑科（690）、手筆俊拔科（705）、手筆俊拔，超越流輩科（713）、文藻宏麗科（714）爲孟二冬補正，餘皆徐松考據之結果。

由以上列舉，可以發現在李善獻注之前，出現與文采辭章相關的名目只有一項，在這之後到五臣獻注之前，與文學相關的制科名目則大量出現，特別是在進士試雜文（680）之後，這類名目出現的密度遠比之前爲高。由此可見五臣注從醞釀到完成的這個階段，整體科舉考試對文學的重視情況確實是較善注撰寫時期來得強烈。

除此之外，進士行卷作爲科舉考試中的一環，亦有於此觀察之必要。行卷的風氣確切始於何時，文獻上並沒有明確的記載，然而程千帆先生對此卻有一大致的推斷：

> 今傳行卷故事見於唐人小說、雜記的，絕大多數出於中、晚唐。但這種風尚的興起則必然在永隆二年進士加試雜文成爲制度以後，安、史之亂以前。薛用弱《集異記》所敍王維借岐王的力量行卷於公主事，顯然不足據信，但這種依托，卻不失爲唐人認爲行卷之風出現較早的旁證。〔註68〕

程先生將進士行卷興起的時間定於永隆二年（681）與安史之亂（756）間，這段時期雖與五臣獻注之前的時間點（681～718）不盡然完全重疊，然而行卷風氣的產生到盛行當亦有一段較長時期的發展與醞釀，因此以此推論行卷之風對五臣注的影響，應具備一定程度的合理性才是。現存行卷之作，多爲考生平日佳作之集結，佳作者，除了顧及文采之美外，內涵的豐富性亦當爲作品之所以爲「佳」的重要考量。唐代整體文學風氣頗爲重視情感興發，這在本章第三節中已經論及，如此風氣亦當瀰漫於行卷之作中。

綜合以上的說明，須在此稍作辨析與統整的是：由試雜文、制科名目以及進士行卷的觀察，可以發現唐代取士對藝術形式的重視恐怕還是勝過情思的部分，因此整體而言，若唐代科考對五臣注注解趨勢有所影響，主要應該在五臣注中揭示藝術手法的部分；至於造成注中比興思維情意面產生之因，唐代初期整體文風特別著意情感興發的狀況〔註69〕，恐怕才是促使五臣注情意面出現較爲主要的時代因素。

## 二、經學能力之涵養

上一小段的討論中，提到科舉、特別是進士科對文采辭章的日漸重視。然而這並不意味著進士科只重雜文，對於帖經的部分，仍有一定程度的留意。關於這一點，《新唐書》與《唐會要》有如下的說明：

> 太宗即位，益崇儒術。乃於門下別置弘文館，又增置書、律學，進士加讀經、史一部。〔註70〕

---

〔註68〕 程千帆：《唐代進士行卷與文學》（石家莊：河北教育出版社，2000年），頁13。

〔註69〕 即本章第三節的部分。

〔註70〕 宋・歐陽修、宋祁撰：《新唐書・志第三十四・選舉志上》，卷44，頁1163。

調露二年（680）四月，劉思立除考功員外郎。先時，進士但試策而
已，思立以其庸淺，奏請帖經，及試雜文，自後，因以為常式。〔註71〕
據《通典》的記載，唐太宗下詔進士加讀經、史一部的時間是貞觀八年（634）〔註72〕；
而《唐會要》這筆資料已如前引，可見進士科再如何重視文采辭章，亦得顧及帖經的
部分。皮錫瑞先生即言：「自《正義》，《定本》頒之國胄，用以取士，天下奉為圭臬。
唐至宋初數百年，士子皆謹守官書，莫敢異議矣。」〔註73〕鄧國光先生亦道：「唐高
宗永徽四年（653）令孔疏為科舉帖經的準式，《正義》遂成為天下士人的必讀典籍，
廣泛流傳，唐代文學空前繁榮，作者輩出，絕大部分都身歷科舉洗禮；由此而言，唐
代作家必經孔疏的浸潤。」〔註74〕可見文學在唐代大為盛行固然是不容忽視的事實，
然而就進士科而言，帖經的潛移默化亦未曾中斷過。

另一方面，若就時間點考量，上述兩筆資料一在李善獻注之前，一在獻注之後，
表面上看起來，經學之影響是縣延不絕的，不論是在李善或者五臣注的撰寫期間，
經學在進士科裡所扮演的角色，並沒有太大的變化；然而值得留意的是，在太宗貞
觀八年（634）至調露二年（680）這段期間，官方對經之要求不過是「加讀」，並未
正式納入考試，待調露二年帖經，儘管在進士科中受重視的情形不若雜文，卻因成
為科考常式的一部分，相對於「加讀」而言，官方對此有了更強制性的要求。

進士考生當對經學的部分有所留意，進士科考試的順序也是可以留意的資料。
據《通典》「歷代制下・大唐」條：

> 進士所試一大經及《爾雅》舊制帖一小經并注，開元二十五年改帖大
> 經，其《爾雅》亦并帖注，帖既通，而後試文詩賦各一篇，文通而後試策，
> 凡五條，三試皆通者為第。〔註75〕

由上述材料可以發現，進士科考試的順序為先帖經，帖經通過方得試詩賦，最後才是
試策。若配合前面的論述，提到詩賦在進士科中日漸受到重視，卻非擺在第一試，反
倒是以帖經為進士科之首試，可見帖經乃是對學子能力的初步把關；也就是說，在進
士科中雖以雜文最受重視，然而經學卻是考生當具備之基本能力，唯有通過此試，方
得試雜文。儘管科舉制度發展到天寶初年，已出現作詩贖帖的情形，但是至少在這之
前，考生所該擁有的能力，不只是擅於文辭，基本的經學修養，還是得具備的。

〔註71〕宋・王溥著：《唐會要・貢舉中・進士》，卷76，頁1379。
〔註72〕唐・杜佑撰：《通典卷十五・選舉三》，頁224之164。
〔註73〕皮錫瑞：《經學歷史》，頁222～223。
〔註74〕鄧國光：〈唐代詩論抉原：孔穎達詩學〉，《文原》（澳門：澳門大學出版中心，1997
　　　　年），頁135。
〔註75〕唐・杜佑撰：《通典卷十五・選舉三》，頁224之165。

除此之外，由《通典》的這段資料尚可得知：在開元二十五年（737）以前進士科考試爲帖一小經。據《新唐書・選舉志》載：「凡《禮記》、《春秋左氏傳》爲大經，《詩》、《周禮》、《儀禮》爲中經，《易》、《尚書》、《春秋公羊傳》、《穀梁傳》爲小經。」〔註76〕可見在五臣獻注之前，進士科帖經的對象爲《易》、《尚書》、《春秋公羊傳》、《穀梁傳》四者擇一。這些小經的主要內涵與致用性質，大致如下所列：

> 夫《書》者，人君辭誥之典，右史記言之策。古之王者事總萬機，發號出令，義非一揆：或設教以馭下，或展禮以事上，或宣威以肅震曜，或敷和而散風雨，得之則百度惟貞，失之則千里斯謬。樞機之發，榮辱之主，絲綸之動，不可不慎。所以辭不苟出，君舉必書，欲其昭法誡，慎言行也。（孔穎達《尚書正義・序》）〔註77〕

> 《春秋》之傳有三，而爲經之旨一，臧否不同，褒貶殊致。（范寧《春秋穀梁傳・序》）〔註78〕

> 夫易者，象也。爻者，效也。聖人有以仰觀俯察，象天地而育群品，雲行雨施，效四時以生萬物。若用之以順，則兩儀序而百物和；若行之以逆，則六位傾而五行亂。故王者動必則天地之道，不使一物失其性；行必協陰陽之宜，不使一物受其害。故能彌綸宇宙，酬酢神明。宗社所以無窮，風聲所以不朽，非夫道極玄妙，孰能與于此乎？（孔穎達《周易正義・序》）〔註79〕

由以上的資料觀察，小經的主要內涵以有裨於政治以及教化者居多，這樣的內涵作爲進士科考中之一環，即便帖經可不涉經學之義理而求背誦即可，然而考生受到這般潛移默化，思維中或多或少都有經學政教的看法存在其中；再加上雜文的試題或與儒家政教思想有所關聯，五臣注比興思維政治寄託面的產生，這類狀況當可納入考量。

綜合以上對進士科中帖經的觀察，如此取士氛圍對五臣注中比興思維政治寄託面的產生或存在著若干影響。《文選》所擇，既爲「事出於沉思，義歸乎翰藻」的文

---

〔註76〕宋・歐陽修，宋祁撰：《新唐書，志第三十四・選舉志上》，卷44，頁1160。

〔註77〕漢・孔安國傳，唐・孔穎達疏，廖名春、陳明整理，呂紹綱審定：《尚書正義》（北京：北京大學出版社，1999年12月），頁2。

〔註78〕晉・范寧集解，唐・楊士勛疏，夏先培整理，楊向奎審定：《春秋穀梁傳注疏》（北京：北京大學出版社，1999年12月），頁8。

〔註79〕魏・王弼注，唐・孔穎達疏，李申、盧光明整理，呂紹綱審定：《周易正義》（北京：北京大學出版社，1999年12月），頁2。

學作品，那麼注釋本身亦當具文學性質，然五臣注卻不盡然如此，其中尚有一定比例的作品被五臣賦予詩教的意涵。這固然與部分詩作本有如此傾向有關，然而有些作品並無這類傾向，五臣卻以政治寄託作解。何以會有這種情況發生，長久以來的儒教傳統當然有所影響；另一方面，進士取士仍視經學爲考生之基本能力，考生本身復有受到經學薰陶之可能，《文選》既爲進士科重要的參考書目，而進士科又有經學政教之思維存在其中，對五臣注的編輯而言，恐難全然不受此影響。

# 第五節　小　結

　　《文選》於唐代盛極一時，從唐人的言論中即可窺知：李德裕因反對進士科，而自稱「家不置《文選》，蓋惡其不根藝實」〔註 80〕反而透露出唐代文人家中普遍置《文選》而《文選》大爲盛行的事實。李善〈上《文選注》表〉：「撰斯一集，名曰《文選》，後進英髦，咸資准的。」亦可見《文選》在唐代受重視的情形。何以《文選》於唐代會如此興盛，曹道衡先生有如下之說明：

　　　　《文選》選錄的作品，絕大多數都出於天監十二年以前文人之手。值得注意的是唐初史家在《隋書・文學傳論》中，強烈地反對梁後期的文學，卻對梁初江淹、沈約和任昉頗爲推崇。這說明《文選》所代表的文學觀，很適合唐代統治者的口味。〔註 81〕

　　　　唐初君臣之反對浮華文風，與《文選》的盛行不但無矛盾，而且是很一致的。……《隋書・文學傳》……提倡「文質彬彬」。這種要求就和蕭統在〈答湘東王求文集及《詩苑英華》書〉中所提倡的文學觀是完全一致的。蕭統說「夫文典則累野，麗則傷浮，能麗而不浮，典而不野，文質彬彬，有君子之致。」〔註 82〕

可見《文選》本身選文兼重形式與內涵兩者，與太宗、魏徵等人文質彬彬的文學觀接近，在唐初即受到重視。另一方面，因爲科舉制度的具體內涵在唐代不斷調整，調露二年（680）決定試雜文，更是造就《文選》成爲教科書的必然性。在時代風氣的影響下，加上統治者喜愛、科舉的傾向等種種因素，考生因務實之考量而熟讀《文

---

〔註80〕宋・歐陽修，宋祁撰：《新唐書，志第三十四・選舉志上》，卷44，頁1169。

〔註81〕曹道衡：〈關於蕭統和《文選》的幾個問題〉，《社會科學戰線》第 5 期（1995 年），頁 214。

〔註82〕曹道衡：〈南北文風之融合和唐代《文選》學之興盛〉，《文學遺產》第 1 期（1999 年），頁 23。

選》，已是無庸置疑的發展趨勢，清人李重華之言即是最好的說明：

> 子美家學相傳，自謂『熟精《文選》理』。由唐以詩賦取士，得力《文選》，便典雅宏麗；猶今日習八股業，先須熟復五經耳。昭明雖詞章之學，識力不甚高，所選卻自一律，無俗下文字。子美天才既雄，學力又破萬卷，所得豈直《文選》？持以教兒子，自是應舉捷徑也。〔註83〕

由這段話中，可以發現科考趨勢確實會對世人的學習方向產生很大的影響，從《文選》為「應舉捷徑」一語觀之，《文選》之盛與唐代詩賦取士的傾向是有頗為密切的關係。

以上乃就《文選》本身論之，那麼《選》注的情形又是如何？李匡乂《資暇集》「非五臣條」載：「世人多謂李氏立意注《文選》過為迂繁，徒自騁學，且不解文意，遂相尚習五臣者，大誤也。」〔註84〕姑且不論李氏對五臣的評價妥當與否，然而五臣於唐代大盛之情況是可見一斑的。就考生的立場而言，單是以《文選》為必讀書籍，若無法對其中內涵有清楚而有效之理解，空有此遍收佳文之讀本，恐怕也是事倍而功半。那麼《文選》五臣注何以會成為學子爭相閱讀的對象？而非李善注？義大利著名學者艾柯（Umberto Eco）曾經提出所謂的「文化達爾文主義」，認為在「歷史選擇」的過程中，某些解釋自身會證明比別的解釋更能滿足有關讀者群的需要〔註85〕。五臣注之淺白易懂，較善注徵引式的體例更能被普遍接受，其實就是「文化達爾文主義」之最佳印證。然而前代學者論及五臣注的出現，多僅止於「因為普羅大眾對於淺顯的《文選》注本有所需求」，這樣的論述固然不錯，但是除了「淺白通俗」這個理由外，是否可以由唐代文學以及科舉制度的性質中，看出五臣注與其之關聯，從而找出五臣注如此盛行更深層的理由？

關於這個問題，可由「唐代科舉制度與文學的性質」此大方向談起。陳飛先生以為唐代政治是一種所謂的「文德政治」：

> 「文德」政治的基本特徵是通過廣泛的儒家倫理道德教育，使社會進入相對富足而淳樸寧和的「文質彬彬」的狀況。……唐代科舉制度正是文德政治的產物。〔註86〕

---

〔註83〕 李重華：《貞一齋詩說》第84條，收於王夫之等撰《清詩話》（上海：上海古籍出版社，1999年6月），頁936。

〔註84〕 唐‧李匡乂撰，張秉戍校點：《資暇集》（瀋陽：遼寧教育出版社，1998年3月），卷上，頁5～6。

〔註85〕 艾柯等著，柯里尼編，王宇根譯：《詮釋與過度詮釋》（北京：三聯書店，1997年4月），頁20。

〔註86〕 陳飛：〈唐代科舉制度與文學的精神品質〉，《文學遺產》第2期（1991年），頁35。

> 唐代科舉制度作為一個重要因素，參與造成唐代文學的「詩儒精神」。
> 「詩」與「儒」的融合統一來集中概括唐代文學的基本精神品質，它們同
> 時又分別是構成這種精神的兩個重要元素。「詩的精神」既標誌著一種自
> 由的文學精神，又實指其中的藝術意味。……它至少包含著兩個方面因
> 素：個性化和詩化。……「儒的精神」既標誌著一種有規範的精神，又實
> 指其中的儒家思想內涵。〔註87〕

不論是唐代政治的「文德」性質，或者是科舉制度所造就的「詩儒」精神，都具體
呈現出唐代的文化精神，其實是普遍有著「詩」與「儒」的雙面性質。進士科作為
此文化氛圍中的一環，其同時考帖經與雜文，實為科舉中雙面性質的具體表徵。五
臣注的比興思維表現出「政治寄託」與「情感興發」兩個面向，並且留意於藝術手
法的說明，正與唐代整體的時代風尚以及科舉制度中所表現的雙面性若合符節。在
今日看來，五臣注中儒教式的解釋方式受到學者們頗多的批判；然而若回到唐代的
時空背景下，五臣注中部分政治附會式的解說方式在當代考生的眼中，未嘗不具備
合理性。

最後，擬以傅紹良先生對於唐代文學的綜合論述，說明歷史積澱以及時空環境
的影響，都是造成五臣注比興思維雙面性表現所應留意的因素：

> 唐代政治上的文學，是一種綜合了儒學、文辭、智略、品德諸因素的
> 文化實體，它既肯定並要求文學的獨立性，同時又強調並鼓勵文學的政治
> 性。於是這個時代的「文學」既沒有回復到漢代的文章與學術合一的文學
> 概念上，又沒有片面地走向「綺縠紛披，宮徵靡曼」。〔註88〕

這一段論述雖然是就整體唐代文學而發，然而若以此說明唐代文學正逐步建立屬於
自己風格的階段，亦即唐代前期，恐怕會更加合適。由這段話中，可以很明顯看到
文學發展一方面固然因襲了前代文學之特色，卻很難完全走回原有的舊路，而無所
更新。就五臣注的注釋本身而言即是如此，一方面有著前代之積澱，另一方面，更
受到異於前代風尚的唐音之薰陶。注釋雖然是以服膺作品為首要考量，然而注釋者
本身恐很難全然置身於時代之外，故在注釋中或多或少會表現出該時代文風的影
子，這就是所謂的「經典詮釋者的歷史性──這些經典的詮釋者實際上是在他們所
處的時代背景、思想氛圍以及他們自己的經驗之中，來解釋經典的意義。這種時代
背景、思想氛圍以及個人經驗，也是特定時空的產物，構成詮釋者的『歷史性』

〔註87〕同前註，頁38～40。
〔註88〕傅紹良：《唐代諫議制度與文人》（北京：中國社會科學出版社，2003年4月），頁
　　　　85～86。

（historicality）。」〔註89〕黃俊傑先生雖是以此說明屬於子學範疇的詮釋學現象，卻不妨以此說明文學範疇的注解情形，因此針對五臣注的探討，除了注文與作品間的對應性外，唐代的特殊氛圍亦當是理解五臣注何以會出現雙重面向的一個可以列入考量之因素。

---

〔註89〕 黃俊傑：《中國孟學詮釋史論》（北京：社會科學文獻出版社，2004 年 9 月），頁 57。

# 第五章　餘　論

　　李善注受到學界高度重視的時代，約略是在實證風氣盛行之清朝。清代既以實事求是、考證為其做學問的重要準則，那麼以詳盡徵引、儘可能一字一句探求辭源的李善注，會得到清儒高度的評價，實可以想見。相較之下，看似隨性以己言串講的五臣注，就顯得不夠嚴謹，也因此而受到後來諸多學者的大加撻伐。

　　事實上，若就五臣注的具體內涵分析，並考量到其時代背景，那麼類似蘇東坡所言，認為五臣不過是「荒陋愚儒」〔註 1〕等相關評語，其實是大可商榷的。就五臣注的內涵具體分析，不論是句意篇旨的闡發，或者是藝術手法的展現，五臣注都能在文意串講中適切地替作品注解，而其使用之文字亦多能淺顯而不失準確。關於這些部分，已於本文的第二章裡有詳細的說明。然而若僅止於此，那麼五臣注不過是有疏通文意之功，而未具備太多特殊性。但是若由中國傳統文學理論的比興觀出發，可以察覺：五臣注在內涵上具備政治寄託與情感興發的雙重比興思維，形式上更是對作品的比興手法多所留意，並予以恰當的揭示。詩歌創作中比興手法的運用，往往是造成詩意隱晦的主要因素，五臣注能於此多所留意，對於作品的理解，當有一定的貢獻。從注文加以觀察，不論是比興思維的內涵，或者是針對作品中比興手法的揭示，五臣注之獨特性實具體可見，在詮釋學史的脈絡中，自有其特殊之地位。

　　另一方面，在評價前人著作時，往往會出現一種情形，即是以當今的立場、學風評估前人作品的價值，而未考慮著作出現的時代氛圍。須知著作的出現與其時代文風當有一定的關聯性，若忽略了這一點，評價自然會有所偏頗。李善獻注不到六十年，五臣即以全然不同的注釋體例為《文選》做注，單是由這一點觀之，五臣注之產生，當有不得不如此的因素存在其中。科舉制度中進士科特別受到重視的趨勢，已使《文

---

〔註 1〕宋・蘇軾撰，明・茅維編，孔凡禮點校：《蘇軾文集・題跋・書《文選》後》，卷 67，頁 2095。

選》因選文符合時代需求,而成為士子必讀之教科書。既成為公認之讀本,《文選》
注連帶地也受到重視,然而李善注之不夠淺顯易讀,實已促使類似五臣注這類淺白注
釋誕生的可能,此乃就注釋的通俗性而言。另一方面,若針對注解的內涵論之,唐代
初期的時代氛圍,既重振經學,於文學上又未棄情采,已提供五臣注比興思維雙面性
出現的可能;如果再考慮到李善獻注至五臣獻注這段期間,進士科中對帖經與試雜文
有了明文的規定,這些情形都可能對五臣注比興思維的產生造成影響。換言之,時代
風氣當有納入考量的必要,誠如陳寅恪先生所言:「所謂真瞭解者,必神遊冥想,與
立說之古人,處於同一境界,而對於其所持論所以不得不如是之苦心孤詣,表一種之
同情,始能批評其學說之是非得失,而無隔閡膚廓之論」〔註2〕如此在評估其價值時,
方能多一份同情之理解,而使評價更趨客觀公允。

　　然而這麼說明,並非意味五臣注本身沒有任何缺點,比較客觀予以評價的方式,
當是重新審視前人過分以偏概全的評論,並正視五臣注本身確實存在之缺陷,從而
評估其價值與影響。另一方面,李善注與五臣注作為《文選》的兩大重要注本,因
其採取的注釋體例不同而各有所長,若以求全責備為最終考量〔註3〕,兩者如能合
併,當具互相補充之功效。以下將針對五臣注之缺陷、價值與影響,以及五臣與李
善注的互補性質作詳細之探討。

# 第一節　五臣注之缺陷、價值與影響

## 一、五臣注之缺陷

　　在正式討論五臣注的缺陷之前,對於前人批評五臣注的某些觀點,實有於此釐
清的必要。本文在第一章第一節「前人研究成果之回顧與反思」中,曾提到五臣注
被後代學者批評其內容「牽強附會」以及「注釋不夠嚴謹」等問題。關於「牽強附
會」的批評,往往集中於那些附會政教的說解上。這類批評的提出,顯然是以「純
文學」的眼光視之,而這與批評家所處之時代風氣或有關聯〔註4〕。這樣的情形,

---

〔註2〕　陳寅恪:〈馮友蘭中國哲學史上冊審查報告〉,《金明館叢稿二編》(北京:三聯書店,
　　　　2001年7月),頁279。
〔註3〕　若以唐代為參加科舉為前提而閱讀《文選》,考慮到實用、便捷等效益,五臣注還是
　　　　較善注來得理想。
〔註4〕　若留意提出這類看法的學者之年代,可以發現多為民國之後所提出之論點(例如顧
　　　　農:〈關於《文選》五臣注〉、陳延嘉:《《文選》五臣注的綱領和實踐》……等)。儘
　　　　管民國以來尚有不少學者以訓詁考證的方式研究《文選》,然而顧頡剛先生力圖以文
　　　　學性來解釋《詩經》,卻開啟了學界對於「文學性」部分的留意。然而中國文學傳統

類似清代因考據之風盛行，故予李善注較高的評價，而五臣注因不重訓詁考證，反為清儒所貶抑〔註5〕。但是若回到唐代的時空環境中，考慮到五臣注一方面因承續儒教之傳統，另一方面又可能受到唐代儒學氛圍、科舉的影響，那麼關於其部分內涵附會政治這一點，實無大加撻伐之必要。

至於「注釋不夠嚴謹」的部分，若是就訓詁考據的面向對五臣注提出批評〔註6〕，此誠為五臣注之弱點，是無需諱言的。然而這樣的批評方式，儼然是以李善的長處質疑五臣注之弱項，而未能考慮雙方在注釋體例上的差異。忽略注釋體例此前提而提出批評，其有效性實有待商榷。

再者，五臣注之擅自改字，亦為學者所詬病〔註7〕。此問題可以下列兩點做一反思：首先，在版本的採用上，明州本保留頗多詩作原貌，而五臣所採，多與此合，因此若遇善注與五臣在版本採用上有所不同，必為五臣改字乎？實難斷言。其次，即使五臣做了改字的動作，不論是「用字合乎文意」或者是「較近原詩」上，五臣不見得遜於李善。關於這兩點說明，若欲詳細討論，勢必要頗費一番考證的功夫，基於本文是以五臣注的文意研究為主，因此版本考證的部分，將略而不論。〔註8〕

---

即便在六朝文學自覺之後，還是有不少文學作品很難全然不受經學的影響，留意文學作品純然文學性的部分固然是一個值得肯定的做法，但是若未考慮該作品產生的年代背景，對於文學作品何以會展現經學面貌之理解，後代評論者恐怕會因其時代風氣的影響，而對前代文學作品的評價，與該作品當代人之看法有所落差。就作品而言是如此，注釋的情況亦同，民初以來學者對於五臣注「牽強附會」的批評，即呈現這樣的情形。

〔註5〕然而這麼論述，並不意味著清代以前不重訓詁，像是丘光庭、洪邁等人亦以此為基批評五臣，唯清代對小學研究更精，對李善也因此有更高的評價。

〔註6〕此處可以《容齋隨筆》「五臣注文選」條為例：「東坡詆《五臣注文選》，以為荒陋。予觀選中謝玄暉和王融詩云：『阽危賴宗袞，微管寄明牧。』正謂謝安、謝玄。安石于玄暉為遠祖，以其為相，故曰宗袞。而李周翰注云：『宗袞謂王導，導與融同宗，言晉國臨危，賴王導而破符堅。牧謂謝玄，亦同破堅者。』夫以宗袞為王導固可笑，然猶以和王融之故，微為有說，至以導為與謝玄同破符堅，乃是全不知有史策，而狂妄注書，所謂小兒強解事也。惟李善注得之。」（宋・洪邁：《容齋隨筆》（北京：北京燕山出版社，1997年），卷1，頁11。）。

〔註7〕例如李匡乂《資暇集》（卷上，頁6。）就曾於「非五臣」條中，對五臣改字提出詳細的批評：李氏（善）云「今之臕肉謂之寒，蓋韓國事饌尚此法。」復引《鹽鐵論》「羊淹雞寒」、劉熙《釋名》「韓羊韓雞」為證，寒與韓同。又李以上句云：「膾鯉臇胎蝦」，因注詩曰：「炰鱉膾鯉」，五臣兼見上句有膾，遂改「寒鱉」為「炰鱉」，以就毛詩之句。又子建《七啓》云：「寒芳蓮之巢龜，鱠四海之飛鱗。」五臣亦改「寒」為「搴」。搴，取也，何以對下句之「膾」耶？況此篇全說修事之意，獨入此「搴」字，於理甚不安。上句既改「寒」為「搴」，即下句亦宜改「膾」為「取」，縱一聯稍通，亦與諸句不相承接。以此言之，明子建故用「寒」字，豈可改為「炰鱉」耶！

〔註8〕此處僅略舉二例，以現五臣注於版本採用上，不盡然全遜於李善：

但是對於五臣注「注釋不夠嚴謹」的論斷，若是就疏通文意的部分觀之，確實存在若干不盡理想的情況。茲以曹植的〈又贈丁儀王粲〉爲例：

從軍度函谷，驅馬過西京，山岑高無極，涇渭揚濁清。

壯哉帝王居，佳麗殊百城。員闕出浮雲，承露概太清。

皇佐揚天惠，四海無交兵。權家雖愛勝，全國爲令名。

君子在末位，不能歌德聲。

丁生怨在朝，王子歡自營。歡怨非貞則，中和誠可經。〔註9〕

> 銑曰：丁儀時爲太祖掾，王粲爲侍中儀，常怨職卑，故曰怨在朝也。後植不得立爲太子，粲亦免官在家，故曰歡自營也。營爲營生也。

> 翰曰：貞，正。則，法。誠，信。經，常也。謂二君各爲歡怨，非忠正之正，忠和自保，信可常也。

此處附上五臣注文者，爲該詩最後四句。之前所繪，乃曹操西征，建立功業、美名之赫赫場景。由此場景轉至丁儀、王粲二人身上，說明兩人「君子在末位，不能歌德聲」的處境，復由此導出末四語，鼓勵兩人並建議其處世之道。關於最後四句，五臣的解釋不妥之處如下：其一，在詩人看來，「歡怨」兩者實爲極端，並非中和貞則之道，後兩語顯然是承接丁生之「怨」與王子之「歡」而來，然而張銑卻注言「丁儀時爲太祖掾，王粲爲侍中儀，常怨職卑，故曰怨在朝也」，詩句中明明是說「王子歡自營」，何以在注釋裡便成「怨」了？此爲第一個不妥之處。其二，「後植不得立爲太子，粲亦免官在家，故曰歡自營也」，詩中所言歡者，明顯是單指王粲而言，注解處卻將詩人也列入「歡」之行列，恐有注家武斷揣測之虞，更何況曹植不得立爲太子的心情是「歡」否？詩中並未提供任何線索。此外，將該詩寫成的具體時間點落在曹植未得立爲太子之際，也還有商榷的空間。其三，李周翰的解釋顯然合理許多，卻明顯與張銑注之間有很大的不協調，五臣內部未能統一，這對注家而言，不能說不是缺陷。

關於五臣解釋之不妥，尚可以應瑒的〈侍五官中郎將建章臺詩〉爲例：

朝雁鳴雲中，音響一何哀。問子遊何鄉？戢翼正徘徊。

言我塞門來，將就衡陽棲。往春翔北土，今冬客南淮。

---

曹植《雜詩》六首之四「朝遊江北岸，夕宿瀟湘沚。」五臣作「夕宿瀟湘沚」，李善作「日夕宿湘沚」。若由詩句對仗的狀況觀之，當以五臣所采者爲佳。

張載〈七哀詩〉「丘隴日已遠，纏綿彌思深。」五臣作「思彌」，李善作「彌思」。此處由詩句對仗的情形作檢視，亦以五臣所采者爲佳。

〔註9〕案明州本：李善本「太」作「泰」。

遠行蒙霜雪，毛羽日摧頹。

常恐傷肌骨，身隕沈黃泥。簡珠隨沙石，何能中自諧？

　　濟曰：隕，落也，恐身落沈泥，不能振羽翼也。簡珠，喻羣小也，言
　　不見用，與羣小相隨也。言如此，何能中塗自與君子諧和？

　　善曰：簡珠，喻賢人也。沙石，喻羣小也。《淮南子》曰：「周之簡珪，
　　產於垢土。」《爾雅》曰：「簡，大也。」又曰：「諧，和也。」

欲因雲雨會，濯羽陵高梯。

良遇不可值，伸眉路何階。公子敬愛客，樂飲不知疲。

和顏既以暢，乃肯顧細微。贈詩見存慰，小子非所宜。

爲且極讙情，不醉其無歸。凡百敬爾位，以副饑渴懷。

此乃應瑒「代雁爲詞」〔註10〕之作，應氏投靠魏朝之前，原如雁般流離失所，所幸「公子敬愛客」，故有此作以答公子知遇之恩。此處附上五臣注的詩句，乃詩人借雁託寓己身遭遇之描繪。五臣注於此解釋之不恰當處，在於對「簡珠」之說明。簡珠所指，當爲詩人自身，而以沙石喻羣小爲妥，即「賢者墮入羣小之中」。若採用呂延濟之說明，那麼羣小何有墮沙石之理？以簡珠喻羣小，那麼沙石的指涉對象又爲何者？五臣注於此之說明，顯然難以圓通。關於這部分寓託之說明，李善注相對合理許多，五臣注於此處之串講，就顯得過分牽強。

　　像這類扞格不入的解釋狀況，鮑照〈學劉公幹體〉亦是一例：

**學劉公幹體五言**

　　良曰：此詩言正直被邪佞所損，雖行質素，而衰盛相陵。

胡風吹朔雪，千里度龍山。

　　向曰：胡在北，朔亦北也。龍山，山名。言風雪自北來，度於龍山。

集君瑤臺裏，飛舞兩楹前。

　　銑曰：瑤，玉也，以玉飾臺也。兩楹之間，人君聽政之處。

茲辰自爲美，當避豔陽年。

　　銑曰：茲辰，謂冬時，喻亂代也。豔陽，春也，喻明君也。

豔陽桃李節，皎潔不成妍。

　　銑曰：風雪，比佞人也。桃李，比忠直也。言未遇至明之時，雖忠直
　　之人，爲佞者所亂，不成其美。

仔細觀察五臣注的解釋，會發現詩文與注解的對應上有若干矛盾：「茲晨」既是「亂

---

〔註10〕清・沈德潛選：《古詩源》，卷6，頁132。

代」，那何美之有？「艷陽」既爲明君，那何須避之？再者，若承上之邏輯，風雪（佞人）當是全詩的主詞，那麼關於「豔陽桃李節，皎潔不成妍」的說明，就應該解成「在忠直之人佔多數的至明之時，佞人恐怕無法作亂」，然而這樣儘管解決了此處以忠直之人爲主詞所造成的前後主詞不一之困擾，卻還是和「正直被邪佞所損」的主旨有所矛盾。事實上，若以桃李比佞，白雪比忠直，那麼上述的問題便可迎刃而解。曹明綱先生即言此詩「一反以雪比小人、桃李比君子的常態」〔註11〕，五臣於此處恐怕就是陷入這般「常態」的類比中，才會造成這樣的混亂。

為一首詩做注解，當顧及前後意涵之一貫性，本文第二章第二節「句意篇旨之闡發」裡，論及五臣注在整體性的塑造上頗爲用心，往往對作品有通盤理解後，才回頭解詩，這樣的做法可使解釋更爲融通。儘管五臣注於此多所留意，偶爾也會出現解釋上前後不甚一致的情形。除此之外，詮釋之合理性也是注解是否恰當的重要考量因素，上述諸例中五臣注解不夠妥當的情形是顯然可見的。

要之，就《文選》詩類的部分作整體歸納，可以察覺五臣注的缺點在於疏通文意時，偶爾會出現曲解詩意的情形。像這類在解釋上的前後不一致、與作品脈絡明顯相違處，才是五臣注疏通文意上最大的缺陷，所幸這樣的情形並不多見。至於將描繪景色、男女情愛比附政治之作，若作品本身提供了這樣的空白，而詮釋者又能前後自圓其說，再配合上詩教傳統的影響以及其身處之時代氛圍，那麼這樣的情形反倒不必多加詬病。

## 二、五臣注之價值與影響

在說明五臣注的價值之前，尚有一評語有待檢討，亦即：五臣注是否「盡從李氏注中出」〔註12〕。此乃李匡乂對於五臣注抄襲善注之指責。然而若實際比較《文選》詩類中李善與五臣注釋的情形，即可發現：五臣注誠然有不少說法沿襲善注而來，但這不過是以李善爲基礎，更重要的是五臣注於李善注外尚多所發揮，從而呈現出屬於己身注釋獨有的特點。由此觀之，「『盡』從李氏注中出」的評價未免顯得武斷而片面，忽略了五臣注本身獨有之價值。茲以王粲〈贈文叔良〉爲例：

〈贈文叔良〉

　　銑曰：叔良爲劉表從事，使聘益州牧劉璋，贈以此詩戒之。

　　善曰：干寶《搜神記》曰：「文穎，字叔良，南陽人。」《繁欽集》又

---

〔註11〕 曹明綱：《陶淵明謝靈運鮑照詩文選評》（上海：上海古籍出版社，2002 年 10 月），頁 177。
〔註12〕 唐・李匡乂撰，張秉戍校點：《資暇集》，卷上，頁 6。

云：「爲荊州從事文叔良作移零陵文。」而《粲集》又有〈贈叔良詩〉。
獻帝初平中，王粲依荊州劉表，然叔良之爲從事，蓋事劉表也。詳其
詩意，似聘蜀結好劉璋也。

翩翩者鴻，率彼江濱。君子于征，爰聘西鄰。臨此洪渚，伊思梁岷。
爾行孔邈，如何勿勤？君子敬始，慎爾所主。謀言必貞，錯說申輔。
延陵有作，僑肸是與。先民遺跡，來世之矩。既慎爾主，亦迪知幾。
探情以華，睹著知微。視明聽聰，靡事不惟。董褐荷名，胡寧不師？
眾不可蓋，無尚我言。梧宮致辯，齊楚構患。成功有要，在眾思歡。
人之多忌，掩之實難。瞻彼黑水，滔滔其流。江漢有卷，允來厥休。
二邦若否，職汝之由。緬彼行人，鮮克弗留。尚哉君子，異于他仇。人誰
不勤，無厚我憂。惟詩作贈，敢詠在舟。〔註13〕

以上所引，乃題解處兩家對該詩之總括說明，以及該詩全貌。五臣注的內容，可分
兩部分觀之：首先，前二語張銑言「叔良爲劉表從事，使聘益州牧劉璋」，實由李善
注濃縮轉化而來。其次，此詩既然是贈文叔良，對朋友的提醒勸勉當爲重點之所在。
詳觀此詩，從「君子敬始」以下即是以此爲核心所作的鋪陳，五臣注於詩題處簡潔
地以「贈以此詩戒之」概括，相較於善注「似聘蜀結好劉璋也」此背景交代後即戛
然而止，前者顯然可使讀者在很短的時間內對該詩之主旨有較爲明確之了解。五臣
注於此所展現的，乃是簡單地擷取善注中與本詩密切相關的背景部分，而捨棄了善
注中援引《搜神記》、《繁欽集》等與文叔良個人相關的資料；實則這部分的材料對
於本詩文意之理解，並無直接之影響，五臣對此之割捨，反倒使焦點更爲集中。另
一方面，五臣更於背景交代之外，簡潔地概括全詩，而這部分爲善注所無。此例所
見，五臣實以善注爲基礎而更上一層，並非只是一味地沿襲而無新意。

　　類似這樣的狀況，尚可以謝靈運的〈七里瀨〉爲例：

目睹嚴子瀨，想屬任公釣。

銑曰：瀨，灘名。世人傳云：「嚴子陵，釣處。」任公子，有道者，
以大鈎巨緡釣於東海，而獲大魚，離而腊之，自渤河以東、蒼梧以北，
皆厭此魚。喻道也。以道養人故眾足，言經此釣處，屬想其人以道濟
眾也。

善曰：《後漢書》曰：「嚴光，字子陵，光武除爲諫大夫，不屈，耕於
富春山。後人名其釣處爲嚴陵瀨。」《莊子》曰：「任公子爲大鈎巨緡，

---

〔註13〕案明州本：李善本「貞」作「賢」、「異于」作「于異」。

　　五十犗以爲餌，蹲會稽，投竿東海，旦旦而釣，期年不得魚，已而大
　　魚食之，牽巨鉤，陷沒而下，驚揚而奮鬐，白波若山。任公子得若魚，
　　離而腊之，自制河以東，蒼梧以北，莫不厭若魚也。」

謝靈運的山水詩作往往以「先寫景，後說理」爲其架構之常式。此處所引，乃說理
的部分，要以抒發作者仕途不順而欲追隨前賢之情懷。關於嚴子瀨與任公釣用典之
說明，五臣的解釋明顯脫胎於李善，卻能省去嚴光耕於富春山、任公釣得大魚時驚
濤駭浪……等與該詩相關性不那麼高的資料，而簡單扼要地點出任公之「有道」，這
樣一來可以突顯詩人援引此典故之重心所在，二來更爲之後的串講埋下伏筆，從而
能夠將典故與詩人本身作恰當之結合。由該例可以看出，典故說明的部分，五臣乃
承善說而有所調整，並且明確解釋該典於此詩中之深意，此乃善注所無。由此觀之，
五臣注「盡」從李氏出之說誠爲太過。

　　像這樣的情形，在李善與五臣注中實不勝枚舉，李匡乂之言恐過份貶低屬於五
臣注自身的獨立性與特殊性；更何況兩注採取的體例如此懸殊，在解釋上常常出現
互補的情形，這樣的狀況，五臣何有盡從李善出之道理？再以謝朓的〈晚登三山還
望京邑〉爲例：

　　餘霞散成綺，澄江靜如練。喧鳥覆春洲，雜英滿芳甸。去矣方滯淫，懷哉
　　罷歡宴。
　　　向曰：覆，蓋。英，華也。
　　　翰曰：言思歸未果，故罷歡宴。
　　　善曰：邯鄲淳〈贈伍處玄詩〉曰：「行矣去言，別易會難。」王粲〈七
　　　哀詩〉曰：「何爲久淫滯。」《毛詩》曰：「懷哉懷哉，曷月余旋歸哉。」

該詩所言，乃詩人回頭眺望京邑之景，從而興起懷歸之歎。以上所擷取之詩句，正
是由景興情的銜接部分。這裡可以明顯見到雙方注釋體例差異甚大，善注但爲徵引，
而五臣於解釋字義後復總括文意，兩者注解內容全然沒有重疊之處，五臣又豈有「從
李善出」的問題！上述這類兩注互補的情形在《文選》注中實爲常態，這麼說來，
李匡乂之評未免過於武斷。由此例觀之，不論是在善注的基礎上多所發揮，或者因
解釋方向不同，均不存在「盡由善注出」的問題，可察覺前人多爲抬高李善注的價
值而刻意貶低五臣，這樣的評價，其實是有失公允的。

　　本文前章的論述一直強調關於五臣注價值的論斷，當考慮其所處之時空背景；
然而若由詮釋學的角度觀之，五臣注亦有其可觀而值得稱道處。就詮釋體例而言，
五臣注的價值在於：此乃現存首部以「串講式」爲主軸來疏通文意，並兼有比興雙
面思維的總集注釋。在此之前，《詩經》有毛傳鄭箋，其具體注釋狀況可以《周南·

葛覃》爲例：

> 黃鳥于飛，集于灌木；其鳴喈喈。
>
> > 傳：黃鳥，摶黍也。灌木，藂木也。喈喈，和聲之遠聞也。
> >
> > 箋：葛延蔓之時，則摶黍飛鳴，亦因以興焉。飛集藂木，興女有嫁於
> > 君子之道。和聲之遠聞，興女有才美之稱達於遠方。〔註14〕

其注釋方式乃先做單詞之解釋，再疏通文意，此爲《詩經》中注釋體例之常態，略
同於五臣注採取之方式。所不同者，在於《詩經》屬於經部之範疇，而毛、鄭等人
亦明確持儒教之心態解詩。《詩經》的文學性在今天雖受到多方之重視，然而在漢代
仍不離經學之性質。五臣注中雖雜有儒教思維，但整體而言，亦頗重作品之情意面
向，如此所展現出來的，是比興之雙面性，這一點與《詩經》中主要以詩教爲依歸
的注解是有所不同的。

　　至於《楚辭》的部分，這裡簡單地列舉〈湘君〉最末不遇神靈，而採芳草贈予
下女之一句，觀察王逸《楚辭注》的體例，以概其餘：

> 將以遺兮下女
>
> > 王逸：遺，與也。女，陰也。以喻臣，謂己之儔匹。言己願往芬芳絕
> > 異之洲，采取杜若，以與貞正之人，思與同志，終不變更也。
> >
> > 五臣云：欲將己之美，投於賢臣者，思與同志，復爲治道。〔註15〕

王逸的《楚辭注》大體上亦採用解釋字義，再行串講的方式，雖偶有引《詩》、《書》
處，但整體而言，作法與五臣頗爲類似。《文選》和《楚辭》後來雖然都被歸入集部
的行列，然而兩者間畢竟還是有所不同：從《隋書‧經籍志》、《舊唐書‧經籍志》……
等分類，可見《楚辭》被視爲是集部中特殊的一類。另一方面，也是兩注性質不同
的更重要因素在於：王逸既稱〈離騷〉爲經，並明言「離騷之文，依托五經以立意」，
再加上〈離騷經‧序〉中論及比興的內涵又不離政治比附之範圍，王逸注將「楚辭
經學化」〔註16〕的性質是顯而易見的，此亦漢人對《楚辭》的普遍看法。至於《文
選》五臣注，儘管受到儒教的若干影響，然其作注之對象──《文選》，已是以「能
文爲本」（〈文選序〉）作爲囊括之對象，注文中對於無關政教、單純闡釋個人情感，
以及說明作品文學技巧的部分皆多所留意，此乃異於《楚辭》注之處。

---

〔註14〕漢‧毛亨傳，鄭玄箋，唐‧孔穎達疏，龔抗雲、李傳書、胡漸逵整理，蕭永明、夏
　　　　先培、劉家和審定：《毛詩正義》，卷1，頁30～31。

〔註15〕洪興祖撰：《楚辭補注》，卷2，頁112。

〔註16〕借用查屏球先生之語。見查屏球《從游士到儒士──漢唐士風與文風論稿》（上海：
　　　　復旦大學出版社，2005年5月），頁84。

　　至於六朝名注在體例上的運用，則以徵引的訓詁體式為主。試觀《四庫全書總目提要》對《三國志》裴松之注體例之概括說明：

　　　　又其（裴松之）初意似亦欲如應劭之注漢書，考究訓詁，引證故實。故於魏志武帝紀沮授字則注「沮音菹」，獷平字則引續漢書郡國志注「獷平縣名屬漁陽」，……欲為之而未竟，又惜所已成，不欲刪棄，故或詳或略，或有或無，亦頗為例不純。然網羅繁富，凡六朝舊籍今所不傳者，尚一一見其崖略。……故考證之家，取材不竭，轉相引據者，反多於陳壽本書焉。〔註17〕

可見裴注中實以徵引為主。就注釋體例而言，李善注與此較為相近。類似這樣的情形，實為六朝常式。此處再以《世說新語》劉孝標注為例：

　　　　陳仲舉言為士則，行為世範，登車攬轡，有澄清天下之志。《汝南先賢傳》曰：「陳蕃字仲舉，汝南平輿人。有室，荒蕪不埽除，曰：『大丈夫當為國家埽天下。』值漢桓之末，閹豎用事，外戚豪橫。及拜太傅，與大將軍竇武謀誅宦官，反為所害。」為豫章太守，《海內先賢傳》曰：「蕃為尚書，以忠正忤貴戚，不得在臺，遷豫章太守。」至，便問徐孺子所在，欲先看之。謝承《後漢書》曰：「徐稚字孺子，豫章南昌人。清妙高時，超世絕俗。前後為諸公所辟，雖不就，及其死，萬里赴弔。常豫炙雞一隻，以綿漬酒中，暴乾，以裹雞，徑到所赴冢隧外，以水漬綿，斗米飯，白茅為藉，以雞置前。酹酒畢，留謁即去，不見喪主。」主簿白：「羣情欲府君先入廨。」陳曰：「武王式商容之閭，席不暇煗。許叔重曰：「商容，殷之賢人，老子師也。」車上踞曰式。吾之禮賢，有何不可！」袁宏《漢紀》曰：「蕃在豫章，為稚獨設一榻，去則懸之，見禮如此。」〔註18〕

此處明顯可見劉注所採取的，即是徵引式的做法，而這樣的情形在《世說》注中實為常態。不論是漢代經書，或者是六朝史部、子部著作，徵引體例實為其中之常式。由此亦可看出，在五臣注之前，其實有很長的一段時間，是以徵引式的體例為主流，而善注即受此潮流之影響，亦採取徵引之體例。另一方面，善注於徵引的具體內容上，會援引舊注之優者，像是阮籍《詠懷》詩採用顏延年、沈約的注解、《楚辭》說明保留王逸注的說法……等，在追溯辭源上雖不免與詩意不盡相合的情況發生，

---

〔註17〕晉・陳壽撰，宋・裴松之注：《三國志》（北京：中華書局，2002 年 2 月），頁 1474。
〔註18〕余嘉錫撰，周祖謨、余淑宜整理：《世說新語箋疏・上卷上・德行第一》（臺北：華正書局，2002 年 8 月），頁 1。

然其以理解文意爲最終關懷的用心〔註19〕，相較於前代「補充式」的徵引，確實有長足的進展。然而，善注之注釋對象爲文學作品，文學作品中本多情感興發處，對於情意揣摩的部分往往是注家須費辭解釋之處，善注雖偶有串講文意，但畢竟是以徵引爲主軸的注釋方式，此溯源式的注解多舉出原典而未加解釋，作品中意有微殊處於此體例下是較難表現出來的。而五臣注以串講式的注解居多，自能對此有較好的闡發。就文學的注解而言，採取串講式而捨徵引式的做法，確實是更能貼近集部著作的文學性質，這一點不能不說是五臣注優於善注之處〔註20〕。

就詮釋體例而言，五臣注是現存首部以「串講式」爲主軸來疏通文意的總集注釋，情形大致如上。除此之外，若由詮釋的具體內涵視之，五臣注能於看似不甚相關的作品中展現出比興思維之雙重性，亦是值得留意之處。《四庫全書總目提要》對於總集之形成與編輯，有如下之說明：

> 文集日興，散無統紀，於是總集作焉。一則網羅放佚，使零章殘什，並有所歸；一則刪汰繁蕪，使菁稗咸除，菁華畢出，是固文章之衡鑑，著作之淵藪矣。三百篇既列爲經，王逸所裒，又僅《楚詞》一家，故體例所成，以摯虞流別爲始，其書雖佚，其論尚散見藝文類聚中，蓋分體編錄者也。〔註21〕

總集的做法，主要是將「散無統紀」的作品做去蕪存菁的整理，而「分體編錄」的方式，看似以文體作爲串聯之主軸，欲使作品有一整體性，但是若孤立每一個文體，同一文體間若欲求共同的特點尚稱容易，若要在不同文體中尋求想法的系統性，恐怕就沒有那麼簡單了。就作品而言是如此，注釋的情形亦復如是。在五臣之前的注解，儘管也有以比興思維貫穿其中如王逸者，而其比興思維主要的內容與政治寄託有關，所呈現者，乃單一之面向，且詮釋對象《楚辭》本身就是一個整體，我們可以很明顯地觀察到《楚辭》中具備頗爲完整的意象系統，比方說以香草喻貞潔、以美人喻忠臣……等，很明顯是以「香草美人」的概念貫穿其中，注文脈絡之完整性可見一斑。然而《文選‧詩》的部分，跨越的時代從先秦到南朝梁，不論是作家之

---

〔註19〕善注的「成效」與「初衷」確實存在著不小的落差，兩者間的內涵不盡相同，這一點已在第二章第二節末有詳細的討論，此處是以其「初衷」爲主立論。

〔註20〕在五臣注之前，除了李善注之外，《文選》的注釋本尚有隋代蕭該《文選音》、唐代曹憲《文選音義》、許淹《文選音》、公孫羅《文選鈔》、《文選音決》……等，其內容多以音韻、考證爲主，其中《文選鈔》即做了頗多文意之串講，雖仍有一定比例以徵引典籍的方式作注，然其以串講式注解的部分，卻在《文選》注中具備開創之功。

〔註21〕清‧永瑢、紀昀等撰：《欽定四庫全書總目卷一百八十六‧集部三十九‧總集類一》，頁5之1。

間，或者是作品之間，都又沒有什麼可以連貫的有機性，而五臣作為一個注本，卻能將這堆看似雜亂的詩作「統整」〔註22〕，展現出比興思維的雙面特質，將此置於整體詮釋學史的脈絡觀之，其特點與價值是頗為明顯的。

此外，就五臣注對後來文學注釋之影響，尚可由體例與實際內涵兩部分加以論述。關於前者，在五臣注之前，對於詩歌的說明，甚少針對個別作品疏通文意或總括大旨〔註23〕；即便有，也多是針對單一零星作品作注釋〔註24〕。五臣注之後，對於集合之作中的個別作品逐一說明的情形便多了起來〔註25〕，孫琴安先生即以為李善、五臣注「對於文學評點的產生具有一定的誘發因素」〔註26〕並以為「它（五臣注）在有些地方已超出了訓詁學的範圍，更多了一些注者的主觀成分，個別地方甚至已涉及到文學批評的範疇，而這種批評，漸而漸之，正孕育了中國評點文學的產生。」〔註27〕可見若將注釋體例納入考量，那麼五臣注串講式體例之誘發作用，當較以徵引為主體的李善注更進一步。

至於實際的注釋內涵，五臣注中提出之說法往往為後來論者所繼承，這一點是值得留意的。像是左思之《詠史詩》八首，歷來說法總認為此乃詠史詩走向個體抒情的代表，然而首先提出「是詩之意，多以喻己」者，即是五臣，後代詩評家亦多承襲此看法。關於這個部分，已在本文第三章提及。至於《古詩十九首》中五臣注部分比附君臣的解說，雖為近代學者評為牽強附會，然而在五臣注之後關於《古詩十九首》的注解，承襲五臣注這套說法者亦非少見。像這類的狀況在五臣注中為數甚夥，茲以曹植之作為例，具體說明因襲之狀況。首先觀〈贈徐幹〉的題旨說明及後世相關論述：

> 鈔曰：羅云從此以下七首，此等人並子建知交，丁儀兄弟來敘時相與

---

〔註22〕 這個地方的討論純粹是就五臣注所表現出來的狀況加以論述，至於五臣是否真有意識到這個特點，從而把握此並加以發揮，則又是另一個問題。

〔註23〕 像《文心雕龍》或《詩品》，多是對詩人之作泛論，而少針對個別作品闡述。

〔註24〕 若捨《詩經》、《楚辭》注不論，與文學相關的注釋在《文選》注之前確實不多，除了李善注所引錄的舊注外，據《隋書·經籍志》（卷35，頁1083～1084）的記載，僅有郭璞注司馬相如〈子虛上林賦〉、薛綜、晁矯、傅異注張衡〈二京賦〉、張載、陸遠、衛權、綦毋邃注左思〈三都賦〉、項式注班固〈幽通賦〉、蕭廣濟注木玄虛〈海賦〉、徐爰注〈射雉賦〉、劉和注〈雜詩〉、應貞注應璩〈百一詩〉、羅潛注江淹〈擬古〉等。賦注的部分多以訓詁、考證名物為主，於此略而不論；而詩注的部分，《隋書·經籍志》所提及者皆已亡佚，今日可見者僅阮籍《詠懷詩》顏延之和沈約兩家注，該二注於串講文意確實有較多的留意，然而注解對象僅止於《詠懷》組詩，未若五臣注寬泛。

〔註25〕 比方集合了六朝詩、樂府、專家詩的集部著作。

〔註26〕 孫琴安：《中國評點文學史》（上海：上海社會科學院出版社，1999年6月），頁14。

〔註27〕 同前註，頁4。

交好，後文帝時皆失勢，故作此詩耳。

良曰：子建與徐幹俱不見用，有怨刺之意，故爲此詩。

吳淇：諸子……雖被寵接，而反鬱鬱不得志，正與子建不獲自試之意相同。（《六朝選詩定論》卷五）〔註28〕

寶香山人：劉良云：「子建與徐幹俱不見用，有怨刺之意，故爲此詩。」非窮愁不能著書，今人寫得極濫，用意不用字，妙妙。淵明時爲之。（《三家詩》曹集卷一）〔註29〕

《文選鈔》對詩旨的概括，主要放在因丁儀兄弟之失勢，而作此詩以慰。至於首先提出該詩之意涵，實與曹植本身之怨刺相關者，則是五臣。其後吳淇之論，關注的面向與五臣大致相同；而寶香山人之言，暫不論後段之評論，單是由其明引劉良注之說法，即可見基本上寶香山人對該詩主旨之掌握，與五臣注是一致的。五臣注之說法爲後世所繼承於此明顯可見。類似這樣的情形，還可以五臣對〈美女篇〉的概括及其後之相關論述爲例：

銑曰：以美女喻君子，言君子既有美行，上願明君而事之，若不得其人，雖見徵求，終不能屈。

郭茂倩：美女者，以喻君子。言君子有美行，願得明君而事之。若不遇時，雖見徵求，終不屈也。〔註30〕

沈德潛：美女者，以喻君子，言君子有美行，願得賢君而事之，若不遇時，雖見徵求，終不屈也。……寫美女如見君子品節，此不專以華縟勝人。〔註31〕

朱乾：賢女必得佳配，賢臣必得聖主。〔註32〕

張玉穀：此詩比體，舊解可從。……末六，結出擇配深心，獨居冷況。爲佳人寫照，即爲君子寫影也，通篇歸宿。〔註33〕

〔註28〕 轉引自河北師範學院中文系古典文學教研組編：《三曹資料彙編》（北京：中華書局，2004年1月），頁155。

〔註29〕 同前註，頁161。

〔註30〕 郭茂倩：《樂府詩集》（北京：中華書局，1998年11月），卷63，頁912。

〔註31〕 清·沈德潛選：《古詩源》，卷5，頁115。

〔註32〕 清·朱乾編，興膳宏解説：《樂府正義》（京都：同朋舍，1980年12月，據乾隆54年櫃香堂藏板影印），卷12，頁18。

〔註33〕 清·張玉穀著，許逸民點校：《古詩賞析》（上海：上海古籍出版社，2000年12月），卷9，頁210～211。

劉履：子建志在輔君匡濟，策功垂名，乃不克遂，雖授爵封而其心猶爲不仕，故託處女以寓怨慕之情焉。（《選詩補註》卷二）〔註34〕

王堯衢：子建求自試而不見用，如美女之不見售，故以爲比。〔註35〕

張銑之說，即以爲詩中美女乃君子之喻託，其後郭茂倩與沈德潛兩人之說法，不只在內涵上同於五臣，連用語幾乎都與五臣注相同，明顯是承襲張銑之說法而來殆無疑義。至於朱乾、張玉穀之說，亦不離張銑所概括之大意。而劉履、王堯衢則是直接明點〈美女篇〉乃曹植己身身世之寓託，此說法實可視爲是以五臣注中「美女喻君子」爲基礎所做的發揮。

類似這樣的情形，若針對五臣注之內容與後代詩評家之說法一一對比觀察，可以發現這類狀況是很普遍的，特別是隱涵深意之作品，五臣注所提出的解釋往往爲後人所沿襲，此類例子實不勝枚舉，最後復以曹植之〈三良詩〉爲例，以概其餘：

良曰：亦詠史也，義與前詩同。植被文帝責黜，意者是悔不隨武帝死，而託是詩。

寶香山人：劉良云：「植被文帝責黜，意者是悔不從武帝而作是詩。」懼兄之見誅，而悔不殉父之葬，怨之至也。（《三家詩》曹集卷一）〔註36〕

陳祚明：此子建自鳴中懷，非詠三良也。〔註37〕

陳沆：何焯謂此詩，即秦公子上書請葬驪山足之旨也。魏文忌刻，骨肉寒心，乖薄若是，魏祚其得延乎？《毛詩》小序，自昔聚訟，語其通滯，本在人心。即如此篇，徇迹者序之，曰哀三良也，否則曰刺秦繆也。逆志者序之，則曰子建自傷也。同乎？異乎？子建之篇，寄託略同，舉此一隅，無難觸類。〔註38〕

劉良將該詩與曹植的生平結合作解，寶香山人援引其說，足見其理解該詩之方向與五臣相同。另陳祚明與陳沆之解，亦將三良與曹植結合，都可視爲是五臣說之沿襲。整體而論，《文選・詩》中有不少總括大旨之解釋，五臣注多爲後人所承襲，其說法雖曾爲丘光庭、蘇軾……等人譏爲鄙陋，然而不可否認地，卻正因其說之簡單明確，

〔註34〕 轉引自河北師範學院中文系古典文學教研組編：《三曹資料彙編》，頁125。

〔註35〕 王堯衢：《古唐詩合解・古詩・魏樂府》（臺北：文化圖書公司，1990年5月），卷下，頁151。

〔註36〕 河北師範學院中文系古典文學教研組編：《三曹資料彙編》，頁163。

〔註37〕 清・陳祚明評選：《采菽堂古詩選》，收於《續修四庫全書・集部・別集類》（上海：上海古籍出版社，1995年），卷6，頁691。

〔註38〕 清・陳沆：《詩比興箋》（臺北：廣文書局，1970年10月），卷1，頁94～95。

反而成爲後來諸多評論家論詩之基礎。

綜上所述，談論五臣注的價值與影響，必須以「該注本身具備獨立性」爲前提，五臣注既有可以彌補善注之不足處，並展現其整體之有機性，復於體例及注釋內涵上影響後代，這麼說來，前人荒陋之譏實於此不攻自破。

# 第二節　五臣與李善注之互補性

五臣注與李善注在體例上之差距，歷來學者們言之甚夥，李金坤先生對於兩者之長處與價值即有簡明扼要之概括：

> 五臣注與李善注相比，前者長處在於簡明扼要，直截了當，其詮釋學價值勝於後者；後者長處在於徵引浩博，言必有據，其文獻學價值超過前者。〔註39〕

五臣注主要從文意角度論述，接近今文經學探求微言大義的解釋方式，而李善注則是以徵引考據爲主，接近古文經學名物訓詁的解釋路向。雙方於《文選》的注解上各有貢獻，然兩者之差異實具備強烈的互補性質，李善、五臣注合刻爲六臣、六家本，即是兩者互補最好的明證。若以求全責備爲主要考量，兩者合則雙美，對於充分理解《文選》有很大的貢獻。

兩注互補的狀況，一般最常見的即是「李善徵引」與「五臣串講文意」的組合方式，這種類型明顯展現出各自所長，具體情形可由以下諸例觀之。首先以盧諶〈贈崔溫〉爲例：

> 羈旅及寬政，委質與時遇。
>> 良曰：諶自云寄客旅匹磾，蒙寬容之政，得委身事之，是與時遇也。
>> 善曰：《左氏傳》，齊侯使敬仲爲卿，辭曰：「羈旅之臣，幸若獲宥，及於寬政，君之惠也。」又狐突曰：「策名委質，貳乃辟也。」

此乃盧諶羈旅北方之作，全詩述說詩人對崔、溫二人的情意，以及己欲建功立業之心志。此處所摘錄者，乃盧諶於北方受到段匹磾重用之描繪。善注所引《左氏傳》之情調，恰與該詩相符，而五臣則是將重點擺在盧諶本身的際遇上加以串講。雙方注解一古一今，一援引掌故史實，一疏通文意，最後同指向「蒙君之惠」，使得此二詩句的內涵，能因李善與五臣注的配合，而顯得更爲圓融通達。類似這樣的注釋組合模式，於六臣或六家注中都是十分普遍的。

---

〔註39〕李金坤：〈唐代科舉考試與《文選》〉，收於《文選與文選學（第五屆文選學國際學術研討會論文集）》，頁160。

　　像這樣的情形尚可以謝靈運的〈還舊園作見顏范二中書〉為例：

辭滿豈多秩，謝病不待年。偶與張邴合，久欲還東山。
聖靈昔迴眷，微尚不及宣。何意衝飆激，烈火縱炎煙。
焚玉發崑峰，餘燎遂見遷。投沙理既迫，如邛願亦愆。
長與懽愛別，永絕平生緣。浮舟千仞壑，摠轡萬尋巔。
流沫不足險，石林豈為艱！閩中安可處，日夜念歸旋。
事躓兩如直，心愯三避賢。託身青雲上，棲巖挹飛泉。
盛明盪氛昏，貞休康屯邅。殊方咸成貸，微物豫采甄。
感深操不固，質弱易版纏。曾是反昔園，語往實欵然。
襄基即先築，故池不更穿。果木有舊行，壞石無遠延。
雖非休憩地，聊取永日閑。衛生自有經，息陰謝所牽。
夫子照情素，探懷授往篇。

　　　良曰：夫子，謂顏、范也。言二人明我情之本，故探己懷抱，寫誠授
　　　所往之篇。

　　　善曰：《史記》，蔡澤謂應侯曰：「公孫鞅之事孝公也，披心腹，示情
　　　素。」素，猶實也。王仲宣詩曰：「探懷授所歡，顧醉不顧身。」

全詩旨在述說仕途多艱，不如歸隱的情懷，若能過著「託身青雲上，棲巖挹飛泉」
的生活，心境上當會自在輕鬆許多，故婉拒顏、范二人勸其出仕之美意。這裡附上
注解之處，即詩末希望顏、范兩人能體諒自己心意之言。此處之注解形式，明顯是
一疏通文意而另一徵引典實，善注於此所提供的，乃「情素」、「探懷」等語之溯源。
值得留意之處在於：王粲詩中之「探懷」與謝客所言者情調不盡一致，前者所傳達
的，是一歡樂的氣氛，而後者所強調的，則在於懇切婉拒出仕的態度，這一歡樂一
誠懇間的差異，幸賴五臣注之疏通，而使文意的理解得以明確。善注徵引之做法於
此提供了辭語之源流，五臣注則針對情意處說明，兩相搭配，既可略知前人用此語
彙的大致情形，亦能對照詩作與典實間之異同，如此對詩意的了解，可以更為深刻。
　　至於陶淵明之〈始作鎮軍參軍經曲阿作〉，亦可見到類似之情形：

眞想初在衿，誰謂形蹟拘？聊且憑化遷，終反班生廬。〔註40〕

　　　翰曰：眞想，謂無為之事，言此事久在胷襟，誰能形之與蹟，更被拘
　　　止？聊且復依憑運化之遷移，終當同班固里止仁所廬也。

　　　善曰：《淮南子》曰：「全性保眞，不虧其身。」《老子》曰：「脩之於

────────────
〔註40〕案明州本：李善本「蹟」作「迹」。

身，其德乃眞。」王逸《楚辭注》曰：「保眞，守玄默也。」莊子謂
惠子曰：「孔子行年六十而六十化。」郭象曰：「與時俱化也。」班固
〈幽通賦〉曰：「終保己而貽則，里止仁之所廬。」《漢書》曰：「班
彪與從兄嗣共遊學，家有賜書，楊子雲已下，莫不造門。」

該詩爲陶初任參軍時途經曲阿之作，全詩表現己身雖然出仕，「暫與園田疏」，卻對園田有著極度懷念與嚮往之情懷。此處所引四語，乃詩末述說終當歸隱山林的心志。善注的部份針對「眞」、「化」、「班生廬」等做了說明，其中「班生廬」者爲陶詩中之用典，善注援引班固〈幽通賦〉，對於該詞的交代可謂妥當。而五臣注的部分，則是將此四詩句從頭串講，使得文意之說明頗具完整性。善注於典故上的交代，以及五臣於文意串講之兩相配合，實可謂相得益彰。

謝靈運之〈永初三年七月十六日之郡初發都〉，亦可作爲徵引與疏通文意合則雙美的說明：

李牧愧長袖，郤克慚躄步。良時不見遺，醜狀不成惡。

曰余亦支離，依方早有慕。

　　良曰：遇時雖醜，亦爲時所用，謂李牧郤克也。支離，毀瘁也。方，
　　道也。言我形亦復毀瘁也，今將依常道，有慕養形。
　　善曰：《莊子》曰：「支離疏者，頤隱於齊，肩高於頂，會撮指天，五
　　管在上，兩髀爲脅。」七賢音義曰：「形體離，不全正也，名疏。」
　　《莊子》曰：「子桑户、孟子反、子琴張三人相與友，子桑户死，孔
　　子使子貢往待事，或鼓琴，相和而歌。子貢反，以告孔子。孔子曰：
　　『彼遊方之外者也，而丘遊方之內者也。』子貢曰：『夫子何方之依？』
　　曰：『丘，天之戮民也。』」郭象曰：「以方內爲桎梏，明所貴在方外。
　　夫遊外者依內。」司馬彪曰：「方，常也，言彼遊心於常教之外也。」
　　《漢書》，郊祀歌曰：「天地並況，惟予有慕。」會音括。撮，租括切。
　　髀，步米切。

生幸休明世，親蒙英達顧。空班趙氏璧，徒乖魏王瓠。

全詩旨在說明作者於政治上失意，而欲寄情於山水。此處所錄，乃詩人自言己以支離之身，卻蒙受英主所用，然終未能一展長才之歎。「支離」與「依方」兩者，李善注除了徵引原典外，還援用前人之解釋，對詩中關鍵性的兩個詞彙有清楚而詳盡的交代。至於五臣注的部分，則簡潔地說明「支離」、「方」的字義；另一方面，又再次回顧上文提及李牧與郤克之處，從而與詩人本身的情形作一對照，使得文意上更爲融通。善注與五臣注於此之搭配，很明顯有著互補的效用：前者於典故上有清楚

的說明，後者則略於此，而將重點擺在該句文意的講解，以及與前後詩文之連貫。
兩者合則雙美的性質，復於此得到很好的展現。

　　本文不憚其煩地列舉了那麼多個例子，旨在說明像這類「一徵引一串講」的結
合方式，是談論善注與五臣注合則雙美時，最常見的情形。然而除此之外，尚有其
他表現方式，亦可見相得益彰之美。善注一般來講是以徵引爲其主要體例，然其中
亦不乏串講文意者，因此在兩注互補的結合方式中，尚有一種情形是：五臣與善注
皆對文意做了一些概括，然而善注以簡潔而概略之說明爲主，五臣注則是有較詳盡
而具體的解說；這樣的組合方式，亦爲兩者互補之表現。試觀盧諶〈答魏子悌〉：

　　　　遇蒙時來會，聊齊朝彥跡。

　　　　翰曰：朝謂琨府朝也，彥謂悌也。言 我蒙遇其時，得與悌齊跡事琨 也。

　　　　善曰：言 富貴榮寵，時之暫來 也。《漢書》，蒯通曰：「時乎，時不再
　　　　　　來！」

該詩首言因緣湊巧，能與魏子悌同於劉琨底下謀事，其次則以與魏之交遊爲主軸，
述說彼此情意深厚，不會因時空之流轉而有所轉換。上述所取二語，即是盧諶歡欣
可與魏子悌同朝共事的片段。善注以爲這樣的機遇實「暫來」而已，不能久長，關
於「時」的具體內涵爲何，並未多做說明，而僅止於「富貴榮寵」此籠統的概括。
至於李周翰的部分，則是確切指稱「朝」爲「劉琨府朝」，「俊彥」爲「魏子悌」，所
謂「時」者，即是「與魏同事劉琨之際」，在五臣注中，人事時空是具體而清晰的。
如此一概括、一具體的搭配，亦爲兩注合則雙美之表現。

　　再如沈約的〈應詔樂遊苑餞呂僧珍詩〉，據劉良的說法，該詩之背景乃「僧珍爲
左衛將軍，北伐衛，故命作詩餞也。」時值北魏侵略，天下不安，以下二語所展現
的，即是君王對民不聊生樣態之憐憫：

　　　　愍茲區宇內，魚鳥失飛沈。

　　　　銑曰：愍，憐也。 憐此區宇之內，萬物失所也。言苦魏侵掠。

　　　　善曰：言 失常 也。〈東京賦〉曰：「區宇乂寧。」《大戴禮》曰：「魚游
　　　　　　于水，鳥飛于雲。」

李善以「失常」兩字概括，雖然簡單，卻對「魚鳥失飛沈」此表面現象的深層意涵
有合理之說明。相較而言，五臣的解釋就顯得更爲清晰，除此之外，並點出造成此
現象的原因，在於魏之侵略，其中「苦」字，更是傳達了面對此情形時心境上的鬱
悶。兩相對照，雖同爲文意之說明，卻因詳簡不一而各展其長，一則概括，一則落
實至具象面加以解說，若能合而觀之，當會更佳。

　　類似這樣可合觀之處，復舉顏延之〈拜陵廟作〉爲例，以類其餘。全詩以詩人

自身仕宦生涯之述說爲主軸，恰逢拜謁宋武帝之陵廟，而顏延之本身曾歷武帝朝，如今又追隨文帝，面對帝朝之更迭以及仕途中之種種感受，對詩人而言可說是百感交集。此處所引，即爲該詩的最後兩句，可以視爲是顏氏對仕宦生涯的總體概括，亦爲全詩要旨之歸結：

發軌喪夷易，歸軫慎崎傾。

良曰：軌，跡。夷，平。喪，失也。軫，車也。言發迹入仕，在於高祖平易之時，高祖既沒，遭少帝之難，是發跡而失平易之道，今老矣，如車之將歸，宜慎崎傾之險也。

善曰：以車之行喻己之仕也。發軌，弱冠也。王武子〈答何劭詩〉曰：「計終收遐致，發軌將先起。」《封禪書》曰：「軌跡夷易。」易，遵也。歸軫，暮年也。《楚辭》曰：「睹軫丘兮崎傾。」

李善注的部分，徵引前人類似用法的情況，大致如本文之前所言，可以和五臣疏通文意處互補合觀。至於善注一開始即言「以車之行喻己之仕」，可使讀者知道大略的文意傾向；五臣注則是針對此再做詳細的補充，明確解釋詩人的仕宦生涯如何與車行之喻有所對照。由以上諸例可見，善注與五臣注之間的互補性質，不只是表現在徵引和疏通文意的結合上，兩注於疏通文意上繁簡的差異，亦是一個可以留意之觀察點。

除此之外，尚有另一類互補情形，於兩注的結合上亦頗具特色。這一類亦是針對李善和五臣個別串講文意處所作的觀察。上一類大致的情況是一詳一略，而此處所論，兩者雖同爲疏通文意，卻因解讀作品的角度略有不同，呈現焦點稍異的樣態，而具備合觀之價值。作品自身本來就存在一些空白處，注釋家的理解與重心不盡然會完全一致，若能將這樣的差異合觀，即有見到作品豐厚意涵的可能性，此乃善注與五臣注合則雙美的展現之一。茲以下列諸例說明這樣的狀況。首先觀鮑照〈苦熱行〉：

毒涇尚多死，渡瀘寧具腓。〔註41〕

濟曰：涇、瀘，二水名。晉伐秦，秦人毒涇上流，師人多死。諸葛亮云：「五月渡瀘，深入不毛。」具，俱。腓，病也。寧止於病，其皆至於死，言此毒中人，甚於彼二處也。

善曰：言秦人毒涇尚或多死，況今毒瘴乎？諸葛渡瀘，寧有俱病也。《左氏傳》曰：「諸侯之大夫從晉侯伐秦，濟涇而次，秦人毒涇上流，師人多死。」諸葛亮表曰：「五月渡瀘，深入不毛。」《毛詩》曰：「秋

---

〔註41〕案明州本：李善本「腓」作「肥」。

日淒淒，百卉具腓。」毛萇曰：「腓，病也。瀘音盧。腓音肥。」
李周翰云此詩要旨乃「謂於南方瘴癘之地，盡節征伐，而國家賞之太薄。」此處所
節錄者，即是征戰將士行經南方，為瘴癘環境所苦之不堪景象。乍看之下，兩者於
文意串講處並沒有多大的區別，然而若細細斟酌這其中的用語，會發現兩者所側重
的面向不甚一致：善注以古之病害，烘托當今毒瘴之甚，其所採取的，乃古今對照
之方式。五臣注則言「皆至於死」、「甚於彼二處」，除了和李善注一樣都提到該毒之
猛烈外，這裡所強調的，尚有肆虐之廣泛，此為善注所無。綜合「今之毒更甚於古」
以及「該毒肆虐之廣」兩面向，詩中描繪之慘烈樣態因此而更為突顯。兩注側重點
不甚一致，卻能於合觀中進一步彰顯詩意，此實為解讀詩意上合則雙美之證。

再如王粲的〈贈蔡子篤詩〉，該詩述說世路艱辛、人生實難之歎，而此慨今則因
要與摯友分離，相見之期未卜而更顯深沉。底下所引，乃不得與友同歸舊邦之歎：

> 烈烈冬日，肅肅淒風。潛鱗在淵，歸雁載軒。
>
> 苟非鴻鵰，孰能飛翻？〔註42〕
>
> 濟曰：苟，且也。鵰，猛鳥也，言且非此鴻鵰，能飛翻離此亂時之險？
> 善曰：因所見而言之。《毛詩》曰：「匪鶉匪鳶，翰飛戾天。」毛萇注
> 曰：「鶉，鵰也。」
>
> 雖則追慕，予思罔宣。瞻望東路，慘愴增歎。

善注於此雖然只有簡單地提到「因所見而言之」，然此言實清楚交代了何以會取鴻鵰
為喻之因。至於呂延濟，則將重心擺在鴻鵰對詩人的投射上，從而道出所處大環境
之險惡。兩者關注的角度明顯不同，卻無礙於對詩意的理解，反倒能於此合觀中，
進一步揣想詩人所見寂寥之景與己身慘愴之情。

至於陸厥的〈奉答內兄希叔〉，兩注亦展現出類似的情形：

> 嘉惠承帝子，躧履奉王孫。屬叨金馬署，又點銅龍門。
>
> 出入平津邸，一見孟嘗尊。歸來麇桑柘，朝夕異涼溫。
>
> 徂落固云是，寂蔑終如斯。杜門清三逕，坐檻臨曲池。
>
> 鳧鵠嘯儔侶，荷芰始參差。雖無田田葉，及爾泛漣漪。
>
> 春華與秋實，庶子及家臣。王門所以貴，自古多俊人。
>
> 離宮收杞梓，華屋當徐陳。平明上林苑，日入伊水濱。
>
> 書記既翩翩，賦歌能妙絕。相如恧溫麗，子雲慚筆札。
>
> 駿足思長阪，柴車畏危轍。愧茲山陽讌，空此河陽別。

〔註42〕案明州本：李善本「翻」作「飜」。

平原十日飲，中散千里遊。渤海方淫滯，宜城誰獻酬？

屏居南山下，臨此歲方秋。

惜哉時不與，日暮無輕舟。〔註43〕

　　良曰：惜，傷也，傷歲時不相待，日將暮矣，無輕舟以濟，喻己之老，不遇濟時之材，言此以傷時也。

　　善曰：言無輕舟以相從也。賈逵《國語注》曰：「惜，痛也。」劉越石〈贈盧諶詩〉曰：「時哉不我與。」曹子建〈贈王仲宣詩〉曰：「有彼孤駕鴦，哀鳴無匹儔；我願執此鳥，惜哉無輕舟。」

此詩首言詩人出仕及歸隱的經歷，其次讚美希叔具輔政之才，最後表達欲以希叔同遊之願。以上所引善注與五臣注解處，乃最後希冀與希叔共遊之一段。兩注於此所表現的，亦是偏重點之不同：善注將焦點擺在詩人不得與內兄相從之上，而五臣注之解，則似進一步結合陸氏於該詩第一部分提及己身仕途不順的遭遇〔註44〕，從而抒發老而不遇之慨，復有傷時之歎。由以上觀察可知，仕宦不順又不得與友同遊的抑鬱氣氛實涵蓋全詩，李善與五臣各自留意到一個面向，若能將兩者結合，對於理解全詩之情意自有更深入的可能。

　　綜合以上的論述可以發現：不論是「善注徵引、五臣串講」，或者是「兩注皆串講，唯內涵有詳略之別、切入角度互異」的組合方式，都可發現雙方皆存在部分不足，若能將兩者妥善結合，那麼就一個注釋兼顧層面的廣泛性而言，確實會寬闊許多，而這也是兩注互補所呈現之價值。

　　從五臣注的詮釋特徵、其中的比興思維，以及該注產生的時代背景這樣一路討論下來，可以發現有很多對於五臣的批評往往是陳陳相因，而有以偏概全的情形。沿襲前人對於五臣注的批評或尚可諒解，值得擔憂的是：正因為接受了前人對其負面的評價，而以為該注不值一顧，也就因為未曾好好地觀察過五臣注，對於其內涵之優劣，自然無法有比較全面的認識。但願本文能在這部分提供一些貢獻。

〔註43〕案明州本：李善本「如」作「始」、「人」作「民」、「當」作「富」、「明」作「旦」。其中梁章鉅以為「如」字為是（《文選旁證》，頁624。）

〔註44〕歸來翳桑柘，朝夕異涼溫。俎落固云是，寂蔑終始斯。

# 附　錄　一

## 一、句意篇旨之闡發

## 一、整體性之塑造

### （一）題解處總括大旨

1. 《雜體詩・許徵君自序詢》　江淹

　　向曰：序謂述隱居之意。

2. 〈效古〉　袁淑

　　翰曰：象古人征行辛苦之意。

3. 《遊仙詩》　郭璞

　　向曰：璞詩雖游仙，意雜傲誕，上下道德，信遠乎哉！

4. 〈長歌行〉　（漢樂府）

　　良曰：長歌短歌，言壽命長短有定分，不可妄求，當早崇樹事業，無貽後時之歎。

5. 《七哀詩》之一　王粲

　　翰曰：此詩哀漢亂也。

6. 〈燕歌行〉　曹丕

　　濟曰：燕，地名。此婦人思夫之意。

7. 〈擬古詩〉　陶潛

　　良曰：此言榮樂不常。

### （二）詩作詮解上之前後呼應

1. 太素既已分，吹萬著形兆。寂動苟有源，因謂殤子夭。（江淹《雜體詩·張
   廷尉雜述緯》）
   道喪涉千載，津梁誰能了？
   　　銑曰：涉，歷也。津梁 喻道 也。了，明也。言淳化之喪，已歷千載，
   　　其於 至道 ，誰明達也？
   思乘扶搖翰，卓然凌風矯。
   靜觀尺棰義，理足未常少。岡岡秋月明，憑軒詠堯老。
   浪跡無蚩妍，然後君子道。
   　　向曰：浪，放。蚩，醜。妍，好也。言放迹混然無醜好，乃得為 君子之
   　　道 。
   領略歸一致，南山有綺皓。
   　　銑曰：領，理。略，要也。言 理要之道 異塗，而歸一致也。綺，綺里季。
   　　皓，老人貌。南山，商洛山也，四皓隱所。
   交臂久變化，傳火迺薪草。
   亹亹玄思清，胸中去機巧。
   　　濟曰：亹亹，勉也。玄，遠也。言勉力遠思 清靜之道 ，去機巧於情府之
   　　中，則 與道相合 。
   物我俱忘懷，可以狎鷗鳥。

2. 日暮聊總駕，逍遙觀洛川。（江淹《雜體詩·陸平原羈宦機》）
   徂沒多 拱木 ， 宿草 凌寒煙。
   　　良曰：徂，往也。拱木，合手之木。宿草，陳根也。行役在路，但見墳
   　　墓拱木宿草犯寒煙而已。
   遊子易感愾，躑躅還自憐。
   　　向曰：遊客感此 拱木宿草 。易，為。愾，歎。躑躅，不安貌。自憐，自
   　　哀憐也。
   願言寄三鳥，離思非徒然。

3. 願假飛鴻翼，乘之以遐征。（石崇〈王明君詞〉並序）
   飛鴻不我顧，佇立以屏營。昔為匣中玉，今為糞上英。
   　　銑曰：不我顧，不顧我也。屏營，迴行兒。
   　　良曰：玉、英，皆喻明君。匣中喻漢。糞上，喻 匈奴 也。英，花也。
   朝華不足歡，甘與秋草并。
   　　銑曰：其憂思之心，見春朝之華，不足與歡樂，甘以其身與秋草俱凋隕，

不願生居匈奴之中。

傳語後世人，遠嫁難為情。

4. 《送應氏》之一　曹植

良曰：送應璩、瑒兄弟。時董卓遷獻帝於西京，洛陽被燒，故多言荒蕪之事。

步登北芒阪，遙望洛陽山。

洛陽何寂寞！宮室盡燒焚。

翰曰：洛陽山，洛之南山也。漢遭董卓燒宮室。

垣牆皆頓擗，荊棘上參天。不見舊耆老，但覩新少年。

側足無行徑，荒疇不復田。遊子久不歸，不識陌與阡。

中野何蕭條，千里無人煙。念我平常居，氣結不能言。

## 二、具體感之呈現

### （一）題解處之背景交代

1. 《從軍詩》　王粲

銑曰：漢相曹操出師征張魯及孫權，時粲作詩以美其事。

2. 〈贈劉琨〉并書　盧諶

良曰：諶在路被劉聰破，遂將妻子往并州投琨，後在段匹磾處憶琨前恩，故贈此詩也。

覽彼遺音，恤此窮孤。譬彼樛木，蔓葛以敷。

翰曰：遺音，謂琨先遺，諶詩有憂慮之意。窮孤，諶自謂也。枝下曲者蔓葛依此敷布也。諶自言附琨而起也。

3. 〈侍讌樂遊苑送張徐州應詔詩〉　丘遲

向曰：《梁典》云：「丘遲，字希範，吳興人。」時為中郎，武帝宏為徐州刺史，應詔送王。

### （二）詩作中之具體呈現

1. 猗靡情歡愛，千載不相忘。（阮籍《詠懷》之二）

傾城迷下蔡，容好結中腸。

銑曰：言美兒傾人之城，迷惑下蔡之邑，由此容兒美好，結人心腸。皆謂晉文王初有輔政之心，為美行佐主，有如此者。

2. 聖靈昔迴眷，微尚不及宣。何意衝飆激，烈火縱炎煙。焚玉發崑峰，餘燎遂

見遷。（謝靈運〈還舊園作見顏范二中書〉）

> 濟曰：聖靈，謂宋太祖也。迴眷，謂眷顧於己也。微，小也，為己小為高尚之志，不及宣用也。衝飆，謂徐羨之等為亂，殺廬陵王并及賢良，故云焚玉發崑峰也。靈運時為廬陵王司馬，出被遷永嘉守，故云餘燎遂見遷也。

3. 娛樂未終極，白日忽蹉跎。驅馬復來歸，反顧望三河。黃金百鎰盡，資用常苦多。北臨太行道，失路將如何。（阮籍《詠懷》之八）

> 向曰：晉文王，河內人，故託稱三河，言人輕薄之情，平生經過，游樂於魏都之中，及魏室衰暮，皆去而望晉。

> 翰曰：言雖黃金百鎰，資用苦多，豈可供其失路之費也？喻人素有美行於魏，今失路歸晉，其於美行盡以喪矣，將如之何哉？

## 三、幽微情思之參透

1. 薄言遵郊衢，摠轡出臺省。（江淹《雜體詩·謝僕射遊覽混》）
   向曰：衢，道也。以心不能齊物，將遵郊外之道而散情慮，故持轡出省而往之。

2. 青苔日夜黃，芳蕊成宿楚。（江淹《雜體詩·張黃門苦雨協》）
   良曰：苔，草梢也。蕊，蘂也。宿楚，叢木也。言青苔漸黃，蘂成叢木，歎歲月將盡。

3. 歲候初過半，荃蕙豈久芬？（顏延之〈夏夜呈從兄散騎車長沙〉）
   向曰：雖在夏中，聞蟋蟀鳴，則知時候過半。荃蕙，香草也。豈能久芬者，亦自傷也。

4. 自昔同寮寀，於今比園廬。（張華《答何劭》之一）
   衰疾近辱殆，庶幾並懸輿。
   翰曰：衰暮之年近於危辱之事，將欲庶幾以就懸車致仕之道也。輿，車也。
   散髮重陰下，抱杖臨清渠。屬耳聽鷖鳴，流目玩儵魚。
   從容養餘日，取樂於桑榆。

5. 興命公子，攜手同車。（嵇康〈雜詩〉）
   龍驥翼翼，揚鑣踟躕。
   濟曰：龍驥，馬也。翼翼，飛也。揚鑣踟躕，緩行也。言疾緩自任也。
   肅肅宵征，造我友廬。

# 二、藝術手法之展示

## 一、修辭技巧之揭示

### （一）「譬喻」修辭的揭示

1. 從容養餘日，取樂於桑榆。（張華《答何劭》之一）

    良曰：餘日，謂殘年也。桑榆日晚，亦比年老之稱。

2. 駕言出遠山，徘徊泣松銘。雨絕無還雲，華落豈留英。（江淹《雜體詩·潘黃門悼亡岳》）

    良曰：山，墳。銘，碑也。雨絕、花落，喻死而不還。

3. 俯觀江漢流，仰視浮雲翔。良友遠別離，各在天一方。（蘇武《詩》之四）

    翰曰：江漢流、浮雲翔，皆喻客游不止。

4. 探已謝丹黻，感事懷長林。（范曄〈樂游應詔詩〉）

    向曰：丹黻，喻榮祿也。言探己年已老，憖榮祿之飾，感此事，思歸於長林。

5. 鳴鴈飛南征，鵙鳩發哀音。（阮籍《詠懷》之十）

    向曰：鳴鴈飛征，喻賢臣遠去；鵙鳩哀音，喻邪臣讒佞，鵙鳩鳥鳴則百草不香。

6. 炎暑惟茲夏，三旬將欲移。（阮籍《詠懷》之十三）

    銑曰：三旬，謂六月之旬，欲入於秋也。喻魏之末權移於晉。

7. 皋蘭被徑路，青驪逝駸駸。（阮籍《詠懷》之十七）

    銑曰：澤畔曰皋。青驪，馬也。逝，去也。駸駸，驟兒。以喻已去之疾。

8. 蓱榮不終朝，蜉蝣豈見夕？（郭璞《遊仙詩》之七）

    銑曰：蓱榮，花也，朝榮暮落；蜉蝣，小蟲名，朝生夕死。此皆比人生之短也。

9. 幨帷蘭甸，畫流高陛。（顏延之〈應詔讌曲水作詩〉）

    向曰：蘭甸，謂野田有蘭者，蓋以其香喻德馨也。言張帷幨於蘭甸，畫地通水於高陛之側也。陛，階也。

10. 萎葉愛榮條，涸流好河廣。（謝瞻〈於安城答靈運〉）

    銑曰：萎葉、涸流，自喻也。榮條、河廣，喻靈運之德茂深也。

11. 處生化單父，子奇蒞東阿。（潘尼〈贈河陽〉）

    桐鄉建遺烈，武城播弦歌。

    翰曰：或以遺愛為業，或以絃歌見美，以岳喻此四賢。

逸驥騰夷路，潛龍躍洪波。

濟曰：驥，良馬也，縱良馬於平路，躍潛龍於大波，喻得塗也。

弱冠步鼎鉉，既立宰三河。流聲馥秋蘭，摛藻豔春華。

徒美天姿茂，豈謂人爵多。

## （二）「諷喻」修辭的揭示

1. 《擬古》之一　鮑照

　　良曰：此篇刺有德不仕，安於幽棲。

2. 《詠懷》　阮籍

　　良曰：臧榮緒《晉書》云：「阮籍，字嗣宗，陳留尉氏人，容兒瑰傑，志氣宏放。蔣濟辟為掾，後謝病去，為尚書郎，遷步兵校尉。」籍屬文，初不苦思，率爾便作成，陳留八十餘篇，此獨取十七首。詠懷者，謂人情懷。籍於魏末晉文之代，常慮禍患及己，故有此詩。多刺時人無故舊之情，逐勢利而已。觀其體趣，實謂幽深，非夫作者，不能探測之。

3. 三楚多秀士，朝雲進荒淫。（阮籍《詠懷》之十七）

　　翰曰：三楚謂楚文王，都郢，昭王都鄂，考烈王都壽春。秀士，為秀茂之士，宋玉之流也。王為〈高堂賦〉，云：「朝為行雲，暮為行雨。」諷荒淫之事，進諫於君，言朝廷之士隨風從流，無能如此。

4. 明月皎夜光，促織鳴東壁。（《古詩十九首》之七）

　　濟曰：此詩刺友朋貴而易情也，述時而後發其志。促織，蟲名，言鳴東壁者，隨其時所述。

5. 東城高且長，逶迤自相屬。（《古詩十九首》之十二）

　　銑曰：此詩刺小人在位，擁蔽君明，賢人不得進也。東，春也，所以養生萬物，城可以居人，比君也。高且長，喻君尊也。相屬，德寬遠也。逶迤，長遠也。

## （三）「設問」修辭的揭示

1. 問君亦何為？百年會有役。（江淹《雜體詩‧陶徵君田居潛》）

　　良曰：問君，謂自舉以問以答也。何為辛苦？答云人生百年皆有勞役。

2. 用等稱才學，往往見歎譽。（應璩〈百一〉）

　　翰曰：問璩何等用而稱才學，往往為人所歎譽也。皆有人問詞也。

3. 疇曩伊何，逝者彌疏。（盧諶〈贈劉琨〉并書）

　　良曰：伊，是。逝，往也。疇曩是何，自問也。言已往之事，大理益疎

也。曩，昔也。

4. 結構何迢遰，曠望極高深。（謝朓〈郡內高齋閒坐答呂法曹〉）

　　濟曰：結構，作齋屋也。迢遰，高也。何者，自問也。曠，遠也。言遠
　　盡見高深也。

## （四）「美言」（誇飾）修辭的揭示

1. 白雲隨玉趾，青霞雜桂旗。（沈約〈鍾山詩應西陽王教〉）

　　銑曰：玉趾，美言王之足也，王登于山，故曰雲隨其足。桂旗，旗名，
　　其高與青霞相雜。

2. 瑤草正翕艶，玉樹信蔥青。（江淹〈從冠軍建平王登廬山香爐峰〉）

　　向曰：瑤草、玉樹，皆美言之。翕艶、蔥青，盛鬱皃。

3. 園縣極方望，邑社摠地靈。（顏延之〈車駕幸京口侍遊蒜山作〉）

　　向曰：園縣，山陵也。方望，謂祭四方群神。地靈，地祇也，言極盡摠
　　括於此，宋都其地，故美言也。

4. 春江壯風濤，蘭野茂稊英。宣遊弘下濟，窮遠凝聖情。（顏延之〈車駕幸京
　　口侍遊蒜山作〉）

　　銑曰：蘭野，美言之。稊英，初生草也。

5. 智哉眾多士，服理辯昭昧。（鮑照〈代君子有所思〉）

　　向曰：智哉，歎美之辭。多士，謂羣官也。服，習。理，道也。言習道
　　可以辨物情之明暗。

6. 邈矣達度，唯道是杖。形有未泰，神無不暢。如川之流，如淵之量。（盧諶
　　〈贈劉琨〉并書）

　　銑曰：邈，遠也，遠矣，美琨也。杖，據也，言據道而行，形體雖爲人
　　所屈，神智則無不通矣。川流，謂不閡也。淵量，喻其深也

## （五）「感歎」修辭的揭示

1. 惜無爵雉化，何用充海淮。（顏延之〈和謝監靈運〉）

　　良曰：惜，傷也。雀入海爲蛤，雉入淮爲蜃，自傷不能同此之化，將何
　　用以充淮海。

2. 時暮復何言，華落理必賤。（陸雲《爲顧彥先贈婦》之二）

　　濟曰：時暮，謂老也。復何言，自歎也，言容華衰落，於理當見賤也。

3. 展轉不能寐，披衣起彷徨。（曹丕《雜詩》之一）

　　良曰：展轉，臥不安貌，嗟時亂有志於天下故也。

4. 獨無李氏靈，髣髴睹爾容。（潘岳〈悼亡詩〉）

> 翰曰：漢武帝李夫人死，帝甚思之，乃令方士致神力，遂得見其形。故安仁 嗟 其妻無此靈可見其容兒。

5. 下流不可處，君子慎厥初。（應璩〈百一〉）

> 翰曰：璩 自恨 居下流也。

6. 九逝非空思，七襄無成文。（顏延之〈夏夜呈從兄散騎車長沙〉）

> 翰曰：言我魂一夕九往，豈空自悲思，所思者君也。襄，反也，但恨七 反 ，而不成文章也。《詩》云：「睆彼牽牛，終日七襄；雖則七襄，不成報章。」薛君曰：「襄，反也。」

7. 容華坐消歇，端爲誰苦辛？（鮑照〈行藥至城東橋〉）

> 翰曰：端，正也。言己道德不行，榮華消歇，一生苦辛，正爲誰也。 歎恨之深 。

## （六）「自謙」修辭的揭示

1. 十載學無就，善宦一朝通。（鮑照〈數詩〉）

> 向曰：學十年曰大成，言無就者， 謙也 。善，猶良也。十者，小數之極，故數詩至此而止。

2. 予非荊山璞，謬登和氏場。（棗據〈雜詩〉）

> 銑曰：道彥 自謙 才非荊山之玉。和氏，知玉者，謂謬當進用，如非玉登於玉場。

3. 負乘爲我戒，夕惕坐自驚。（張華《答何劭》之二）

> 翰曰：負，負檐也，小人之事；乘，乘車也，君子之事。使小人爲君子之事，難以安之，故華 自謙 比小人居重位，爲我戒也。惕猶懼也。

4. 薄言載考，承顏下風。（陸雲〈大將軍讌會被命作詩〉）

> 翰曰：薄言，雲 謙也 。載，則。考，成也，謂薄德爲言，則成此詩，承王之顏色於下風也。

# 二、用字遣辭之留意

## （一）虛詞的運用

1. 時變感人思，已秋復願夏。淮海變微禽，吾生獨不化。（郭璞《遊仙詩》之四）

> 翰曰：雉入淮爲蜃，雀入海爲蛤，言此微禽 尚自 變化，吾獨不能，璞恨

詞也。

2. 希世無高符，營道無烈心。（陸機《赴洛》之一）

    向曰：高符，瑞命也。列，猛也。言望於世俗富貴，則無瑞命；營道藝之術，又無猛心。

3. 槁葉待風飄，逝將與君違。（傅咸〈贈何劭王濟〉並序）

違君能無戀，尸素當言歸。

    良曰：離君豈能無眷戀，但自恨尸祿素餐，當歸也。

4. 君子聳高駕，塵軌實爲林。（王僧達〈答顏延年〉）

崇情符遠跡，清氣溢素襟。

    翰曰：崇，高。符，同。素，本也。高情同往賢之遠迹，清淑之氣自盈於本心。

## （二）於注文中恰當地增添字辭

1. 宋人遇周客，慚愧靡所如。（應璩〈百一詩〉）

    良曰：宋有愚人得燕石於梧臺之東，以爲大寶而藏之，周客聞而觀焉，言口盧胡而笑：「此燕石也，與瓦礫不殊。」言周客之宋人非寶而觀之，有人知我無德而問之，其於愧也，不亦多矣！皆諷朝廷之士，有其位無其才，能不愧乎？

2. 歌竟長歎息，持此感人多。（陶淵明〈擬古詩〉）

    銑曰：樂極悲來，故歌竟歎息，言是事多感於人心也。

3. 登崖遠望涕泗流，我之懷矣心傷憂。（張載〈擬四愁詩〉）

    銑曰：崖，岸也，在目曰涕，在鼻曰泗。言登高遠懷，思望聖君，故傷憂之也。

4. 按轡遵長薄，送子長夜台。呼子子不聞，泣子子不知。（陸機《挽歌詩》之一）

歎息重櫬側，念我疇昔時。

三秋猶足收，萬世安可思？

    濟曰：《詩》云：「一日不見，如三秋兮。」若此之念，猶足可收，萬世永絕，安可思也。

殉沒身易亡，救子非所能。含言言哽咽，揮涕涕流離。

# 附　錄　二

## 一、政治寄託之解析

## 一、曹植詩注

### （一）作品與注釋均展現詩教傳統

1. 俯降千仞，仰登天阻，（〈朔風〉）

   濟曰：並言向東阿路險也。天阻，謂山高若登天也。喻時讒謗，身在危
   險，亦如此也。

   風飄蓬飛，載離寒暑。千仞易陟，天阻可越，

   昔我同袍，今永乖別！

2. 轉蓬離本根，飄颻隨長風。（《雜詩》之二）

   濟曰：此詩自喻遭邪譖逐出帝都也。

   何意迴飆舉，吹我入雲中。高高上無極，天路安可窮。

   類此遊客子，捐軀遠從戎。毛褐不掩形，薇藿常不充。

   去去莫復道，沉憂令人老。

### （二）詩注本身較具備獨立之政治寄託比興思維者

1. 〈三良詩〉

   良曰：亦詠史也，義與前詩同。植被文帝責黜，意者是悔不隨武帝死，
   而託是詩。

2. 《樂府・名都篇》

   銑曰：名都，邯鄲、臨淄之類也。居篇之首，故以為名。刺時人騎射之

妙，游騁之樂，而忘憂國之心。

3. 微陰翳陽景，清風飄我衣。(〈情詩〉)

> 翰曰：陽景，日也。微陰翳日者，佞臣蔽君明，而教令偪促於下，以多征役。風爲教令也。衣者，近人之體，謂教令偪人也。

游魚潛淥水，翔鳥薄天飛。眇眇克行士，遙役不得歸。

使出嚴霜結，今來白露晞。遊者歎黍離，處者歌式微。

慷慨對嘉賓，悽愴內傷悲。

## 二、阮籍詠懷詩注

## （一）明確地展現出詩人政治遭遇與詩作間的結合

1. 夜中不能寐，起坐彈鳴琴。薄帷鑒明月，清風吹我襟。(之一)

孤鴻號外野，翔鳥鳴北林。

> 向曰：孤鴻，喻賢臣，孤獨在外。號，痛聲也。翔鳥，鷙鳥，好迴飛，以比權臣在進，則謂 晉文王 也。

徘徊將何見？憂思獨傷心。

2. 二妃遊江濱，逍遙順風翔。交甫懷環佩，婉孌有芬芳。(之二)

猗靡情歡愛，千載不相忘。

傾城迷下蔡，容好結中腸。

> 銑曰：言美兒傾人之城，迷惑下蔡之邑，由此容兒美好結人心腸。皆謂 晉文王 初有輔政之心，爲美行佐主，有如此者。

感激生憂思，萱草樹蘭房。膏沐爲誰施，其雨怨朝陽。

如何金石交，一旦更離傷。

3. 平生少年時，輕薄好弦歌。西遊咸陽中，趙李相經過。(之八)

娛樂未終極，白日忽蹉跎。驅馬復來歸，反顧望三河。黃金百鎰盡，資用常苦多。北臨太行道，失路將如何。

> 向曰： 晉文王 ，河內人，故託稱三河，言人輕薄之情，平生經過，游樂於 魏都 之中，及 魏室 衰暮，皆去而 望晉 。

> 翰曰：言雖黃金百鎰，資用苦多，豈可供其失路之費也？喻人素有美行於 魏 ，今失路歸 晉 ，其於美行盡以喪矣，將如之何哉？

4. 灼灼西頹日，餘光照我衣。(之十四)

迴風吹四壁，寒鳥相因依。

> 銑曰：頹日，喻 魏 也，尚有餘德及人。迴風，喻 晉武 。四壁，喻大臣。

寒鳥，喻小人。

周周尚銜羽，蛩蛩亦念飢。

　　向曰：周周，鳥名，重頭屈尾，飲於河則沒其頭，常銜鳥羽，然後得飲。有比肩獸曰蛩蛩，能擇美草，距虛負之而走，以喻君臣相須而濟，有 晉 不如於此。

如何當路子，磬折忘所歸。豈為夸譽名，憔悴使心悲？

　　翰曰：當路子，喻大臣也，皆磬折曲從以媚 晉氏 ，而忘致君之道。

　　良曰：此人皆夸大與名譽而致身趨附之地，使我憔悴而心悲。

寧與燕雀翔，不隨黃鵠飛。黃鵠遊四海，中路將安歸？

5. 湛湛長江水，上有楓樹林。皋蘭被徑路，青驪逝駸駸。（之十七）

遠望令人悲，春氣感我心。三楚多秀士，朝雲進荒淫。

朱華振芬芳，高蔡相追尋。一為黃雀哀，淚下誰能禁。

　　良曰：朱華，喻榮盛，言 魏 初榮盛，後如高蔡黃雀之危，一念至此，泣涕不能禁止。

# 二、情感興發之解析

## 一、從具感意象探求個人情意

### （一）揭示表面物象背後之情意

1. 胡馬依北風，越鳥巢南枝。（《古詩十九首》之一）
　　翰曰：胡馬出於北，越鳥來於南，依望北風，巢宿南枝， 皆思舊國 。

2. 朝與佳人期，日夕望青閣。（江淹《雜體詩・陳思王贈友曹植》）
　　濟曰：朝夕望於青閣之上， 思其來 也。

3. 黃鵠一遠別，千里顧徘徊。（蘇武《詩》之二）
　　翰曰：以人喻黃鵠，言鳥飛高遠也。徘徊，不進貌，言 相思未去 。

4. 忽忽歲云暮，游原采蕭蘦。（盧諶〈時興詩〉）
　　銑曰：游於原野也。蕭，香蒿也。蘦，豆苗也。 惜時逝之意 也。

5. 季秋邊朔苦，旅鴈違霜雪。淒淒陽卉腓，皎皎寒潭絜。（謝靈運〈九日從宋公戲馬臺集送孔令詩〉）
　　濟曰：腓，病也，風霜慘悽，草木色皆病，此言 以喻己老患 也。

6. 芳草久已茂，佳人竟不歸。躑躅遵林渚，惠風入我懷。（陸機〈擬庭中有奇

樹〉）

良曰：言芳草久已茂盛，而友人竟未歸也。 跼躅思念 ，循於林池之上，
惠和之風，入我襟懷。

7. 紈扇如圓月，出自機中素。畫作秦王女，乘鸞向煙霧。（江淹《雜體詩·班
婕妤詠扇》）

采色世所重，雖新不代故。竊愁涼風至，吹我玉階樹。

向曰：言彩色雖可重，不可以新而代故。涼風至，謂秋也。言 恐秋而輕
弃不用 也。

君子恩未畢，零落在中路。

8. 希世無高符，營道無烈心。靖端肅有命，假楫越江潭。（陸機《赴洛》之一）

親友贈予邁，揮淚廣川陰。撫膺解攜手，永歎結遺音。

無跡有所匿，寂寞聲必沈。

肆目眇不及，緬然若雙潛。

向曰：肆，縱。眇，遠也。言縱目遠視，而不相見， 故意相思 ，緬然若
雙潛也。

9. 職事相塡委，文墨紛消散。馳翰未暇食，日昃不知晏。（劉楨〈雜詩〉）

沈迷簿領書，回回自昏亂。釋此出西城，登高且遊觀。

方塘含白水，中有鳧與鴈。

安得蕭蕭羽。爾從游波瀾。

銑曰：蕭蕭，飛貌。言厭煩亂，願得羽翼，與此鳥同游波瀾中， 以為樂
也 。

10. 明月入綺窗，髣髴想蕙質。消憂非萱草，永懷寧夢寐。（江淹《雜體詩·潘
黃門悼亡岳》）

夢寐復冥冥，何由覿爾形。我慚北海術，爾無帝女靈。

駕言出遠山，徘徊泣松銘。雨絕無還雲，華落豈留英。

日月方代序，寢興何時平！

向曰：言日月雖遠， 起臥思憶，情猶未平 。

## （二）以花謝日落喻時逝、衰老之意象群

1. 青春速天機，素秋馳白日。（江淹《雜體詩·潘黃門悼亡岳》）

良曰：天機，琁機。 運時之急，速忽及素秋 。

2. 頹魄不再圓，傾羲無兩旦。（謝惠連〈秋懷詩〉）

向日：魄，月羲日也。言月既缺，一月之中無再復圓也；日既傾，一日之中無更朝也。喻人老不可更少。

3. 山嶂遠重疊，竹樹近蒙籠。開衿濯寒水，解帶臨清風。（沈約〈遊沈道士館〉）
   所累非外物，爲念在玄空。朋來握石髓，賓至駕輕鴻。
   都令人逕絕，唯使雲路通。一舉陵倒景，無事適華嵩。
   寄言賞心客，歲暮爾來同。

   銑曰：賞心客，謂與我賞此之友人。歲暮，謂年老也。言及老，與爾同此事。

4. 王喬飛鳧舄，東方金馬門。從宦非宦侶，避世不避喧。（沈約〈和謝宣城〉）
   揆余發皇鑒，短翮屢飛翻。晨趨朝建禮，晚沐臥郊園。
   賓至下塵榻，憂來命綠樽。昔賢侔時雨，今守馥蘭蓀。
   神交疲夢寐，路遠隔思存。
   牽拙謬東汜，浮惰及西崑。

   翰曰：東汜，日初出處，比少壯也；西崑，日入處，比衰老也。謂少壯之時，牽拙才謬入王事，而浮惰疏昧，歸於衰老也。

   顧循良菲薄，何以儷璵璠。將隨渤澥去，刷羽汜清源。

## （三）五臣對陸機詩中具感意象背後情懷之揭示

1. 歡沉難剋興，心亂誰爲理。願假歸鴻翼，翻飛浙江汜。（《爲顧彥先贈婦》之一）

   翰曰：假，借也。言歡沈難起，心亂誰理，是願借歸鴻之翼，共飛浙江水之涯，以見所思也。

2. 借問歎何爲，佳人眇天末。（《爲顧彥先贈婦》之二）

   翰曰：婦自借問，以發詩情。佳人則彥先也。眇然極望，若在天之末畔，蓋思遠也。

3. 芳草久已茂，佳人竟不歸。躑躅遵林渚，惠風入我懷。（〈擬庭中有奇樹〉）

   良曰：言芳草久已茂盛，而友人竟未歸也。跚躅思念，循於林池之上，惠和之風，入我襟懷。

4. 隆想彌年月，長嘯入風飆。引領望天末，譬彼向陽翹。（〈擬蘭若生朝陽〉）

   良曰：彌，終也。天末，遠也。謂思想之盛，終於年月，長爲嘯聲，入於飛風，冀達遠情也。翹，英之秀者。曠遠之心，亦猶葵藿，傾翹以向日也。

5. 隆暑固已慘，涼風嚴且苛。夏條集鮮藻，寒冰結衝波。（〈從軍行〉）

　　良曰：疊上文也。隆暑、夏條，南方也；涼風、寒冰，北方也。慘，毒。苛，酷。藻，華也。焦鮮，花熱也。結衝波，水結爲冰也。言經寒炎而 辛苦 。

6. 寤寐多遠念，緬然若飛沈。（〈悲哉行〉）

　　銑曰：緬，邈也，其心邈然，若魚鳥之飛沈，是傷心也 。

# 參考書目

## 一、專　著

### 一、《昭明文選》

1. 日・長澤規矩也解題：《文選》（東京：汲古書院，1975 年 7 月）。

2. 南朝梁・蕭統選編、李善等註：《六臣註文選》（浙江：浙江古籍出版社，1999 年 3 月）。

3. 周勛初編選：《唐鈔文選集注彙存》（上海：上海古籍出版社，2000 年 7 月）。

4. 汪習波：《隋唐文選學研究》（上海：上海古籍出版社，2005 年）。

5. 游志誠：《昭明文選學術論考》（臺北：學生書局，1996 年 3 月）。

6. 王立群：《現代「文選」學史》（北京：中國社會科學出版社，2003 年 10 月）。

7. 日・岡村繁著，陸曉光譯：《文選之研究》（上海：上海古籍出版社，2002 年 8 月）。

8. 王令樾：《文選詩部探析》（臺北：國立編譯館，1996 年 7 月）。

9. 胡大雷：《文選詩研究》（桂林：廣西師範大學出版社，2000 年 4 月）。

10. 傅剛：《《昭明文選》研究》（北京：中國社會科學出版社，2000 年 1 月）。

11. 傅剛：《文選版本研究》（北京：北京大學出版社，2000 年 9 月）。

12. 范志新：《文選版本論稿》（南昌：江西人民出版社，2003 年 9 月）。

13. 范志新：《文選版本擷英》（貴陽：貴州人民出版社，2004 年 12 月）。

14. 日・斯波六郎原著，黃錦鋐，陳淑女譯：《文選諸本之研究》（台北：法嚴出版社，2003 年 11 月）。

15. 羅國威：《敦煌本《昭明文選》研究》（哈爾濱：黑龍江教育出版社，1999 年 10 月）。

16. 清・梁章鉅撰、穆克宏點校：《文選旁證》（福州：福建人民出版社，2000 年 1 月）。

17. 駱鴻凱：《文選學》（臺北：漢京文化，1982 年 10 月）。

18. 于光華：《評注昭明文選》（臺北：學海出版社，1981 年 9 月）。

## 二、經　部

1. 漢・毛亨傳，鄭玄箋，唐・孔穎達疏，龔抗雲、李傳書、胡漸逵整理，蕭永明、夏先培、劉家和審定：《毛詩正義》（北京：北京大學出版社，1999 年 12 月）。

2. 漢・鄭玄注，唐・賈公彥疏，趙伯雄整理，王文錦審定：《周禮注疏》（北京：北京大學出版社，1999 年 12 月）。

3. 漢・孔安國傳，唐・孔穎達疏，廖名春、陳明整理，呂紹綱審定：《尚書正義》（北京：北京大學出版社，1999 年 12 月）。

4. 魏・何晏注，宋・邢昺疏，朱漢民整理，張豈之審定：《論語注疏》（北京：北京大學出版社，1999 年 12 月）。

5. 魏・王弼注，唐・孔穎達疏，李申、盧光明整理，呂紹綱審定：《周易正義》（北京：北京大學出版社，1999 年 12 月）。

6. 晉・范寧集解，唐・楊士勛疏，夏先培整理，楊向奎審定：《春秋穀梁傳注疏》（北京：北京大學出版社，1999 年 12 月）。

7. 皮錫瑞：《經學歷史》（臺北：藝文印書館，2000 年 11 月）。

## 三、史　學

1. 晉・陳壽撰，宋・裴松之注：《三國志》（北京：中華書局，2002 年 2 月）。

2. 唐・房玄齡等撰：《晉書》（北京：中華書局，2003 年 6 月）。

3. 梁・沈約撰：《宋書》（北京：中華書局，2000 年 11 月）。

4. 唐・令狐德棻等撰：《周書》（北京：中華書局，1997 年 3 月）。

5. 唐・魏徵等撰：《隋書》（北京：中華書局，2002 年 12 月）。

6. 後晉・劉昫等撰：《舊唐書》（北京：中華書局，2002 年 12 月）。

7. 宋・歐陽修，宋祁撰：《新唐書》（北京：中華書局，2003 年 7 月）。

8. 唐・吳兢編集、姜濤點校：《貞觀政要》（濟南：齊魯書社，2000 年 5 月）。

9. 唐・杜佑撰：《通典》，收於《欽定四庫全書薈要卷九千一百三十三・史部》（臺北：世界書局，1986 年）。

10. 宋・司馬光撰，元・胡三省音註，「標點資治通鑑小組」校點：《資治通鑑》（北京：中華書局，1976 年）。

11. 宋・王溥：《唐會要》（臺北：世界書局，1968 年 11 月）。

12. 清・徐松撰，孟二冬補正：《登科記考補正》（北京：北京燕山出版社，2003 年 7 月）。

13. 清・永瑢、紀昀等撰：《欽定四庫全書總目》（臺北：臺灣商務印書館，1983 年，據國立故宮博物院藏本影印）。

# 肆、子部

1. 劉文典撰，馮逸、喬華點校：《淮南鴻烈集解》（北京：中華書局，1997 年 1 月）。
2. 漢・王符著，清・汪繼培箋、彭鐸校正：《潛夫論箋校正》（北京：中華書局，1997 年 10 月）。
3. 余嘉錫撰，周祖謨、余淑宜整理：《世說新語箋疏》（臺北：華正書局，2002 年 8 月）。
4. 楊明照撰：《抱朴子外篇校箋》（北京：中華書局，2004 年 5 月）。
5. 五代・丘光庭撰，劉大軍校點：《兼明書》（瀋陽：遼寧教育出版社，1998 年 3 月，依《四庫全書》為底本，校以天一閣舊抄本）。
6. 五代・王定保撰，姜漢椿校注：《唐摭言校注》（上海：上海社會科學院出版社，2003 年 1 月）。
7. 唐・封演撰，李成甲校點：《封氏聞見記》（瀋陽：遼寧教育出版社，1998 年 3 月）。
8. 唐・李匡乂撰，張秉戍校點：《資暇集》（瀋陽：遼寧教育出版社，1998 年 3 月）。
9. 宋・葉夢得撰，宇文紹奕考異：《石林燕語》（北京：中華書局，1997 年 12 月）。
10. 宋・洪邁：《容齋隨筆》（北京：北京燕山出版社，1997 年）。
11. 宋・王應麟撰，翁元圻注：《困學紀聞》（上海：商務印書館，1935 年 11 月）。
12. 清・何焯著，崔高維點校：《義門讀書記》（北京：中華書局，1987 年）。
13. 清・彭元瑞：《知聖道齋讀書跋》，收於清・汪璐輯《國家圖書館藏古籍題跋叢刊・藏書題識》（北京：北京圖書館出版社，2002 年 5 月）。

# 伍、集　部

1. 洪興祖撰：《楚辭補注》（臺北：藝文印書館，1999 年 9 月）。
2. 清・嚴可均編：《全上古三代秦漢三國六朝文》（北京：中華書局，1991 年，據清光緒年間黃崗王毓藻等校羊城西湖街富文齋承刊本句讀影印）。
3. 明・張溥題辭，殷孟倫輯注：《漢魏六朝百三家集題辭》（臺北：木鐸出版社，1982 年 5 月）。
4. 張少康、盧永璘編選：《先秦兩漢文論選》（北京：人民文學出版社，1999 年 1 月）。
5. 郁沅、張明高編選：《魏晉南北朝文論選》（北京：人民文學出版社，1999 年 1 月）。
6. 郭紹虞主編：《中國歷代文論選》（上海：上海古籍出版社 2001 年 10 月）。
7. 王金凌：《中國文學理論史　上古篇》（臺北：華正書局，1987 年 4 月）。

8. 王金凌：《中國文學理論史六朝篇》（臺北：華正書局，1988 年 4 月）。

9. 明・劉履等著，楊家駱編：《古詩十九首集釋》（臺北：世界書局，2000 年 6 月）。

10. 鍾京鐸：《古詩十九首論析》（臺北：學海出版社，2001 年 3 月）。

11. 馬茂元：《古詩十九首探索》（高雄：復文圖書，1991 年 9 月）。

12. 傅亞庶：《三曹詩文全集譯注》（長春：吉林文史出版社，1997 年 1 月）。

13. 河北師範學院中文系古典文學教研組編：《三曹資料彙編》（北京：中華書局，2004 年 1 月）。

14. 曹植著，趙幼文校注：《曹植集校注》（北京：人民文學出版社，1998 年 7 月）。

15. 曹植著，黃節：《曹子建詩注》（臺北：藝文印書館 1975 年 9 月）。

16. 王粲著，俞紹初校點：《王粲集注》（北京：中華書局，1980 年 5 月）。

17. 阮籍著，陳伯君校注：《阮籍集校注》（北京：中華書局，2004 年 6 月）。

18. 阮籍著，黃節注：《阮步兵詠懷詩注》（臺北：藝文印書館，2000 年 11 月）。

19. 靳極蒼：《阮籍詠懷詩詳解》（太原：山西古籍出版社，1999 年 9 月）。

20. 嵇康著，戴明揚校注：《嵇康集校注》（臺北：河洛圖書出版社，1978 年 5 月）。

21. 陸機著，金濤聲點校：《陸機集》（北京：中華書局，1982 年 1 月）。

22. 陸機著，張少康集釋：《文賦集釋》（北京：人民文學出版社，2002 年 9 月）。

23. 左思著，鍾京鐸集釋：《左思詩集釋》（臺北：學海出版社，2001 年 3 月）。

24. 袁行霈撰：《陶淵明集箋注》（北京：中華書局，2003 年 4 月）。

25. 北京大學北京師範大學中文系、北京大學中文系文學史教研室編：《陶淵明資料彙編》（北京：中華書局，2004 年 1 月）。

26. 謝靈運著，顧紹柏校注：《謝靈運集校注》（臺北：里仁書局，2004 年 4 月）。

27. 謝靈運著，黃節注：《謝康樂詩註》（臺北：藝文印書館，1987 年 10 月）。

28. 鮑照著，黃節注：《鮑參軍詩註》（臺北：藝文印書館，1977 年 3 月）。

29. 鮑照著，錢仲聯增補集說校：《鮑參軍集注》（上海：上海古籍出版社，2005 年 5 月）。

30. 曹明綱：《陶淵明謝靈運鮑照詩文選評》（上海：上海古籍出版社，2002 年 10 月）。

31. 謝朓著，曹融南校注集說：《謝宣城集校注》（上海：上海古籍出版社，2001 年 4 月）。

32. 沈約著，陳慶元校箋：《沈約集校箋》（浙江：浙江古籍出版社，1995 年 12 月）。

33. 江淹著，胡之驥註：《江文通集彙注》（北京：中華書局，1999 年 12 月）。

34. 劉勰著，詹鍈義證：《文心雕龍義證》（上海：上海古籍出版社，1999 年 12 月）。

35. 周振甫注：《文心雕龍注釋》（臺北：里仁書局，1998 年 9 月）。

36. 鍾嶸撰，陳延傑注釋：《詩品注》（北京：人民文學出版社，1980 年 2 月）。

37. 王堯衢：《古唐詩合解》（臺北：文化圖書公司，1990 年 5 月）。

38. 清康熙四十五年敕編：《全唐詩》（北京：中華書局，1985 年 1 月）。

39. 周紹良總主編：《全唐文新編》（長春：吉林文史出版社，2000 年 12 月）。

40. 郭茂倩：《樂府詩集》（北京：中華書局，1998 年 11 月）。

41. 宋‧李昉等奉敕編：《文苑英華》（臺北：華文書局，1965 年）。

42. 宋‧蘇軾撰，明‧茅維編，孔凡禮點校：《蘇軾文集》（北京：中華書局，1999 年 7 月）。

43. 宋‧胡寅：《斐然集》（臺北：臺灣商務印書館，1969 年，四庫全書珍本影印文淵閣本）。

44. 元‧劉履編，《風雅翼》，《景印文淵閣四庫全書》（臺北：臺灣商務印書館，1983 年）。

45. 明‧陸時雍：《詩鏡總論》，收入丁福保輯《歷代詩話續編下》（北京：中華書局，2001 年 8 月）。

46. 明‧胡應麟：《詩藪》（上海：上海古籍出版社，1979 年 11 月）。

47. 清‧程廷祚：《青溪集》，收於《叢書集成續編》第 190 冊（臺北：新文豐出版公司，1991 年 7 月）。

48. 清‧李重華：《貞一齋詩說》，收於王夫之等撰《清詩話》（上海：上海古籍出版社，1999 年 6 月）。

49. 清‧陳祚明評選：《采菽堂古詩選》，收於《續修四庫全書‧集部‧別集類》（上海：上海古籍出版社，1995 年）。

50. 清‧沈德潛選：《古詩源》（北京：中華書局，2000 年 7 月）。

51. 清‧陳廷焯著，杜維沫校點：《白雨齋詞話》（北京：人民文學出版社，1983 年 9 月）。

52. 清‧喬億《劍谿說詩》，收入郭紹虞編選、富壽蓀校點：《清詩話續編》（上海：上海古籍出版社，1999 年 6 月）。

53. 清‧朱乾編，興膳宏解說：《樂府正義》（京都：同朋舍，1980 年 12 月，據乾隆 54 年櫃香堂藏板影印）。

54. 清‧張玉穀著，許逸民點校：《古詩賞析》（上海：上海古籍出版社，2000 年 12 月）。

55. 清‧陳沆：《詩比興箋》（臺北：廣文書局，1970 年 10 月）。

56. 清‧方東樹，《昭昧詹言》（臺北：漢京文化事業有限公司，1985 年 9 月）。

## 陸、今人詩歌、文學史論著

1. 朱自清：《詩言志辨》（上海：華東師範大學出版社，1997 年 3 月）。

2. 廖蔚卿：《中古詩人研究》（臺北：里仁書局，2005 年 3 月）。

3. 王鍾陵：《中國中古詩歌史》（北京：人民出版社，2005 年 8 月）。

4. 聶永華：《初唐宮廷詩風流變考論》（北京：中國社會科學出版社，2002 年 8 月）。

5. 宇文所安：《初唐詩》（北京：三聯書店，2004 年 12 月）。

6. 駱祥發：《初唐四傑研究》（北京：東方出版社，1993 年 9 月）。

7. 陳伯海等著：《唐詩學史稿》（石家莊：河北人民出版社，2004 年 5 月）。

8. 郝潤華：《《錢注杜詩》與詩史互證方法》（合肥：黃山書社，2000 年 12 月）。

9. 蕭馳：《中國詩歌美學》（北京：北京大學出版社，1986 年 11 月）。

10. 劉若愚著，杜國清中譯：《中國詩學》（臺北：幼獅文化，1977 年 6 月）。

11. 陳文忠：《中國古典詩歌接受史研究》（合肥：安徽大學出版社，1998 年 8 月）。

12. 蔡英俊：《中國古典詩論中「語言」與「意義」的論題—「意在言外」的用言方式與「含蓄」的美典》（臺北：學生書局，2001 年 4 月）。

13. 陳植鍔：《詩歌意象論——微觀詩史初探》（北京：中國社會科學出版社，1992 年 11 月）。

14. 吳旻旻：《香草美人文學傳統》（臺北：里仁書局，2006 年 12 月）。

15. 孫琴安：《中國評點文學史》（上海：上海社會科學院出版社，1999 年 6 月）。

16. 章培恒、駱玉明：《中國文學史》（上海：復旦大學出版社，2003 年 7 月）。

17. 鄧國光：《文原》（澳門：澳門大學出版中心，1997 年）。

18. 陳昌明：《緣情文學觀》（臺北：臺灣書店，1999 年 11 月）。

19. 袁濟喜：《興：藝術生命的激活》（南昌：百花洲文藝出版社，2001 年 9 月）。

20. 趙沛霖：《興的源起：歷史積澱與詩歌藝術》（北京：中國社會科學出版社，1987 年 11 月）。

21. 蔡英俊：《比興、物色與情景交融》（臺北：大安出版社，1986 年 5 月）。

22. 李健：《比興思維研究：對中國古代一種藝術思維方式的美學考察》（合肥：安徽教育出版社，2003 年 8 月）。

23. 古風：《意境探微》（南昌：百花洲文藝出版社，2001 年 12 月）。

24. 胡雪岡：《意象範疇的流變》（南昌：百花洲文藝出版社，2002 年 1 月）。

## 柒、今人文化論著

1. 魯迅撰，吳中杰導讀：《魏晉風度及其他》（上海：上海古籍出版社，2000 年 12 月）。

2. 余英時：《中國知識階層史論〈古代篇〉》（臺北：聯經，2001 年 11 月）。

3. 徐連達：《唐朝文化史》（上海：復旦大學出版社，2004 年 6 月）。

4. 傅璇琮：《唐代科舉與文學》（西安：陝西人民出版社，2003 年 5 月）。

5. 俞鋼：《唐代文言小說與科舉制度》（上海：上海古籍出版社，2004 年 7 月）。

6. 程千帆：《唐代進士行卷與文學》（石家莊：河北教育出版社，2000 年）。

7. 王勛成：《唐代銓選與文學》（北京：中華書局，2001 年 4 月）。

8. 汪小洋、孔慶茂：《科舉文體研究》（天津：天津古籍出版社，2005.3）。

9. 傅紹良：《唐代諫議制度與文人》（北京：中國社會科學出版社，2003 年 4 月）。

10. 陶敏、傅璇琮：《唐五代文學編年史》（瀋陽：遼海出版社，1998 年 12 月）。

11. 查屏球《從游士到儒士——漢唐士風與文風論稿》（上海：復旦大學出版社，2005 年 5 月）。

## 捌、詮釋、修辭

1. 艾柯等著，柯里尼編，王宇根譯：《詮釋與過度詮釋》（北京：三聯書店，1997 年 4 月）。

2. 黃俊傑：《中國孟學詮釋史論》（北京：社會科學文獻出版社，2004 年 9 月）。

3. 靳極蒼：《注釋學芻議》（太原：山西人民出版社，2000 年 8 月）。

4. 王岳川：《現象學與解釋學文論》（濟南：山東教育出版社，2003 年 9 月）。

5. 葛兆光：《漢字的魔方》（瀋陽：遼寧教育出版社，1999 年 1 月）。

6. 申小龍：《漢語語法學‧一種文化的結構分析》（南京：江蘇教育出版社，2001 年 8 月）。

7. 楊樹達：《詞詮》（北京：中華書局，2004 年 7 月）。

8. 陳望道：《修辭學發凡》（臺北：文史哲出版社，1989 年 1 月）。

9. 陳炯：《中國文化修辭學》（南京：江蘇古籍出版社，2001 年 11 月）。

10. 陳光磊，王俊衡：《中國修辭學通史（先秦兩漢魏晉南北朝卷）》（長春：吉林教育出版社，2001 年 2 月）。

11. 周振甫：《中國修辭學史》（北京：商務印書館，2004 年 3 月）。

# 二、單篇論文

1. 許世瑛：〈文選學考〉，《國聞周報》第 14 卷第 10 期（1937 年 3 月 15 日）。

2. 倪其心：〈關於《文選》和文選學〉，收於趙福海、陳宏天等編：《昭明文選研究論文集（首屆昭明文選國際學術研討會）》（長春：吉林文史出版社，1988 年 6 月）。

3. 牛貴琥、董國炎：〈《文選》六臣注議〉，收於靳極蒼編，《古籍注釋改革研究文集》（太原：山西人民出版社，1989 年）。

4. 陳延嘉：〈關於《文選》五臣注研究的回顧與反思〉，收於中國文選學研究會編，《文選與文選學（第五屆文選學國際學術研討會論文集）》（北京：學苑出版社，2003 年 5 月）。

5. 陳延嘉：〈論《文選》五臣注的重大貢獻〉，收於趙福海主編，《文選學論集（選學國際學術研討會論文集）》（長春：時代文藝出版社，1992 年 6 月）。

6. 陳延嘉：〈《文選》五臣注的綱領和實踐〉，收於中國文選學研究會、鄭州大學古籍整理研究所編，《文選學新論》（鄭州：中州古籍出版社，1997 年 10 月）。

7. 王立群：〈從釋詞走向批評——試論《文選五臣注》的歷史地位〉，收於中國文選學研究會、鄭州大學古籍整理研究所編，《文選學新論》（鄭州：中州古籍出版社，1997 年 10 月）。

8. 顧農：〈關於《文選》五臣注〉，《文選與文心》（貴陽：貴州人民出版社，1998 年 6 月）。

9. 曹道衡：〈論《文選》的李善注和五臣注〉，《江海學刊》第 2 期（1996 年）。

10. 孫欽善：〈論《文選》李善注與五臣注〉，收於趙福海、陳宏天等編：《昭明文選研究論文集（首屆昭明文選國際學術研討會）》（長春：吉林文史出版社，1988 年 6 月）。

11. 楊明：〈文選注的文學批評〉，收於復旦大學中國語言文學研究所編《中國語言文學研究的現代思考》（復旦大學出版社，1991 年 10 月）。

12. 甲斐勝二：〈論五臣注《文選》的注釋態度〉，收於中國文選學研究會、鄭州大學古籍整理研究所編，《文選學新論》（鄭州：中州古籍出版社，1997 年 10 月）。

13. 森野繁夫：〈關於《文選》李善注——集注本李善注和刊本李善注的關係〉，收於俞紹初、許逸民主編，《中外學者文選論文集》（北京：中華書局，1998 年 8 月）。

14. 王寧：〈李善的《昭明文選注》與選學的新課題〉，收入趙福海、陳宏天等編：《昭明文選研究論文集（首屆昭明文選國際學術研討會）》（長春：吉林文史出版社，1988 年 6 月）。

15. 王寧、李國英：〈李善的《昭明文選》與徵引的訓詁體式〉，收於俞紹初、許逸民主編，《中外學者文選論文集》（北京：中華書局，1998 年 8 月）。

16. 王禮卿：〈選注釋例〉，《幼獅學誌》第 7 卷第 2 期（1968 年 4 月）。

17. 李金坤：〈唐代科舉考試與《文選》〉，收於中國文選學研究會編：《文選與文選學（第五屆文選學國際學術研討會論文集）》（北京：學苑出版社，2003 年 5 月）。

18. 曹道衡：〈南北文風之融合和唐代《文選》學之興盛〉，《文學遺產》第 1 期（1999 年）。

19. 曹道衡：〈關於蕭統和《文選》的幾個問題〉，《社會科學戰線》第 5 期（1995 年）。

20. 游志誠：〈論廣都本《文選》〉，收於中國文選學研究會編，《文選與文選學（第五屆文選學國際學術研討會論文集）》（北京：學苑出版社，2003 年 5 月）。

21. 常思春：〈尤刻本李善注《文選》闌入五臣注的緣由及尤刻本的來歷探索〉，收於中國文選學研究會編，《文選與文選學（第五屆文選學國際學術研討會論文集）》（北京：學苑出版社，2003 年 5 月）。

22. 徐俊：〈敦煌本《文選》拾補〉，收於中國文選學研究會編，《文選與文選學（第五屆文選學國際學術研討會論文集）》（北京：學苑出版社，2003 年 5 月）。

23. 李佳：〈從永樂本《文選》看六臣注《文選》版本系統〉，收於中國文選學研究會編，《文選與文選學（第五屆文選學國際學術研討會論文集）》（北京：學苑出版社，2003 年 5 月）。

24. 祝文儀：〈論文選注及其版本〉，《昭明太子和他的文選》（臺北：臺灣學生書局，1971 年 10 月）。

25. 屈守元：〈紹興建陽陳八郎本《文選五臣注》跋〉，《文學遺產》第 5 期（1998 年）。

26. 饒宗頤：〈敦煌本文選斠證〉，收於陳新雄、于大成主編，《昭明文選論文集》（臺北：木鐸出版社，1976 年 5 月）。

27. 張壽林：〈唐寫《文選》五臣注本殘卷跋〉，收於俞紹初、許逸民主編，《中外學者文選論文集》（北京：中華書局，1998 年 8 月）。

28. 程毅中、白化文：〈略談李善注《文選》的尤刻本〉，收於俞紹初、許逸民主編，《中外學者文選論文集》（北京：中華書局，1998 年 8 月）。

29. 白化文：〈敦煌遺書中《文選》殘卷綜述〉，收於俞紹初、許逸民主編，《中外學者文選論文集》（北京：中華書局，1998 年 8 月）。

30. 饒宗頤：〈日本古鈔《文選》五臣注殘卷〉，收於俞紹初、許逸民主編，《中外學者文選論文集》（北京：中華書局，1998 年 8 月）。

31. 屈守元：〈《文選六臣注》跋〉，《文學遺產》第 1 期（2000 年）。

32. 張少康：〈論文學的獨立和自覺非自魏晉始〉，《北京大學學報》第 2 期（1996 年）。

33. 詹福瑞：〈文士、經生的文士化與文學的自覺〉，《漢魏六朝文學論集》（北京：河北大學出版社，2001 年）。

34. 詹福瑞：〈從漢代人對屈原的批評看漢代文學的自覺〉，《漢魏六朝文學論集》（北京：河北大學出版社，2001 年）。

35. 李文初：〈從人的覺醒到「文學的自覺」──論「文學的自覺」始於魏晉〉，《漢魏六朝文學研究》（廣州：廣東人民出版社，2000 年）。

36. 李文初：〈再論我國「文學的自覺時代」──「宋齊說」質疑〉，《漢魏六朝文學研究》（廣州：廣東人民出版社，2000 年）。

37. 李文初：〈三論我國「文學的自覺時代」〉，《漢魏六朝文學研究》（廣州：廣東人民出版社，2000 年）。

38. 孫明君：〈建安時代「文的自覺」說再審視〉，《北京大學學報》第 6 期（1996 年）。

39. 徐國榮：〈中國文學自覺的契機及其代價〉，《學術研究》第 4 期（2002 年）。

40. 顏崑陽：〈從〈詩大序〉論儒系詩學的「體用」觀〉，《第四屆漢代文學與思想學

術研討會論文集》（臺北：政大中文系，2003 年 4 月）。

41. 葉嘉瑩：〈中國古典詩歌中形象與情意之關係例說——從形象與情意之關係看「賦、比、興」說〉，《迦陵論詩叢稿》（北京：中華書局，2005 年 1 月）。

42. 顏崑陽：〈《文心雕龍》「比興」觀念析論〉，收於香港中文大學中國語言文學系主編：《魏晉南北朝文學論集》（臺北：文史哲出版社，1994 年 11 月）。

43. 滕福海：〈矯賦爲詩說興寄〉，《廣西大學學報（哲學社會科學版）》第 20 卷第 3 期（1998 年 6 月）。

44. 張志公、周阿岷：〈說「比、興」〉，收於中國修辭學會華東分會編，《修辭學研究》（上海：華東師範大學出版社，1983 年 1 月）。

45. 吉川幸次郎：〈推移的悲哀（上）——古詩十九首的主題〉，《中外文學》6 卷 4 期，（1997 年 9 月）。

46. 葉嘉瑩：〈從比較現代的觀點看幾首中國舊詩〉，《迦陵論詩叢稿》（北京：中華書局，2005 年 1 月）。

47. 林文月：〈陸機的擬古詩〉，《中古文學論叢》（臺北：大安出版社，1989 年 6 月）。

48. 黃坤堯：〈詩緣情而綺靡——陸機《擬古》的美學意義〉，收入香港中文大學中國語言文學系主編：《魏晉南北朝文學論集》（臺北：文史哲出版社，1994 年 11 月）。

49. 楊明：〈魏晉文學批評對情感的重視和魏晉人的情感觀〉，《漢唐文學辨思錄》（上海：上海古籍出版社，2005 年 4 月）。

50. 周勛初：〈梁代文論三派述要〉，收入羅宗強編：《古代文學理論研究》（武漢：湖北教育出版社，2002 年 10 月）。

51. 羅宗強：〈唐代文學思想發展中的幾個理論問題〉，《因緣集——羅宗強自選集》（天津：南開大學出版社，2004 年 10 月）。

52. 陳飛：〈唐代科舉制度與文學的精神品質〉，《文學遺產》第 2 期（1991 年）。

53. 柯慶明：〈試論漢詩、唐詩、宋詩的美感特質〉，《中國文學的美感》（臺北：麥田出版社，2000 年 1 月）。

54. 陳寅恪：〈馮友蘭中國哲學史上冊審查報告〉，《金明館叢稿二編》（北京：三聯書店，2001 年 7 月）。

# 後　記

## 卻顧所來徑，蒼蒼橫翠微

　　這本初出茅廬之作是在碩論的基礎上修訂而成，回想那一段日子：夏日微風拂過銅鈴，清脆響音繚繞書房；仲秋金光遍灑窗櫺，柔和暖陽覆滿案頭；而今時序已入季冬，與府城天地同聲共息之際，這一點小小的成果，總算能付梓展現。

　　一路走來，正因為眾人的溫暖伴隨，讓我有持續奮鬥的力量：張蓓蓓師總是如此細心認真，每一回自己刪修論文，都能不厭其煩地詳讀，不只是於引文註解仔細糾正，更能針對全文內容提出精闢的建議，對自己而言，確實是獲益無窮；再者，老師更能於討論論文之餘，給予精神的鼓勵與交流，張師為經師亦為人師之關懷，總是再再令人動容。此外，王國瓔老師與王次澄老師於口考時之精當意見，亦使這本論文能夠得到更好的修正。另一方面，謝佩芬老師於逛書店時，常能幫忙留意《文選》之相關書籍，使自己得以盡可能地將資料蒐集齊全。對於老師們的厚愛，豈能不在此獻上衷心的感謝！

　　再者，家人的全力支持，更是促使自己能夠心無旁騖地寫作之最大動因。感謝父親與母親，為我佈置了如此窗明几淨的書房，容我這般任性，可以無所掛礙地全心投入論文書寫，不論是物質或精神上，您們確實是我最溫暖而堅強的後盾。至於寶弟，每回央你到清華後山借書，總是二話不說，幫我扛了一本又一本的相關書籍回家，這對自己論文的進行，實提供了莫大的幫忙。

　　經營一本論文，誠然辛苦：有太多的夜裡，翻亂了滿屋子的書籍，只為尋得一筆妥善的資料；有太多的假日，必須放棄遊樂，只為理清一個概念、想法。然而對自己而言，能夠這樣專心地讀書，卻也是種簡單而溫馨的幸福：或砌上一壺清純的綠茶，或泡上一杯香醇的咖啡，在與五臣和諸家詩人的交流中，覓得可以安身立命於現代的喜悅。如果可以的話，我願意捨棄未來無數的假日，換取於中國文學場域間的遨遊，並以讀書作為自己終身的志業。

　　而今自己有幸站在另一個讀書的階段，「卻顧所來徑」，實是「蒼蒼橫翠微」，這一曲只是個開端，僅在此感謝眾人的陪伴，更於此期許自己，能夠在未來的日子裡，持續吟詠松風。

婷尹謹誌於臺灣大學中文系

2007/11/30